대나무를 닮은 여자

대나무를 닮은 여자

초판 1쇄 인쇄 2016년 2월 22일
초판 1쇄 발행 2016년 3월 4일

지 은 이 김연정
디 자 인 박애리
펴 낸 이 백승대
펴 낸 곳 매직하우스

출판등록 2007년 9월 27일 제313-2007-000193
주　　소 서울시 마포구 월드컵북로 260, 33동 305호(성산동, 시영아파트)
전　　화 02) 323-8921
팩　　스 02) 323-8920
이 메 일 magicsina@naver.com
I S B N 978-89-93342-46-8

대나무를

닮은

김연정
장편소설   여자

NIRIC HOUSE

목차

프롤로그

사랑한다는 것은 천국을 살짝 엿보는 것과 같다.

-선드 카렌

창밖에서 비춰드는 햇살이 오늘따라 따스하다. 여름에서 가을로 넘어가는 파란 하늘, 호젓한 시골길에 자리 잡은 병원이라 하늘조차 저렇게 맑고 푸른 모양이다. 생각 같아선 공을 들고 나가 농구를 하던 축구를 하던 한바탕 뛰어놀고 싶다. 땀에 홀딱 젖은 유니폼을 벗어 던지며 친구들과 샤워장으로 향하던 순간이 떠오른다. 두 번 다시 돌이킬 수 없는 날들, 이내 도리질을 치고 민우는 아까부터 저 혼자 떠들어대는 벽걸이 TV로 고개를 돌려본다. 이름만 들어도 탄성이 터지는 인기 연예인들이 출연하여 시시콜콜 떠들어대는 중이다. 화면에 보이지 않는 곳에 앉아 계집애들이 제각각 비명을 지르지만 아무 짝에 쓸모없는 말장난일 뿐이다. 햇살로 가득 찬 파란 오후, 하지만 민우의 마음은 장대비가 쏟아지는 듯 그저 우울하기만 하다.

"아, 그렇지……."

뭔가 떠오른 듯 민우는 불편한 몸뚱이를 끌어당겨 침상 끝의 책꽂이로 다가간다. 중호 녀석이 한나절을 뚝딱거려 만들어낸 대나무 책장에서 민우는 스마트폰을 찾아냈다. 손가락에 힘이 들어가질 않아 쉽게 꺼낼 수 없는, 하지만 결국 꺼내들고 마는 민우의 얼굴에 잠시 웃음이 피어난다. 이는 중호 녀석이 큰마음 먹고 사다준 최신 폰으로, 1년 넘는 병원 생활에 지쳐버린 그의 활력소였다. 운동만

하고 사느라 세상이 어떻게 변하는지도 몰랐지? 컴퓨터도 다룰 줄을 모르다니, 넌 20세기 초에 태어났어야 했어, 인마! 침상에 내려놓은 스마트폰이 경쾌한 음악을 들려주며 작동할 준비를 하고 있다. 여전히 떠들어대는 벽걸이 TV를 끄고 민우는 스마트폰을 이리저리 건드려 본다. 바탕화면에 깔린 사진은 민우의 옛 모습이다. 잔디구장 한 가운데에 우뚝 선 축구선수 서민우, 지금과 다르게 듬직한 체구와 적절히 붙어 있는 근육이 옛 시절이 그리운 그를 다시금 웃게 한다.

"어…!"

스마트폰이 침상 밑으로 미끄러져 떨어졌다. 저도 모르게 튀어나온 단발마의 비명, 민우의 귀에만 들리는 그 고함소리를 스마트폰은 듣지 못했다. 그 이름처럼 스스로 기어오를 능력을 갖출 만큼 '똑똑한' 녀석이 아니라면 직접 주워 와야 할 텐데……. 난감하기 이를 데 없는 순간이다.

"어떡하지…?"

고민하던 민우는 결국 스스로 해결하기로 마음먹었다. 팔이 기니 한 손으로 침상을 붙들고 다른 손을 뻗으면 주울 수 있을 거란 생각이었다.

"하아…!"

약해진 폐의 근력으로는 절대 불가능할 큰 숨을 들이마

시고 민우는 곧장 손을 뻗어내려 간다. 그러나 채 오래 가지 않아 당황한 얼굴이 되고 만다. 침상이 이렇게 높을 줄은 미처 몰랐던 거다.

"어어…!"

민우가 비명을 지르기 시작했다. 아무도 들을 수 없을 가냘픈 소리, 뼈만 남은 민우의 몸뚱이가 무게를 이기지 못하고 차가운 바닥으로 곤두박질쳤다. 형편없이 엉켜버린 팔다리가 담요와 뒤섞여 민우로서는 감당하기 힘든 지경에 놓여버렸다.

"소영아!"

애타게 그녀를 부르지만 아무도 들을 수 없다. 가쁜 숨소리만 내뱉으며 그는 어떻게든 침상으로 기어오르기 위해 손을 뻗어본다. 가뭇없이 허공만 휘적이던 손은 이내 기운을 잃고 떨어져 내린다. 바닥을 구르면서 어디를 다쳤는지 욱신거리기까지 한다. 뼈다귀뿐인 몸뚱이가 더는 안 되겠다며 제멋대로 아우성치고, 피곤한 눈꺼풀도 점차 내려앉기 시작했다. 정신을 잃어가는 민우가 마지막으로 본 건 저기 저 액자로 걸린 대나무 그림이다. 소영이 광주에서 예술인 노릇을 한다는 제 사촌 언니에게서 받아온 선물이었다. 위풍당당 하늘을 향해 뻗어 오른 대나무, 내 어린 날을 닮았다며 웃던 그녀가 보고 싶다. 돌이킬 수 없는 그 시절이 민우는 그립고 또 그립다.

1장

슈퍼스타

인생에 있어서 최고의 행복은
우리가 사랑받고 있음을 확신하는 것이다.

－빅터 위고

**중학교 3학년이던 민우의 기억

　묵직한 농구공이 허공으로 떠오르더니 주도권을 잡으려는 선수들이 몸싸움을 일으켰다. 대망의 4쿼터가 시작된 것이다. 경기 초반부터 접전을 치르고도 무슨 힘이 그렇게 남아도는지 양 팀 모두 숨 가쁘게 공의 움직임을 따라가고 있다.

　「꺄악!」

　관중석에서 교복 차림의 여자 아이가 비명 같은 환호성을 질렀을 때, 허공에서 포물선을 그리며 적갈색 농구공이 상대 팀의 골대를 흔들었다.

　「와아!」

　경기장을 뒤흔드는 함성소리, 다시 동점이다. 역전에 역전을 거듭하느라 도무지 승자와 패자를 예측할 수 없다. 아무리 중등부 남학생들의 경기라지만 드넓은 마룻바닥을 휘젓는 저들의 움직임은 대학팀이나 실업팀 못지않게 수준 높은 실력이어서 평소 농구에 관심 없는 사람들의 시선까지 끌어들일 정도였다. 결승전을 치르는 오늘은 아예 만원 관중으로 빈자리 찾기가 어려울 지경이니 말이다.

　「휘리리릭!」

　심판이 다급하게 휘슬을 불며 골대 밑으로 달려간다. 여러 명의 선수들이 뒤엉켜 몸싸움을 벌이던 참이었다. 우승 팀을 가를 4쿼터인데다 혈기 왕성한 중학생들이라 서로간의 몸싸움이 치열하다. 땀범벅을 하고서 선수들은 상대를 죽일 듯 노려보며 부딪히다가 심판의 개입으로 일단 물러난다. 두 번의 자유투 기회가 주어졌다. 쿵, 쿵, 마룻바닥에 공을 튕기며 민우가 잠시 숨을 고르고 있다.

「오빠!」

관중석에서 한 아이가 민우를 향해 소리쳤다. 힐끗 돌아보는 민우의 입가에 웃음기가 머물다 사라진다. 주변을 에워싼 선수들이 서로 간에 눈치 싸움을 벌이고, 민우의 손을 떠난 공이 가볍게 골대를 흔들었다. 박수와 함성이 뒤섞인 가운데 민우는 두 번째 골도 성공시킨다. 이제 시간이 얼마 남지 않았다. 양 팀 감독의 얼굴 표정이 대조를 이루고, 승리를 예감하는 팬들의 함성도 커진다. 아차, 동료 선수가 실수를 범했다. 경기장의 모든 이들이 소리를 지르고, 가로채기에 성공한 상대 선수가 전속력으로 코트를 누비더니 다급하게 공을 떠나보낸다. 허망하게 역전을 허용당하며 점수는 1점 차가 되었다. 이때, 심판이 전광판의 시계로 잠시 시선을 준다. 이대로 가다가는 다 이긴 게임을 놓칠지도 모르겠다. 모두의 목소리가 뒤엉킨 마지막 순간, 공은 민우의 손에 들려있었다.

「서민우! 서민우! 서민우…!」

관중석의 모두가 서민우의 이름을 연호한다. 슈퍼스타 서민우, 그가 이 순간을 마무리 짓는다면 경기는 완벽한 승리로 끝날 것이다. 하지만 슛을 쏘기에 골대까지의 거리가 너무 멀다 꿈결의 한 가운데에 서 있는 듯 그저 아득하기만 하다.

「에라, 모르겠다!」

소리치며 민우가 자기편 골문 아래에서 온 힘을 다해 상대편 골대로 공을 던졌다.

「빠아앙!!」

그 순간 경기 종료를 알리는 기계음이 울렸고, 관객들이 벌떡 일어나 환호한다. 민우의 장거리포가 보기 좋게 성공한 것이다. 막판 대 역전승이었다. 생각지도 못한 상황에 얼떨떨한 표정이던 민우, 동료 선수들이 달려와 끌어안으며 열광하자 그제야 얼굴에 미소가 떠오른다. 경기장에 축포가 터지고, 관중석에선 함성이 끊이질 않는다. 승리의 일등공신인 민우를 동료 선수들이 들어 올려 헹가래를 시작한다. 어떻게 그 먼 거리에서 슛을 쏠 생각을 했는지 민우는 제가 생각해도 신기하다. 승리를 자축하는 선수들과 패배에 무릎 꿇은 선수들. 모든 얼굴에서 눈물이 쏟아진다. 민우에 이어 경기 내내 고래고래 소리를 지르던 감독도 선수들의 헹가래를 피할 길이 없다. 얼굴 가득 미소 짓는 감독의 표정을 담으려 사진 기자들이 나타난 바람에 경기장은 온통 아수라장이다.

「오빠! 민우 오빠!!」

교복 차림의 한 소녀가 목이 터져라 민우를 불러댄다. 한참 만에 민우가 소녀를 발견했고, 소녀는 민우에게 인형을 던졌다. 바닥으로 나동그라지는 인형을 주워들고 민우가 소녀에게 손을 흔들었다. 소녀는 기절할 듯 비명을 지르며 발을 동동 굴러댄다. 제 얼굴이 큼지막하게 인쇄된 현수막을 들고 소리치는 무리를 향해 손 인사를 하는 민우, 이 순간을 즐기는 듯 얼굴에서 미소가 떠나질 않는다.

「서민우 선수!」

한 기자가 달려와 다짜고짜 마이크를 들이댄다. 빨간 불이 켜진 카메라를 보고 민우는 다시 웃음 짓는다. 스타 선수답게 인터뷰에 익숙하다.

「서민우 선수, 농구 선수로서 갖는 마지막 경기에서 승리하셨네요. 축하드립니다.」

「고맙습니다.」

「고등학교 입학 후에는 축구 선수로 전향할 거라면서요? 왜 그러는 거죠?」

「많은 것을 경험해보고 싶어서입니다.」

「일각에서는 죽마고우인 이중호 선수를 따라가려는 것이라던데. 사실입니까?」

「예, 사실입니다. 중호와 함께 운동하고 싶습니다.」

「친구 따라 강남 가겠다는 뜻이군요. 하지만 쉽지 않을 텐데, 자신 있습니까?」

「예. 전 뭐든지 열심히 합니다. 축구 선수 서민우의 멋진 모습도 기대해 주십시오.」

승리에 도취된 선수들의 아우성과 관중석의 함성소리가 뒤섞여 미래를 축복해주는 기자의 말을 도통 알아들을 수가 없다. 더 이상 인터뷰가 불가능한 걸 깨달았는지 팀 매니저가 민우를 끌고 경기장을 떠난다. 방송 기자는 카메라 앞에서 마무리 멘트를 날리고, 신문 기자들은 그 자리에서 서민우의 승리 소식을 속보로 내보낸다. 서민우라는 이름 한 마디에 네티즌은 오늘도 뜨거운 반응을 보여줄 것이다. 중학생답지 않은 노련한, 팬 관리마저 탁월한 슈퍼스타, 천재 가드, 과연 축구로 전향하고도 발군의 실력을 보여줄 것인가! 아, 이 모든 기사를 다 읽으려면 오늘도 뜬 눈으로 밤을 보내야 할 것 같다. 내가 살아있는 한 사람들은 서민우 이름 석 자를 잊으면 안 된다. 나를 칭송하는 갖가지 수식어를 사람들은 오래토록 들어야 한다. 잘난 이름 서민우, 나는 반드시 그래야만 하는 선수였다.

무릎 위까지 바지를 걷어 올린 소영이 세탁실 문을 열고 나타났다.

"안녕하세요!"

빨래 바구니를 옆에 끼고 반갑게 소리치는 그녀, 눈코 뜰 새 없이 세탁실 여기저기를 오가던 직원의 얼굴이 대번에 밝아진다.

"소영이 처자 왔는가? 오늘은 빨랫감이 많네?"

"아, 네. 며칠 게으름을 부렸더니 이렇게 됐네요."

"아이고, 저걸 워쩐디야!"

소영의 손에 들린 환자복을 보고 직원들이 너도 나도 혀를 찬다. 욕창으로 짓무른 자리가 탈이 났는지 환자복이 온통 얼룩덜룩 지저분하다.

"계속 뉘여 놓으니 그 사단이 나제!"

"그러게 말이에요. 그래서 오늘은 앉혀놓고 왔어요."

"고거 이리 줘. 나가 빨아줄랑게."

구수한 전라도 사투리로 한 여자가 손을 내밀었다.

"아뇨, 괜찮아요. 제가 할게요."

"참말로 괜찮겠는가? 잘 안 지워질 텐디?"

"정말 괜찮아요. 제가 직접 빨아야 마음이 편안해지거든요."

"아따, 소영이 처자는 조선시대 여자여?"

"…?"

소영의 시선이 옮겨간 곳에 얼굴이 까맣게 그을은 여자가 히쭉 웃고 있었다.

"워찌 그리 지극정성이당가? 뭣이 그리 예쁘다고?"

"맞제이. 요즘 같은 세상에 아, 어떤 가스나가 제 구실 못허는 사내새끼 뒷바라지를 해주겄어? 성님, 안 그렇소?"

"그라제. 내 서방 같으믄 벌써 쫓아내부렀제! 또 술 먹을 거여, 안 먹을 거여? 뭣이여? 먹는다고? 그럼 나가 부러! 아, 집구석에 들어오덜 말랑께!"

힌두교 신자처럼 미간에 점이 박힌 여자가 벌컥 소리치자 직원들이 키득키득 웃음을 터뜨렸다.

"하여간 민우 총각은 좋겄어. 요로코롬 참한 색시를 뒀응께!"

나주가 고향이라는 그녀가 소리치자 모두 고개를 끄덕이며 동조했다. 20대 중반의 어린 나이에 '요즘 것들' 답지 않게 바지런하고 싹싹하다며 입에 침이 마르도록 칭찬하는 거다. 소영은 그저 웃을 뿐이다. 사랑하는 사람을 위해 봉사할 뿐인데, 이렇게 매일을 어른들의 입에 오르내리니 민망하다. 도망치듯 그녀는 얼른 구석진 자리를 찾아 빨래바구니를 내려놓았다. 귀찮다는 이유로 한 며칠을 민우의 침상 곁에 누워 뒹굴 거렸더니 빨래할 거리가 한 가득이다. 오늘은 환자복 뿐 아니라 속옷과 양말까지 가져온 탓에 모두 끝내려면 시간이 꽤 걸릴 것 같다.

"빨래판이 어디로 갔지?"

앉은뱅이 의자에 앉아 빨래 비누를 움켜쥐었던 소영이 구석에 기대어 선 빨래판을 뒤늦게 발견하고 얼른 일어나 가져다 놓는다. 익숙하게 손빨래를 시작하는 그녀, 벌써 간병 경력이 1년째다. '지대형근이영양증(地帶形筋異營養症-Limb Girdle Muscular Dystrophy)'이라는 낯선 병에 걸린 민우의 여자 친구로서 얻게 된 화려한 이력이었다. 예전 같았으면 땀에 젖은 운동복을 빠느라 정신없었을 텐데, 난치병으로 쓰러진 민우를 지키느라 오늘도 그녀는 지워지지 않는 고름 얼룩과 씨름해야 한다.

"어떡하지…?"

누렇게 변색된 환자복을 내려다보며 한숨을 푹 내어 쉬는 그녀, 욕창이 생겼다는 것은 몸을 움직이게 하는 근육이 제 기능을 못할 만큼 줄어버렸다는 뜻이다. 이렇게 될 걸 뻔히 알면서도 며칠을 빈둥빈둥 놀았다니, 미련하기는…!

"아주머니, 대야 있어요?"

"대야? 고무대야는 있는디? 뭣에 쓰게?"

"맨손으로는 얼룩이 안 지워져요. 아무래도 밟아야겠어
요."

사태의 심각성을 깨달았는지 다시 혀를 차는 나주 여인,
세탁실 창고에 쟁여놓았던 고무 대야를 꺼내 소영에게 내
밀었다.

"웬만큼 빨아도 안 지워지믄 버려야!"

"네?"

"병원에 널린 게 환자복이고, 우리가 정성껏 빨아주겠다
는디, 고로코롬 혼자 하겠다고 고집 부리는 이유가 대체
뭣이당가? 아, 세탁기는 폼으로 뒀어?"

"……."

소영은 대꾸하지 않았다. 씁쓸한 얼굴로 웃는 그녀의 속
마음을 파악하기라도 한 듯 나주 여인은 안타까운 얼굴로
고무 대야를 가리키며 다 쓰고 나면 원래 있던 자리에 놔
두라고 이를 뿐 더 따져 묻지 않게 제 일을 하러 자리를 떴
다.

"후우…!"

이미 걷어놓은 소매 자락을 한 번 더 걷어 올리는 시늉을
하고 소영이 고무 대야를 바닥에 내려놓는다. 신중한 표정
의 그녀, 어떻게 빨아야 할지 견적이라도 내보는 눈치였지
만 초벌 빨래는 모두 끝냈으니 나머지는 어렵지 않을 것

같다. 고무 대야에 빨랫감을 모두 밀어 넣고 가루 세제를 왕창 뿌린 뒤 이불을 빨 듯 자근자근 밟아댄 게 과연 효과가 있었던 걸까? 빨래판이 닳도록 문지른 뒤였는데도 구정물이 한 가득 쏟아져 나온다. 이제야 욕창 얼룩이 지워지려는 모양이다.

"와아! 빨래 끝!"

빙글빙글 돌아가던 탈수기가 멈추었다. 유명 세제 광고에 등장하는 모델처럼 기지개를 켜며 시원하게 소리치는 그녀, 탈수기 속의 빨랫감들을 바구니에 우르르 몰아넣는다. 이제 보니 오늘은 건조대가 모두 바깥에 있다. 어찌나 날씨가 좋은지 세탁실 여직원들이 병원 마당까지 빨랫감들을 끌고 나온 것이다. 바깥으로 뛰쳐나가지 않고는 못배길 만큼 화창한 가을 하늘이었다. 햇살에 반사되어 하얀 빨랫감들이 더욱 하얗게 반짝이고, 상쾌한 바람마저 불어와 소영은 두 팔을 치켜들며 온 몸으로 신선한 공기를 만끽한다.

"어머, 깜짝이야!"

소영이 기겁을 하고 소리쳤다. 느닷없이 수건 하나가 날아와 그녀의 얼굴을 덮친 거다. 집개로 고정해둔 수건에 발이라도 달린 걸까?

"어? 놀랐어요?"

"…?"

얼굴을 덮은 수건을 슬쩍 들추며 키득거리는 남자, 휘둥그레진 소영의 눈을 보고 뭐가 그리도 재미 난지 깔깔거리고 웃어댄다.

"뭐하는 거예요? 짓궂기는…!"

"무슨 생각을 그렇게 골똘히 하느라 사람이 다가와도 몰라요?"

구겨진 수건을 도로 반듯하게 널어놓는 그는 인터넷에 칼럼을 연재하는 자유기고가 박성재였다. 한때 스포츠 신문의 기자로 활동했던 사람으로, 민우와는 학창시절부터 형님 아우 하는 사이이기도 하다.

"저녁에 오실 거라더니, 일찍 오셨네요?"

"소영 씨가 보고 싶어서 한달음에 달려왔죠."

"에이, 말도 안 돼!"

"어? 안 믿네? 정말인데?"

그녀처럼 눈을 동그랗게 뜨고 소리치는 성재, 그게 어찌나 밉살스러웠던지 소영이 손에 들고 있던 빨래 바구니로 그의 어깨를 툭 때렸다. 아프다고 엄살을 부리는 성재의 찡그린 표정을 보고 결국 그녀가 까르르 웃음을 터뜨린다.

"장난하시는 바람에 기분이 나빠졌어요. 책임질 거예요?"

"글쎄요. 어떻게 책임을 져야 하죠?"

"이거 정리하고 오세요."

"…?"

빨래 바구니가 성재의 손에 들렸다. 별 수 없이 성재는 아직 물이 흥건한 세탁실에 들어가 바구니를 제 자리에 가져다 놓고, 여기저기 널린 세제와 빨래판, 고무 대야까지 정리한 뒤에야 소영에게서 풀려날 수 있었다.

"우와! 두 번 장난했다간 큰일 나겠네요!"

세탁실을 채운 여러 대의 드럼 세탁기와 각종 섬유 유연제들을 돌아보며 성재가 투덜거렸다. 이러다 나중에는 아예 빨래까지 시킬지 모른다고 생각한 모양이다. 소영은 마냥 키들키들 웃기만 한다.

"민우는 어때요? 좀 나아졌나요?"

"낫기는요? 아시잖아요. 절대 나을 수 없는 병이라는 거……."

"……."

밝았던 미소가 사라지고 이내 무거운 한숨을 쏟아내는 그녀, 무어라 위로를 해야 좋을지 몰라 성재는 뒷머리만 긁적일 뿐이다.

"근육병은 무서운 병이라더니 진짜인가 보네요. 소영 씨 많이 피곤해 보여요."

"말도 마세요. 우울증에라도 걸릴 지경이에요. 하지만 제가 이런데, 민우는 오죽하겠어요?"

몸 안의 근육이 녹아 사라지는 병, 지대형 근이영양증을 한 마디로 설명하자면 바로 그거였다. 그런데 왜 하필 서민우였을까? 전신 거울에 비친 제 근육을 구경하는 재미로 살던 녀석인데, 어째서 다른 이도 아닌 서민우가 이런 병에 걸려야 했을까? 성재는 도무지 납득할 수가 없다.

"오늘은 아마 인터뷰를 할 수 있을 거예요. 기분이 괜찮아 보이더라고요."

"또 자고 있으면 낭패인데……."

"그건 걱정하지 마세요. TV를 켜두고 나왔거든요. 절대 못 잘 거예요."

리모컨 버튼을 누를 힘이 없어 소리를 줄이지 못할 거라며 배시시 웃는 그녀, 민우의 병실로 향하는 엘리베이터에 오르며 성재는 소영의 옆얼굴을 훔쳐본다. 노곤한 빛이 역력했지만 파란 하늘 아래에 수놓인 시골길의 황금 들녘과 어우러져 마냥 아름다운 얼굴이었다. 이렇게 고운 그녀를 내버려두고 몹쓸 병에 걸리다니, 서민우 그 녀석은 참 무책임한 놈이다.

"지난주부터 민우의 이야기를 연재하기 시작했어요."

"벌써요? 일이 많아서 정신없다더니…?"

"약속했으니까 해야죠. 전 한 번 한다면 하는 놈이에요."

서민우의 뛰어난 능력을 이대로 잊어버리기엔 아깝지 않느냐며, 6층으로 오르는 엘리베이터 안에서 성재가 웃었다.

"옛 시절을 모르는 사람들의 이해를 돕기 위해 일단 2회에 걸쳐 민우의 활약상을 열거해 두었어요."

"활약상이라면 어떤 걸 말하죠?"

대답 대신 성재가 스마트폰을 꺼내들었다. 그의 블로그로 접속한 소영의 눈동자가 분주해진다. 기자 출신답게 세상의 많은 이야기가 담긴 블로그였는데, 댓글장이 북적이는 걸로 보아 많은 사람들이 들락거리는 모양이다.

"이를 테면 농구 선수 시절에 기록한 리바운드 개수라든지, 골득실 개수, 우승 횟수 등이 대표적일 수 있겠고요. 축구 선수 시절도 마찬가지예요."

미공개 사진이란 제목이 눈에 띄어 건드려 보니 정말 처음 보는 사진들이 우르르 게시되어 있었다. 훈련이 힘들었는지 그라운드에 멍청히 앉아 있거나 물을 마시는 사진이 많았고, 경기장과 숙소를 가리지 않고 나타나 열정적으로 응원하는 팬들과 악수하는 사진도 보였다.

"여기에도 있어요."

성재가 다른 게시물을 보여주자 그녀, 입가에 미소가 감돈다. 훈련하다 말고 동료들과 운동복 상의를 걷어 올려 서로의 근육 모양을 비교하는 민우의 얼굴 표정이 재미있다. 이는 성재가 인턴 기자로 활동할 때 찍은 사진이라고 했다.

"사진은 그렇다 쳐도 선수 활동 기록은 구하기 힘들었을 텐데, 어떻게 알아냈어요?"

"당연히 소속팀으로 찾아갔죠. 중학교는 농구부가 폐지되어서 고생 좀 했어요."

"저런…!"

엘리베이터에서 내렸더니 제일 먼저 간호사들의 데스크가 눈에 들어온다. 오늘의 날씨만큼이나 활짝 웃는 소영을 보고 간호사들이 수인사를 건넸다.

"1년이나 병원 생활을 했으니 간호사들과는 막역하겠어요?"

"그럼요. 언니 동생 하고 지내는 걸요."

"다행이네요 그럼 간호사들 바쁠 때 대신 일을 봐주기도 하겠어요?"

"말도 마세요. 주사 놓는 법을 가르쳐 달라고 했다가 담당의한테 혼났다니까요. 그런 것까지 배우면 간호사들 할 일이 없어진다나?"

"하하하…!"

성재의 웃음소리가 복도를 울리고, 그녀도 함께 웃는다.

"요즘은 팬들이 안 찾아오나 봐요. 조용하네?"

"네. 슬금슬금 줄어들더니 얼마 전부터는 아예 안 보이더라고요."

"잘 됐어요. 병원에서까지 팬들이 바글거리면 민폐가 될 수 있으니까요."

오랜만에 친한 사람을 만나 떠들다 보니 민우의 병실을 지나칠 뻔했다. 간호사들과도 종종 이런다는 그녀, 성재의 얼굴에 웃음이 가시질 않는다.

"민우야, 나 왔어!"

병실 출입문을 배꼼 열었는데, 뭔가 이상하다. 문을 열면 바로 눈에 띄는 침상에 민우가 보이질 않는 거다.

"민우야!"

소영이 빽 소리쳤다. 병실로 뛰어 들어가는 그녀의 뒤에서 성재는 놀란 입을 다물지 못했다.

"민우야! 정신 차려! 왜 이러고 있는 거야?!"

차가운 바닥에 민우가 쓰러져 있다. 담요와 뒤엉켜 제멋대로 늘어져 있는 모양새가 아무래도 침상에서 떨어진 것 같았다.

"간호사! 간호사!!"

다급하게 성재가 복도로 뛰쳐나가고, 소영은 반응 없는 민우를 일으키려고 갖은 애를 쓴다. 그녀의 눈에 벌써 눈물이 그렁그렁하다.

"민우야, 일어나! 눈 좀 떠봐! 응?!"

가녀리게 마른 민우의 어깨를 흔들던 그녀, 끄응, 하는 신음소리에 다시 눈이 휘둥그레진다.

"언니! 비키세요!"

간호사들이 나타났다. 일그러진 환자의 얼굴을 보고 놀라는 건 그들도 마찬가지다.

"무슨 일이야!"

그새 소식을 들었는지 담당 의사가 병실로 뛰어들었다.

"민우야! 정신 차려라! 민우야! 서민우!"

젊은 의사의 손길이 바빠졌다. 여기저기 부상의 유무를 확인했지만 다행히 다친 곳은 없어 보인다.

"소영 씨, 이쪽으로 오세요."

의사와 간호사들의 손길이 숨 가쁘게 움직이고, 성재는 멍청하게 바라만 보는 그녀를 끌고 뒤로 물러난다. 눈가에 고여 있던 눈물이 떨어졌을 때, 소영은 더 보지 못하고 고개를 돌려버렸다. 성재의 품에 감긴 작은 어깨가 불안하게 떨리고 있었다.

"민우야, 괜찮니?"

"…네."

고무풍선처럼 생긴 인공호흡기가 민우에게 숨을 불어넣기 시작한다. 폐의 근력이 약한 그에게 수시로 이렇게 해주지 않으면 자칫 호흡 곤란으로 더 위험해질 수 있다. 다행히 민우의 상태는 안정적으로 돌아온다. 동종의 병을 앓는 환자들이 흔히 그렇듯 정상인보다 잠이 많아진 게 문제일 뿐이다.

"어떻게 된 거야? 침상에서 왜 떨어졌어?"

"핸드폰…."

"…?"

제자리에 누운 민우가 가느다란 손가락으로 침상 밑을 가리켰다. 거기에 액정이 깨진 스마트폰이 굴러다니고 있었다.

"스마트폰이 떨어져서…. 주우려고…."

"이 녀석이…!"

엉뚱한 이유로 사람을 놀라게 하다니, 쥐어박을 듯 젊은 의사가 주먹을 치켜들었다가 내려놓는다. 힐끔 돌아본 곳에 소영이 아직 불안한 시선으로 지켜보는 중이다.

"울지 마요. 이것 때문에 그런 거래요."

고장 난 스마트폰을 내밀며 그가 웃었지만 소영은 여전히 아이처럼 훌쩍인다. 성재의 토닥이는 손길을 느끼고도 눈물을 멈추지 못하는 그녀, 어지간히 놀란 게 아닌가보다.

"서민우, 너 또 사고 쳤니?"

의사와 간호사들이 병실을 나갔을 때, 성재가 소리쳤다. 뒤늦게 그와 눈이 마주친 민우, 민망해진 얼굴로 씨익 웃어보였다.

"형님…. 오셨어요?"

"이 녀석이…! 인사 참 요란하게도 한다, 너?"

"미안해요. 어쩌다 보니…."

민우의 입술이 다시금 벌어진다. 생각 같아선 하이파이브를 하거나 주먹을 부딪치고 어깨를 두드리는 듯 활달하기 짝이 없는 서양식 인사법으로 반가움을 표시하고 싶지만 몸 상태가 이 지경이라 민우는 그저 웃을 뿐이다.

"소영아, 미안해. 핸드폰이 고장 났어."

"됐어! 고치면 되지! 그게 대수야?!"

"그래도 중호가 사준 건데…."

"웃기고 있어, 정말!"

울음이라도 터뜨릴 듯 벌컥 고함을 지르는 그녀, 민우로서는 가느다란 손으로 그녀의 팔을 잡아주거나 다시 웃어보이는 것 말고는 달리 방법이 없다.

"그나저나 형님…."

숨소리처럼 가녀린 민우의 목소리가 성재를 찾았다. 성

재는 구석에서 의자를 가져다 소영을 앉혀주던 참이다.

"어떡하죠? 인터뷰…. 오늘 또 못하겠어요. 내가 몸이 안 좋아서…."

"됐어. 나중에 해도 돼. 네 몸이나 먼저 챙겨."

"죄송해요. 매번…."

"성재 씨한테만 미안하고, 나한테는 안 미안해?"

힐난하는 눈초리로 노려보는 소영을 향해 민우가 또 웃었다. 말대답을 했다가는 환자고 뭐고 잔소리 폭탄이 쏟아질 게 분명하다. 세상에서 제일 잘 할 수 있는 서민우표 활짝 미소 짓기 신공 덕분에 소영의 목소리는 다행히 잠잠해졌고, 지켜보던 성재는 기가 막힌 표정이었다.

"하여간 이 커플은 알아줘야 한다니까!"

"재미있죠? 우리 매일 이러고 놀아요."

평화로운 병원 6층에 느닷없이 어수선한 소리가 들려 쫓아와 보면 범인은 꼭 서민우 배소영 커플이라던가? 하지만 그렇게 즐겁다가도 환자의 상태가 나빠지면 소영은 무조건 울기부터 한다고…. 간호사들 사이에서 이들은 정말이지 유명한 커플이었다.

"소영아, 나 졸려."

"여태 정신 잃어놓고 또 졸려? 나 심심하단 말이야."

"같이 자면 되지, 뭐…."

"그럴까?"

아까는 펑펑 눈물을 쏟더니 금세 장난스런 표정이 떠오른 그녀, 못 말리겠다.

"아무래도 자리를 피해주는 게 예의일 것 같군요. 다음 주에 올게요."

"미안해요, 성재 씨. 다음에 오시면 인터뷰 잘해드릴게요."

죽이 잘 맞아 떼려야 뗄 수 없는 최강 커플에게 손을 흔들고 성재는 돌아선다. 병실 문을 닫으려다 말고 그는 문득 민우의 가느다란 손을 매만지는 소영의 옆얼굴에 잠시 시선을 고정한다. 사실 어젯밤부터 그녀에게 할 말이 있었는데…. 다음으로 미뤄야겠다. 기회가 오긴 할는지 모르겠지만.

　**중학교 1학년이던 소영이의 기억

「소영아! 떡볶이 먹으러 가자!」

학교가 끝나고 집에 갈 시간이 되면 삼삼오오 무리 지어 다니며 아이들이 그렇게 소리치곤 했다. 분식집에 모여 떡볶이, 군만두, 김밥, 어묵 등 한 상 가득 차려놓고 수다 떨기. 이는 옛날이나 지금이나 제 세상 만난 여중생들에게서 흔히 발견할 광경일 거다. 그 나이 또래의 계집아이들이 모두 그렇듯 분식집은 남자 아이들의 컴퓨터 게임 세상처럼 공부에 지친 날들의 시원한 돌파구였던 것 같다. 새로 데뷔한 아이돌 그룹 멤버가 잘생겼네, 못생겼네, 근육이 있네, 없네, 얘는 내 거네, 네 거네, 옥신각신 하거나, 새로 부임한 교생 선생님을 두고서도 서로 자기 거라며 말다툼을 벌이지 않으면, 새 학기가 되어 처음 만난 친구를 이유 없이 헐뜯기도 하는 등 곰곰이 옛 시절을 더듬어 보면 분식집은 그립고 그리운 추억의 공간일 테다. 한 여름의 놀이동산만큼이나 재미난 곳, 한 번 쯤 끼어 오물오물 수다를 떨고 나면 묵은 체증이 싹 내려갈 듯 즐거운 곳. 하지만 어린 시절의 나는 그 당연한 진리를 외면하고 살았다. 수업이 끝난 하교 시간에 아이들이 떡볶이를 먹으러 가자며 팔짱을 끼우면,

「너희들끼리 먹어. 난 바빠.」

하며 슬며시 그 손기를 뿌리치는 거다.

「야, 쟤는 집에 가서 공부만 하나봐!」

아이들의 달갑지 않은 눈초리가 제꺽 날아들고, 다음 날 아침부터 나는 나도 모르는 별명으로 불리게 되었다. 범생이, 본의 아니게 따라붙은 이 별명은 하필이면 1학년 새 학

기가 시작된 지 일주일 만에 아이들의 입에 오르내리기 시작했는데, 떨쳐내지 못해 안달하다가 급기야 3학년 졸업을 앞둔 어느 날엔 아예,

「야, 너희 아빠 국회의원이라며?」

라는 황당무계한 소리까지 듣게 되었다. 어린 날의 내가 꽤나 깔끔을 떨고 다녀서 그랬던가 보다. 집에선 나더러 쓸데없는 결벽증에 걸렸다며 잔소리를 할 정도였으니.

「우리 아빠가 국회의원이면 내가 이런 학교에 왔겠니?」

말투는 콧대 높은 부잣집 공주님인데, 사실은 그게 아니라고 하니 다들 기가 막혔던가 보다. 이 황당하고 어처구니없는 사건은 퉁명스럽게 던진 한 마디에 스멀스멀 사라지는 것 같았지만 날 보는 아이들의 눈빛은 마치 오래 된 코미디 프로그램에서 보았던, 무엇에 쓰는 물건인고? 하며 처음 보는 물건을 두고 열나게 토론하는 배우들의 뻔뻔한 표정 연기와 닮았고, 더 나아가서는 콜라 병을 처음 보는 부시맨의 갸우뚱거리는 고갯짓과 비슷했다. 이 모든 게 평범한 계집아이가 전혀 평범하지 않게 놀았기 때문이라고 생각된다.

「삑! 삐삑!」

「쿵! 쿵!」

「…?」

귀로만 들어서는 도무지 정체를 파악할 수 없었던 그 소리, 하릴없이 쏘다니는 내 꽃잎 같던 시절의 발길을 잡아끈 그 소리가 아마 날 괴이한 인간으로 만드는데 한 몫 하지 않았을까 생각한다. 호기심 천국, 궁금한 게 있으면 반드시 알아내야 직성이 풀리는 내 성격이 그곳으로 날 이끌었다고 설명하는 게 옳을 거다.

　「와아!」

　나를 놀라게 만든 그것은 거대한 농구장이었다. 학교에 무엇이 있든가 말든가 관심이 없던 난 처음 보는 농구장의 규모에 한 번 놀랐고, 우리 학교 농구부가 국내에서 내로라하는 팀 중에 하나라는 사실을 알고 한 번 더 놀랐다. 그러니까 나는 매일 학교가 끝나면 분식집이 아닌 농구장에 찾아가 또래 남학생들의 움직임을 지켜본 거였다. 그렇게 많은 상을 휩쓸었다면서 모교 학생들의 인기는 얻지 못하고 있더란 사실을 신기해하며.

　「와! 진짜 키 크다!」

　내가 세 번째로 놀란 건 선수들의 신장이었다. 중학생일 뿐인 남자 아이들의 평균 키가 170센티미터였다면, 나중의 이야기이지만 민우의 키가 3학년 때 벌써 180센티미터를 넘겼다면 세상에 놀라지 않을 사람은 없을 거다. 그 거대한 아이들이 어디로 튈지 모르는 농구공을　아 허공으로 날아오르니, 나는 농구장에서 보내는 시간 내내 바보처럼 입을 다물지 못하고 멍청한 표정만 지었던 것 같다. 그렇게 중학교 첫 학년, 첫 학기가 시작된 일주일째부터 나는 방과 후의 모든 시간을 농구장에서 지내는 데에 쏟아 부었다. 딱히 하는 일은 없었다. 내 전용 좌석인 양 2층 관중석 한 가운데에 앉아 처음 날 끌어들였던 삑, 삑, 농구화의 마룻바닥 미끄러지는 소음과 그 마룻바닥에 쿵, 쿵, 하며 묵직한 농구공을 튕겨내는 울림을 가슴으로 느낄 뿐이었다. 스포츠라곤 단 한 번도 접해본 적 없던 계집애가 중학교에 들어와 전혀 새로운 세계를 만났으니 이 또한 운동 중독에 해당할 수 있을까?

「애야, 너 이름이 뭐니?」

그렇게 감격에 겨운 표정으로 한 달을 보내던 날이었다. 누군가 내게 다가와 말을 건넸다. 나는 늘 그렇듯 퉁명스럽게 대꾸했다.

「왜요?」

「너 왜 매일 여기 오니? 우리 애들한테 관심 있니?」

「…?」

볼품없는 노인이었다. 그는 검은색이라곤 찾아볼 수 없을 정도로 머리가 온통 하얗게 새어버린 할아버지였다. 뒤뚱뒤뚱 움직이는 펑퍼짐한 몸집에, 개량한복을 입고 다니는 전형적인 노인네 말이다. 나는 처음에 그가 우리 학교 교장 선생님이 아닌가 하고 생각했다.

「뭐라고요? 방금 뭐라고 하셨어요?」

「매일 같은 시간에, 같은 자리에 앉아 있는 것 같아 궁금해서 묻는 거다. 이름이 뭐니?」

「배소영이요.」

「우리 학교 학생인 게냐?」

「할아버지는 누구세요?」

꼬치꼬치 캐묻는 그 목소리가 마음에 들지 않아 다시금 시큰둥한 목소리로 되물었더니 그가 껄껄 웃음을 터뜨렸다.

「나는 감독이란다.」

「네?」

「난 우리 학교 농구부 감독이에요. 허허허…!」

산타클로스 할아버지를 연상케 하는 웃음소리, 나는 그게 재미있어서 픽 웃음을 터뜨렸다.

「매일 오는 걸 보니 농구에 관심이 많은가 보구나?」

「아뇨, 그냥….」

「그럼 좋아하는 선수라도 있는 거니?」

「아뇨.」

「그럼 다른 이유가 있느냐?」

「…….」

나는 더 이상 대꾸하지 않았다. 지금과 달리 소극적이던 나, 무슨 대인기피증이라도 가진 사람처럼 곁에 누군가 다가오는 걸 꺼리던 나는 그가 내 옆 자리에 앉아 시시콜콜 말을 거는 모양새가 영 마음에 들지 않았다. 그가 아무리 농구부 감독이고, 산타클로스처럼 웃을지라도.

「애야, 너 혹시 시간 되면 나 좀 도와주지 않을래?」

「…?」

한참 만에 내 시선이 도로 그에게 날아가 박혔다. 그는 사람 좋은 미소로 날 바라보고 있었다.

「뭐라고요?」

「날 좀 도와다오. 우리 팀의 실력이 향상되니 내가 할 일이 많아졌구나.」

「뭘 도와드려야 하는데요?」

「선수들의 실력 변화라든지, 경기 상황 등등 알아보기 쉽게 기록하는 일이란다.」

「그걸 제가 왜 해야 하는데요?」

「이 일을 하던 사람이 얼마 전에 학교를 그만뒀거든. 새로 사람을 구할 때까지…. 그렇지! 아르바이트는 어떠니? 원한다면 보수는 넉넉히 주마.」

「보수는 됐어요..」

난 그날로 농구부의 부원이 되었다. 별다른 이유가 있지는 않았다. 또래 선수들의 농구하는 모습을 좀 더 자세히 지켜볼 수 있을 거라는 생각이 우선이었다. 그 후 나는 수업이 끝나면 얼른 화장실로 달려가서 사복으로 갈아입은 뒤 농구장으로 향했다. 어느 때보다 공부에 매진해야 할 중학생이란 특성상 훈련은 반드시 학교 수업이 모두 끝난 뒤에야 했다. 이는 감독님의 교육적 철학이었고, 그래서 더욱 마음에 들었다. 땀을 뻘뻘 쏟으며 바쁘게 농구 코트를 뛰어다니는 선수들과 할아버지 감독님, 농구부 단체복으로 맞춘 점퍼 차림으로 선수들의 움직임을 면밀히 관찰하는 내 모습은 마치 '슬램덩크'라는 유명 애니메이션에 등장하는 강백호네 농구부 같기도 했다. 그렇다고 그 애니메이션에 등장하는 인물처럼 험상궂은 인상을 가진 선수들은 없었다. 만화는 그저 만화일 뿐…. 아니, 참고는 될 수 있겠다. 강백호 만만치 않게 꼴통 같은 놈 하나가 날 기막히게 했으니.

"…?"

시선이 느껴져 돌아보던 소영의 입가에 미소가 번졌다. 침상에 앉아 민우가 이쪽을 지켜보는 것이었다.

"왜 안 자고 일어났어?"

"그냥…."

곁으로 다가가 걸터앉는 그녀, 헝클어진 민우의 머리카락을 가만히 쓰다듬는다. 스스로 몸을 일으켜 앉는 것조차 견디기 어려운 중노동일 텐데…. 그녀의 손길이 닿자 민우는 마라톤 풀코스를 완주한 사람처럼 힘겹게 입 꼬리를 들어올린다.

"어디까지, 썼어?"

건너편 테이블에 놓인 모니터를 가리키며 민우가 물었다.

"방금 막 시작했어. 글 솜씨가 형편없어서 그런지 영 재미가 없네?"

"내가, 도울 건, 없어?"

"글쎄, 아직 잘 모르겠어. 하지만 너와 나의 이야기이니까 일부는 네가 직접 쓰는 것도 좋을 것 같아."

"내가, 그런 걸, 어떻게 해?"

테이블로 돌아가 모니터의 내용을 저장하는 그녀, 요즘 소영은 민우의 옛 시절을 책으로 엮어내기 위해 고군분투하고 있다. 슈퍼스타 서민우가 어째서 누구도 넘볼 수 없는 자리까지 오를 수 있었는지, 어째서 사람들이 서민우라는 이름 석 자를 기억해야 하는지 책에 낱낱이 밝힐 예정이다. 최근 박성재 기자가 두 사람을 인터뷰하겠답시고 따라다니는 것 역시 소영의 일을 돕기 위해서였다.

"오늘은 내가 농구부에 입단하는 내용까지 썼어. 내일 계속 쓸 거야."

"난, 언제 나와?"

민우의 물음에 소영이 또 한 번 미소 짓는다. 맨 처음엔 쓸데없는 짓이라며 반대하더니, 오늘은 어쩐 일인지 궁금한 표정이다. 다른 사람도 아닌 그녀가 우리의 옛 이야기를 쓴다는 사실이 흥미로웠던 거다.

"아직 순서가 되지 않았을 뿐이지, 네 얘기도 곧 나올 거야."

"순정만화에, 나오는, 꽃미남, 주인공처럼, 써줘."

"그렇게는 싫어. 널 처음 봤을 때 별로였거든." "내가 왜?"

"바보야, 몰라서 묻니?"

샐쭉한 표정으로 메롱, 혓바닥을 내뱉는 그녀, 민우는 그저 웃을 따름이다.

"곧 쓰겠지만 옛날의 넌 강백호 같았어."

"강백호? 빨강 머리?"

"그래. 맞아."

"나, 그 정도는, 아니었어."

"머리만 까맣지, 성격은 딱 강백호였다니까!"

"내가, 그렇게, 무지막지했어?"

그러자 소영이 까르르 웃음을 터뜨렸다. 할 수만 있다면 그녀와 아웅다웅 말다툼이라도 벌이고 싶지만 지금의 몸 상태로는 결코 불가능하다. 오늘도 별 수 없이 그녀의 생각대로 따를 수밖에.

"낮에, 침상 밑으로, 떨어졌을 때, 네 생각이 났어."

"그랬어?"

"보고 싶었어. 빨리 오라고, 소리 질렀는데, 소리가, 안 나왔어."

"무서웠겠다. 그렇지?"

"정말, 무서웠어. 네가, 안 올 줄, 알았거든."

"말도 안 돼!"

저도 모르게 빽 소리치는 그녀, 민우는 소영의 걱정 가득한 표정이 고마웠다.

"그래서, 액자를, 봤어."

"액자?"

두 사람의 시선이 벽 한 귀퉁이로 날아든다. 거기에 액자가 있다. 소영의 사촌 언니 소희가 선물해준 대나무 그림 말이다.

"대나무가, 너처럼, 보였어."

"왜?"

"너, 대나무처럼, 길쭉하고, 말랐잖아. 그래서, 너 닮은, 저걸 보고, 빨리 오라고, 소리쳤어."

메마른 몸뚱이처럼 마음까지 약해진 사내의 작은 등을 어루만지며 그녀, 절레절레 고개를 흔들었다.

"민우야, 기억 안 나?"

"…?"

"나, 평생 네 매니저가 되겠다고 했었잖아. 평생 너만을 지키고 살 거야. 그러니까 걱정하지 마."

"그래."

숨소리보다 가녀린 손가락으로 민우가 그녀의 입술을 건드려 보았다. 바싹 말라버린 입술 껍질이 손끝에서 느껴진다. 피곤에 찌든 그녀, 고맙고 미안한 그녀에게 제 마음을 어떻게 표현해 줄지 고민하지만 뾰족한 방법이 떠오르질 않는다. 이렇게 바보 같은 몸뚱이로 과연 무엇을 할 수 있단 말인가. 오늘도 민우는 속상하다.

"소영아, 미안해. 나 때문에……."

"미안하긴 뭐가 미안해? 내 입술 늘 이렇잖아. 신경 쓰지 마."

"그래도…."

"이래봬도 통뼈에, 무지막지하게 건강한 몸이야. 이 정도는 별 거 아니라고.”

입술 위의 손길을 거두어 제 얼굴로 가져가는 그녀, 빛이라고는 작업 후 아직 끄지 않은 모니터의 불빛뿐인 한 밤의 어둠 속에서 서로는 조용히 입을 맞춘다. 어디선가 날아드는 귀뚜라미 울음소리처럼 입술은 달콤했고, 그 향기는 은은하게 전신으로 퍼져나간다. 길고 긴 어둠 속에서 두 사람은 오랫동안 서로를 음미하고 있었다.

2장

근육병과
루게릭병

두 사람이 만나는 것은
두 가지 화학물질이 접촉하는 것과 같다.
어떤 반응이 일어나면 둘다 완전히 바뀌게 된다.

―칼 융

박성재의 첫 번째 기사.

첫 번째 기억, 필자는 당시 대학에서 학생 기자로 활동 중이었다. 아니, 신입생이었기 때문에 '활동 중'이란 표현은 옳지 않을 것이다. 모교의 학보 사무실에서 선배 기자로부터 일을 배우는 시기였으므로 차라리 '인턴 기자의 설레발'이라고 해두자. 어쨌든 필자는 하늘같은 선배님의 뒤꽁무니를 재롱둥이 강아지처럼 따라다니다 마침내 그를 보았다. 때는 바야흐로 캠퍼스의 낭만을 꿈꾸던, 대학의 화려한 겉모습에 빠져버린, 쥐뿔도 모르는 신입생이 정의로운 사회 구현을 위해 기자가 되겠다며 학보 사무실 문을 두드린 지 어언 열흘째 되던 날이었다. 사무실 소파 위에서 뒹굴 거리던 선배 기자가 손목시계를 들여다보더니 필자에게 말했다.

「야, 축구장 가자.」

밑도 끝도 없이 이게 무슨 소리인가? 대학 총장의 공금 횡령 문제로 학생 기자들이 특종을 잡겠다며 우르르 학교 안팎을 들쑤시고 다니는 판국에 한가하게 축구라니? 황당한 표정으로 쳐다보는 필자에게 선배는,

「잔말 말고 따라와!」

라며 소리쳤다. 필자의 기억은 이때부터 명확해진다. 걸

음 한 번 기차게 빠른 선배를 헐떡거리며 따라간 드넓은 잔디구장에서 경기를 앞둔 선수들의 몸 풀기 운동이 진행되고 있었는데, 그날의 행사가 명망 높은 실업팀의 불꽃 튀는 일전이었느냐, 아니면 실력 깨나 알아준다는 유명 대학 팀의 친선 게임이냐…! 단지 몸을 풀고 있었을 뿐인데, 그 연습 게임에서부터 심상치 않은 실력을 보여주니 필자는 그들의 정체가 자못 궁금해졌다. 한심하게 쳐다보는 선배의 눈초리라니, 대학 팀도 실업 팀도 아니라고 했다. 대학 캠퍼스와 짝꿍, 쉽게 얘기해서 '사범대학교 부속 고등학교'라는, 대학의 이름까지 앞에 붙으면 외우기도 쉽지 않은 고등학교의 학생들이라는 것이다.

「축구 보자면서요?」

그 시절까지만 해도 필자는 어린 학생들의 운동 경기는 별 볼 일 없다는, 아주 편협한 사고방식을 갖고 살았기에 짜증 가득한 목소리로 비명을 지르고 말았다. 따뜻한 봄날, 캠퍼스 잔디밭에 드러누워 키득키득 사랑을 속삭이는 새내기 연인이라도 못될 바에야 에라, 모르겠다! K리그나 신나게 보자! 하고 좋아했었는데…. 시큰둥한 표정을 중얼중얼 알 수 없는 말들을 늘어놓았다가 필자는 결국 선배의 만년필에 이마를 정통으로 얻어맞았다.

「축구장 가자고 했지, 축구 보러 가자고 했어? 이 새끼가 빠져가지고…!」

경보 선수처럼 걷는 것도 아니요, 그렇다고 한가로운 걸음걸이도 아닌 무시무시한 속도로 나는 듯 움직이는 선배를 따라 그라운드 한 구석에 우뚝 솟아있는 골문 뒤로 가보았다. 여기를 지키고 있으면 '그'를 쉽게 관찰할 수 있을 거라며 선배는 귀띔했다.

「저 놈이 서민우야.」

「…?」

턱짓으로만 까딱, 하고 말았으니 누가 누구인지 몰라 서민우는 멍청한 표정으로 '누구요?'하고 되물었다. 바로 그 순간이었다.

「으악!」

느닷없이 날아온 축구공에 놀라 필자는 비명을 질렀다. 공이 이렇게 빠른 속도로 날아올 수 있다니, 그 자리에 주저앉지 않았으면 만년필에 맞은 이마가 아예 부어오를 뻔했다.

「괜찮으세요?」

공을 찬 선수가 이쪽으로 달려와 소리쳤다. 그리고 필자는 놀라 눈이 휘둥그레지고 말았다. '후광後光이 비친다.'라고 표현해야 할까? 무슨 대단한 연예인을 만난 것도 아니고, 영험한 신을 영접한 것도 아닌데, 그는 분명 후광이

비치고 있었다.

「죄송합니다!」

고개 숙여 인사하고 그라운드로 돌아가는 사내, 필자가 만난 그의 첫인상은 한 마디로 '아, 저놈은 사람이 아니구나!'였다. 두 번째 기억, 서민우가 대학에 입학했다. 특별한 소식은 아니었다. 이미 오래전부터 대학에선 그를 모셔오기 위해 갖은 애를 썼고, 입학이 결정되기도 전에 이미 '우리 학교의 미래! 한국 축구의 미래!'라며 설레발을 치고 다닌 터라 학생들 사이에선 아예 동문이거나 후배 취급을 받고 있었으니 말이다. 게다가 수많은 팬들까지 보유하고 있어 날이면 날마다 '민우야, 사랑해!'하는 비명소리가 난무했던 교정, 서민우가 나타나면 그 순간부터 캠퍼스의 분위기는 축제라도 벌어진 양 어수선했다.

「학교 홍보를 위한 모델이 필요한데, 과연 누가 좋을까?」

하루는 전교생을 상대로 이런 투표를 진행한 적이 있었다. 필자의 이름과 서민우가 동률로 나오다니, 그 시기에 필자는 이제 막 어린 티를 벗어던진, 대학 4학년에 빛나는, 사회생활 깨나 한 중년 기자처럼 여유롭게 살고 있었다. 그런데 어쩌다 교내 인기투표에서 우리 두 사람이 1, 2위를 다투게 되었을까? 답은 간단하다. 필자로 말할 것 같으면 고등학생 때까지 패션 잡지 모델로 잠시 활동한 이력이 있다. 그렇다고 유명한 모델은 아니었다. 하지만 거리에 나가면 한 번 쯤 여성들의 시선을 한 몸에 받을 만큼 키가 크고, 외모 또한 준수했으니 스스로 생각해도 훌륭한 유년시절을 보냈다고 자부할만하다. 촬영을 위해 스튜디오에서 만난 서민우는 같은 남자가 보기에도 아름다웠다. 여자 아닌 남자를 두고 아름답다는 표현이 과연 가능한지 필자는 궁금하다. 아름다운 남자, 정말 서민우는 아름다운 사내였다. 모델 출신인 필자의 뺨을 후려치고 남을 만큼 잘생긴 데다, 운동선수인 탓에 탄탄한 근육질의 구릿빛 몸매를 가졌으며, 무려 190센티미터의 장신이기까지 하니 인정하고 싶지 않지만 분명 그는 필자보다 더 모델다운 향기를 뿜어냈다.

「잘 부탁합니다. 선배님!」

꾸벅, 고개 숙여 예의를 갖추던 녀석, 잘 부탁하고 말고가 없었다. 필자의 기억에 그날의 서민우는 아주 완벽한, 수준급의 모델이었다. 필자는 지는 게 싫었다. 아무리 잘난 인간일지라도 너는 운동선수일 뿐 최고는 나다! 하는 생각이 가득했다. 심지어 모델 박성재를 카메라에 담을 수 있어 영광이라며 사진작가가 감동의 눈물을 쏟아낼 정도였으니 필자의 오만방자함은 극에 달했던 것 같다. 사담이지만 필자가 가장 좋아하는 포즈는 손거울에 비친 자신의 얼굴을 그윽하게 바라보는 것이었다. 그리스 로마 신화에 나오는, 물에 비친 제 얼굴을 보고 홀딱 반해 사랑을 느꼈더라는 나르키소스가 된 듯 말이다. 그런데 서민우가 필자의 포즈를 완벽하게 흡수했다는 게 문제였다. 거칠기 짝이 없는 근육질 사내의 부드러운 미소라니…! 우리의 보이지 않는 경쟁을 가만히 지켜보던 학교 관계자들은 문득 당황한 표정이었을 것이다. 반라半裸는 물론이거니와 전라全裸에 가까운 사진들이 즐비했으니 이 멋진 사진들을 과연 대학 홍보용으로 쓸 수 있을까? 우습게도 그날에 찍은 모든 사진들은 결국 암암리에 화보집으로 만들어져 학생들에게 싼 가격으로 판매하는 사태가 벌어졌고, 학교 홍보는 간단한 영상으로 대체하였다는 이야기를 들은 것 같다. 이를 두고 예산 낭비라며 따질 법도 한데, 아무도 뭐라 하는 사람이 없었다. 박성재와 서민우, 그 이름만으로 모든 것이 해결되었으며, 홍보가 따로 필요 없는, 입소문만으로도 충분한 학교의 상징 그 자체였다.

「자네, 운동 그만 둘 생각 없나?」

학생들의 시선을 한 몸에 받으며 대학가에서 근사하게, 마치 그림처럼 식사를 하던 어느 날이었다. 한참을 찾아다녔다며 어느 패션 잡지의 관계자가 서민우에게 명함을 내밀었다. 그는 필자도 잘 아는 사람이었고, 업계에서도 내로라하는 능력자였다.

「싫어요!」

서민우는 단 1초의 망설임도 없이 거절했다. 명함조차 받지 않았고, 내밀었던 손이 민망해져 그는 시뻘건 얼굴로 자리를 떴다. 그는 지금껏 한 번도 실패해본 적 없었던 업계의 '마이더스 손'이거늘, 건방지기 짝이 없다며 한 마디 했더니 서민우는 웃으며 대꾸했다.

「전 운동이 더 좋아요.」

"후우…!"

여기까지 쓰고 나서 성재는 커피 잔을 입으로 가져갔다. 커피는 거의 식어 있었다. 맛이 달라지고, 특유의 향마저 날아가 버렸지만 어쩔 수 없다. 커피 한 모금이 좋은 기사를 쓰도록 도와준다는 믿음을 가진 터라 오늘도 습관적으로 식어버린 커피를 음미하며 조용히 미소 지었다.

얼마 전부터 필자의 블로그에서 진행 중인 이야기는 다름 아닌 서민우를 기억하는 모든 분들과 함께 하려는 추억여행의 일환이다. 서민우와 그의 여자 친구 배소영은 현재 자신들의 이야기를 책으로 엮기 위해 준비 중이며, 필자의 이야기가 부디 그들에게 도움이 될 수 있기를 소망한다.

블로그 게시판에 글을 저장한 뒤 성재는 양껏 어질러 놓은 주변을 정리하느라 부산해졌다. 마침 서울에 볼 일이 있어 올라왔다는 서민우의 담당의와 인터뷰 약속을 해둔 터라 시내에 나가야 한다.

"…?"

인터넷 창을 닫고 컴퓨터를 끄려던 그는 순간 손 안의 마우스가 멈칫, 움직이지 않는 걸 느꼈다. 바탕 화면으로 설정된 사진이 그를 웃게 해서다. 유럽의 유명 축구 선수들을 떠올리게 하는 잘생긴 남자들, 대학 시절 멋지게 찍어낸 서민우와의 화보 사진 중 하나였다. 세상에 거칠 것 없이 살아가던 우리였지만 그 멋진 녀석이 몇 년 뒤 허무하게 쓰러지리라고는 아무도 생각하지 못했다. 성재는 그게 너무나 안타까웠다.

"민우야, 넌 안 춤냐?"

벗어놓았던 점퍼를 걸쳐 입으며 중호가 물었다. 민우는 대답 없이 고개만 저을 뿐이다.

"아프면 아프다고 말해. 참지 말고."

"그래."

눈부신 가을날 오후, 민우는 병원 뒷마당에 나와 재활 치료를 받고 있었다. 근육이 줄어들면서 무릎 관절과 어깨 관절 등등 뼈만 남은 몸뚱이가 시간이 흐를수록 자꾸만 굳어지니 조금이라도 더 움직일 수 있도록 자극하는 것이다. 처음엔 병원에서 전문 치료사를 소개해줬지만 치료 과정이 너무나 혹독해 보여 중호가 직접 나섰다. 10년 지기 친구를 위해 재활의학과 물리치료를 다룬 책을 뒤지고, 전담 치료사를 귀찮게 따라다니며 그의 지식을 흡수하더니 결국 몇 개월 만에 자격증을 취득했다. 미친 놈, 자격증을 보여주며 사랑하는 중호에게 민우는 그렇게 중얼거렸다. 별볼 일 없는 친구 놈을 돕겠다며 고생을 자처하는 그에게 미안해서 튀어나온 엉뚱한 한 마디였다. 그 속을 아는지 모르는지 중호는 눈을 부라리며 욕설을 늘어놓더니 급기야 섭섭하다며 울기까지 했다. 그 커다란 덩치로 눈물 콧물 다 쏟으며 훌쩍거리니 달래주지 않았으면 아예 삐쳐서 입을 다물었을 거다.

"비온 뒤라 그런지 쌀쌀하네. 야, 봄가을만 있는 나라 어디 없을까?"

"그렇게, 추위? 난, 따뜻하고, 좋은데…."

"추위 안타는 넌 죽어도 모를 거야! 난 죽겠다니까!"

"여름은, 더워서, 싫고, 겨울은, 추워서, 더 싫고…. 그냥, 밖에, 기어 나오지 마."

"…?"

폐활량이 줄어 호흡이 가쁘지만 그래도 할 말은 다 하는 민우, 중호의 얼굴에 그려진 황당한 표정을 보고 곁에 있던 소영이 웃음을 터뜨렸다.

"그게 친구란 놈이 할 소리냐? 이걸 확…!"

쥐어박을 듯 주먹을 치켜들지만 오래 가진 않는다. 덩치만 컸지, 주먹질 따위 전혀 할 줄 모르는 놈이기 때문이다. 어렸을 때부터 그랬다. 불리할 듯싶으면 덩치로 밀고 들어가던 녀석, 가만 두지 않겠다면 우르르 몰려왔다가 중호의 산만한 덩치에 속아 도망친 놈들이 한둘이 아니었다. 물론 민우는 거기에 해당되지 않는다. 도리어 중호가 민우의 덩치에 밀려났을 뿐.

"왜? 아파?"

목석처럼 굳어버린 왼쪽 무릎을 건드리자 대번에 민우의 얼굴 표정이 일그러진다. 근육이 사라진 자리에 남은 신경들이 아예 죽자고 발악하는 모양이다.

"좀 참아. 욕창으로 썩는 것 보다는 낫잖아."

"살살해, 이 돼지야!"

온몸으로 날아드는 묵직한 통증, 생각 같아선 비명이라

도 지르고 싶지만 불가능하다 입 밖으로 나오는 거라곤 가쁜 숨소리뿐이니 민우로서는 답답한 노릇이다.

"그나저나 너, 내가 준 스마트폰은 잘 쓰고 있어?"

"……."

민우는 아직 대답할 수 없다. 뻣뻣한 어깨 관절이 아파서다. 날카로운 물건으로 찌르듯 쿡쿡 찌르는 게 지난주보다 나빠진 것 같다.

"그거, 고장 났다."

"최신형인데 왜 고장이 나?"

다시 입을 다무는 민우, 이번엔 아파서가 아니다. 그날의 기막힌 사건을 알면 성질머리 고약한 중호 녀석이 어떻게 나올지 상상하고 있었던 거다. 역시 반응은 신속했다.

"뭣이여? 침상에서 떨어져야?"

쩌렁쩌렁 울리는 전라도 사투리, 곁에서 두 사람을 지켜보던 소영이 다시 쿡 웃음을 터뜨렸다. 중호의 반응을 그녀도 예상하고 있었던가 보다.

"아니, 뭣을 어쨌기에 침상에서 떨어져 불고 그런다냐? 아, 거그서 춤췄는가?"

"내가, 이 몸으로, 춤을, 어떻게, 춰?"

"그럼 뭣이여? 뭣 땜시 거시기를 주워 오겠다고 앙탈을 부렸어? 아따! 이 썩을 놈의 새끼! 죽으려고 환장을 했구마잉!"

오늘도 결국 참지 못하고 터져버렸다. 흥분하는 순간 불꽃처럼 화르르 타오르는 그 다급한 성격을 제발 고치라고 아무리 지적을 해도 안 되는 건 어쩔 수 없나 보다. 겨우 익힌 서울말이 말짱 도루묵이 되어버렸으니.

"야, 이 오살헐 놈아! 그깟 스마트폰이야, 고장나 불문 고치문 되제! 지금은 네 몸이 더 중한 거 모르냐? 으미! 이 잡것 땜시롱 나가 제 명에 못 산당께!"

"미끄러진 것, 뿐이야. 난간, 잡으려고, 했는데, 무게 중심이…."

"고거 참 말 많네잉! 어데 부러지지 않은 것이 다행이제! 아따! 참말로…!"

뒤늦게 알아차린 이 소식이 중호는 속상한 모양이다. 거칠고 투박한 주먹으로 제 가슴을 쾅쾅 쳐대니 지켜보는 민우가 다 미안할 지경이었다.

"제수씨, 침상의 난간은 항상 세워 두나요?"

차분한 목소리로 돌아온 중호, 침착해지려고 노력하는 기색이지만 어색한 서울 억양은 숨길 수가 없다.

"항상은 아니죠. 필요할 때에만…."

"야, 나, 아무 데도, 다치지, 않았으니까. 그걸로, 됐어. 그만해."

민우의 기운 없는 손짓에 씁쓸하게 웃는 중호, 생각 같아선 의료사고라며 우겨서라도 병원에 책임을 묻고 싶지만 이건 누가 봐도 민우의 실수인지라 그럴 수가 없다. 같은 실수가 반복되지 않을 방법으로 커다란 난간이 달린 침상으로 바꾸는 걸 생각해 보았으나 아무래도 무리인 것 같다. 사실 의료용 침상에는 필요에 따라 세웠다, 접었다, 할 수 있는 접이식 난간이 있다. 그 중 움직임이 많은 아이들을 배려해서 아예 요람처럼 만들어진 침상도 있지만 이는 그저 아동용일 뿐이어서 키가 190센티미터의 장신인 민우에게는 절대 불가능했다.

　"그래서? 액정이 아주 깨져 버린 거야?"

　"그래. 고쳐야 해."

　"내가 거기에 동영상을 편집해서 저장해 놓았는데, 그럼 못 봤겠네?"

　"무슨, 동영상?"

　"똑같은 게 나한테도 있거든. 보여줄게."

　제 휴대폰을 꺼내드는 중호에게 고개를 돌리려다 민우가 저도 모르게 어금니를 깨문다. 다시 온 몸을 휘감는 통증이 두려워서다.

　"아이스버킷 챌린지(Ice Bucket Challenge)가 뭔지 알아?"

"그게, 뭔데?"

"보면 알아."

말투만큼이나 뭉툭한 손가락으로 액정 속 동영상을 건드리는 녀석, 역시 오늘도 말보다 행동이 우선이다. 도무지 말릴 수가 없다.

「꺄아악!」

"…?"

비명과 고함과 웃음소리가 난무하는 희한한 영상이다. 양동이 가득 얼음물을 담아 스스로 제 머리 위에 쏟아 붓는 사람들, 살을 에는 냉기로 바들바들 떨면서도 온몸으로 쏟아지는 차가운 기운을 어떻게든 버텨내는 이들은 모두 국내 유명 연예인들이다. 중호의 휴대폰엔 1분 남짓한 여러 개의 영상들이 잔뜩 저장되어 있었는데, 영상 초반에 나오는 설명을 제대로 듣지 않으면 도대체 이런 미친 짓들을 왜 하는지 이해하지 못했을 거다.

"아이스, 버킷, 챌린지라니, 이게 뭐야?"

눈만 껌뻑이는 친구의 반응을 보고 중호 녀석이 키득키득 웃음을 터뜨렸다.

"내용은 이미 다 나와서 알았겠지만 루게릭병에 걸린 환자들을 응원한다는 취지에서 만들어진 거야."

"그래서?"

"그래서라니? 무슨 질문이 그래?"

"그러니까, 루게릭병, 환자들이, 나와, 무슨, 상관이야?"

"오메, 요 잡것 좀 보소?!"

다시금 중호에게서 전라도 사투리가 터졌다. 튀어나올 듯 눈까지 휘둥그레진 녀석, 민우가 자신의 마음을 이해하지 못했다고 생각하는 모양이다.

"요 귀여운 놈아, 너 일부러 모르는 척 하는 거제잉?"

"뭘?"

"아니, 이 오살헐 놈 좀 보소! 아픈 친구 놈 생각혀서 기껏 영상 모아다 놨더니 뭣이 어쩌고 어째? 아, 요것을 보고 너도 힘을 내라! 허는 것 아니냐! 이래도 내 맘을 모르겄냐?"

"흥, 멍청한 새끼…."

"뭣이여?!"

별안간 중호가 고함을 꽥 내질렀다. 그 목소리가 어찌나 큰지 놀란 소영이 다급하게 조용히 하라는 손짓을 해댄다. 주변으로 지나가던 사람들이 이쪽을 힐끗거리지만 중호는 눈치를 볼 여유가 없다. 이미 그의 얼굴은 울그락 불그락 뜨겁게 달아올라 쉽사리 가라앉지 않을 것 같다. 아무래도 서울말 공부는 처음부터 다시 해야겠다.

"아따, 말해보드라고! 나가 왜 멍청하다는 것이냐? 난 그저 친구란 놈 하나 보고 이거 보여준 죄밖에 없다!"

"내가, 루게릭병, 환자야?"

"뭐라고?"

"나, 루게릭병, 환자, 아니야. 이 사람들, 나하고는, 관계 없어."

"…?"

한심한 표정으로 쳐다보는 민우, 그러나 중호는 도무지 이해하지 못하고 고개만 갸우뚱거릴 뿐이다.

"민우의 병은 근육병이에요. 루게릭병하고는 달라요."

"제수씨, 설명 좀 해보시오. 난 도통 모르겠응께."

"그러니까 민우는 근육이 고장 난 거지, 신경 세포에는 아무 문제가 없다는 거죠."

소영의 설명을 간단하게 풀어보자면 루게릭병은 뇌와 척수의 운동 신경 세포가 손상되면서 근육에게 잘못된 명령을 전달하거나 전혀 명령하지 않아 생긴 병이고, 근육병은 다른 조직과는 관계없이 근육 자체에 이상이 생기는 병이다. 병의 원인 또한 다르다. 루게릭병은 이유를 알 수 없어 치료제조차 존재하지 않는 불치병이지만 근육병은 유전병이며, 비록 쉽지는 않지만 관리하기에 따라 치료가 가능한 난치병이다. 엄연히 다른 루게릭병과 근육병, 하지만 아무리 그렇기로 친구란 놈이 1년이 다 지나도록 제 친구의 병명도 모르느냐며 나무라지는 말자. 결국 근육이 잘못된 반응을 일으키는 건 마찬가지이고, 그래서 대부분의 사람들이 이 두 가지의 병을 제대로 구분하지 못하니까 말이다.

"휴대폰에, 뭔가, 저장되어, 있는 걸, 보긴, 했는데, 제대로, 보기도, 전에, 떨어진 거야."

"그랬어? 이것 참, 나 때문에 미안하게 됐네. 어떡하지?"

"뭐가, 너 때문이야? 괜찮아."

"그래도…."

민망해진 중호의 목소리가 기어들어갈 듯 잦아지고, 민우는 그저 웃을 따름이다.

"별 도움도 안 되는 거 보겠다고 하다가 그렇게 된 거니까 사과하는 차원에서 서비스 한 번 끝내주게 해주마."

"서비스라니?"

"아, 가만히 있기만 혀! 나가 아픈 자리 지대로 만져줄랑께!"

전문 마사지사라도 된 양 중호가 두 팔을 걷어 부치더니 민우의 몸뚱이 이곳저곳을 건드려 본다. 아프다고 욕설을 내뱉는 친구와 그런 친구를 골려주려는 못된 친구, 서로 아웅다웅 볼썽사납게 싸우는 두 친구를 소영은 한심한 얼굴로 지켜보고 있었다.

**중학교 3학년이던 소영이의 기억

나는 남자가 좋다. 응? 뭐라고? 아니, 이게 무슨 해괴망측한 소리냐며 따지는 사람이 있을 것 같다. 혹시 잘못 읽은 건 아닌지 의심하는 사람도 있겠으나 제대로 읽으셨다. 나는 정말 남자가 좋다. 차라리 남자로 태어났다면 좋았을 텐데, 하는 생각도 했을 만큼 난 여자보다 남자를 더 좋아한다. 시작부터 밑도 끝도 없는 별난 취향을 고백했으니 이쯤 되면 날 발랑 까진 여자로 보거나 아무렇지 않게 몸을 굴리는 여자로 오해하는 사람도 있을 것이다. 하지만 나는 그런 여자가 아니다. 오로지 한 남자만을 사랑하며, 내 사랑을 위해 무엇이든 해내는 여자. 그게 바로 나다. 헌데 어째서 그런 뜻 모를 소리로 독자들을 현혹하려 드느냐며 따지겠다면 지금부터 구체적인 이유를 설명할 테니 내가 이유를 대고 나면 부디 그 사나운 눈길을 거두어주길 부탁드린다. 서론이 길어 미안하다. 배소영이라는 이름만 봐도 알 수 있듯 나는 분명 여성이다. 여자로 태어났고, 그래서 암컷이다. 하지만 나는 어렸을 때부터 계집애들의 세계를 전혀 모르고 자랐다. 마루인형을 싫어했고, 친구가 그걸 자랑이라도 할라치면 인형의 목을 뽑아버리거나 그 예쁜 얼굴을 매직으로 잔뜩 칠한 뒤 쓰레기통에 던졌다. 우리 집에 굴러다니던 내 장난감 목록을 대강 나열해 보자면 태엽을 많이 감을수록 빠르게 달리는 카레이싱 자동차와 3단 변신이 가능한 로봇, 만화 속 멋진 무사가 휘젓고 다니는 플라스틱 칼 따위였다. 괴물을 때려잡는, 다소 폭력적인(?) 로봇 만화 영화를 좋아했던 반면 나쁜 악당들을 혼내주는 마법사 소녀의 활약 따위는 아예 관심 밖이었다. 한산한 자리에 모인 아이들이 공기놀이와 고무줄놀이를 하고 있을 땐 멀찍이 숨어 지켜보다가 가위로 고무줄을 자르고 도망치거나 공깃돌을 발로 걷어차 버리는 등의 패악(?)을 저지르기도 했다. '아이스케기'를 외치며 치마를 들어올렸다가 선생님에게 걸려 혼쭐이 나고, 수업시간엔 앞자리 아이의 곱게 땋은 머리카락을 잡아당겨 야단을 맞기도 했다.

「넌 왜 그렇게 선머슴 같니?!」

우리 엄마가 나만 보면 하는 말이었다. 참다못한 담임선생님이 결국 집에 전화를 걸었던 날, 나는 엄마에게 파리채로 얼마나 얻어맞았는지 모른다. 집에서나 학교에서나 눈에 보이는 모든 짓들이 영락없는 사내아이라는 거다.

「야! 말뚝 박기하자!」

개 버릇 남 못 주고, 세 살 버릇 여든까지 간다고 했던가? 그렇게 혼나고도 나는 변하지 않았다. 수업이 끝나고 쉬는 시간이 되면 곧장 교실 뒤로 나가선 사내아이들과 편을 갈라 말뚝을 박았다. 앞자리 교탁에서 계집애들의 공기놀이가 치열하게 진행되고 있을 때, 나는 사내들의 가랑이를 함부로 벌려 그 밑에 머리를 박거나 내 엉덩이 사이로 그들의 머리를 박게 했다. 그래서? 이따위 별 볼 일 없는 이유로 남자가 좋은 거냐고 되물으실 텐가? 아니, 절대 그런 이유 때문이 아니다. 여자인 나로서는 도무지 설명하기 어려운 느낌, 남자 무리에 끼어 놀면서도 외따로 떨어져 있는 것만 같은 기분을 여러분은 혹시 이해할 수 있는가? 아무리 생각해도 남자들에겐 여자가 가질 수 없는 특별한 무언가가 있다. 언제 무너질지 모르는 모래성처럼 불안한 여자들의 의리와 다르게 죽음마저 갈라놓을 수 없는 끈끈한 우정이라든가, 여자들의 손길처럼 선세하진 않지만 투박하면서도 단단한 그들만의 세계가 그 세계를 모르는 내 고개를 자꾸만 갸우뚱거리게 만들었다. 말이 아닌 가슴으로 이해해야 하는 세계. 남자들의 그 멋진 세계가 부러워 한때는 건달들이 등장하는 소설에 빠져 살았던 적이 있었다. 의리로 먹고 산다는 형님 동생들의 삶을 너무나 아름답게 포장한 탓에 한동안 나는 그 폭력적이고 선정적인 세계를 동경하기까지 했다. 농구부에 무작정 들어가 그들의 움직임을 지켜본 것 역시 같은 맥락이라고 할 수 있겠다.

물론 지금은 그게 모두 남자들 특유의 허세라는 걸 잘 안다. 여자들 중에도 남자 못지않은 의리를 가진 경우가 있고, 남자들 사이에서도 제 이득을 위해 친구를 팔아먹는 사람들이 있음을 어른이 되어서야 깨달았다. 하지만 어릴 땐 누군가 말려주길 바랐을 만큼 남심(男心) 가득한 우정과 의리에 빠져 살았다는 사실, 이것이 바로 간과할 수 없는 내 이야기의 핵심이다. 그 허세와 겉멋에 찌든 내 어린 마음에 불을 지른 사건이 벌어졌으니, 그게 아마 중학교 3학년이던 시절의 어느 날 아침이었다. 학교에 갔는데, 분위기가 심상치 않은 거다. 끼리끼리 모여 수군거리는 아이들, 아무래도 무슨 일이 벌어진 것 같아 한 아이를 붙잡고 물었다.

「야, 무슨 일이야?」

「있지, 그게…!」

목소리까지 떨며 소리치던 친구는 말을 채 잇지 못하고 자리에 주저앉았다. 그 아이 뿐만이 아니었다. 웅성웅성 모여 있는 아이들 모두 불안한 눈빛이거나 떨리는 목소리로 오늘의 사건을 전달하고 있었다.

「농구부와 축구부가 맞장을 뜬다고? 왜?」

이쯤에서 잠시 우리 학교의 운동부인 농구부와 축구부로 말할 것 같으면 하나같이 날 때부터 성형수술을 했는지 꽃미남들만 우글거렸다. 오죽했으면 선생님들조차 '기생오라비 집단'이라고 비아냥거렸을까. 좀 크면 꼴값 좀 떨겠다던 그들이 맞장을 뜬다니, 나는 정신없이 소문을 퍼 나르는 아이들의 꼬락서니가 하도 재미있어 히쭉 웃음을 터뜨렸다. 예상치 못했던 내 반응에 황당해하는 아이들, 흔히 사람들은 '맞장을 뜬다.'고 하면 '치고 받고 싸운다.'라는 것으로만 생각한다. 친구들이 불안해하는 이유도 여기에 있다. 서민우 만만치 않게 잘생긴 축구부의 최중호가 방과 후에 체육관에서 민우를 만나 싸웠다가는 그 멋진 얼굴들이 상할지도 모른다고. 하지만 진실을 아는 나로선 기가 막히고, 코가 막혀서 데굴데굴 구를 노릇이었다.

「웃기고 있네! 자기들끼리 패션쇼라도 할 생각인가보지!」

「야! 너 지금 농담이 나오니?」

「내가 농담하는 것 같니?」

「…?」

요즘 즐겨듣는 대중가요의 가사를 살짝 바꿔서 '농담인 듯 농담 아닌 농담 같은' 한 마디에 아이들은 그저 멍청한 얼굴이었다.

「이 바보들아! 다들 졸업반이잖아! 진학을 결정해야 하는 건 운동부 애들도 마찬가지야!」

「그래서?」

「그래서라니? 공부만 하지 말고 운동부 남자들의 우애가 얼마나 돈독한지 관심 좀 가져봐!」

아닌 게 아니라 우리 학교의 농구부와 축구부는 떼려야 뗄 수 없는 단짝이었다. 서로의 훈련이 없는 날엔 볼 보이를 자처하고, 스포츠 음료나 물을 떠다주는 일을 당연하게 여겼으며, 혹여 경기에서 실수라도 하게 되면 끌어안고 위로해줄 정도로 가까웠다. 심지어 내가 처음 농구부에 구경간 날에도 축구부를 보았다. 하라는 연습은 안 하고 멍하니 구경만 하던 아이들, 멋모르는 신입생일까 싶었던 그들이 다름 아닌 축구부라는 사실을 알게 된 건 한참 뒤의 일이었다.

「새 학기 한 달 동안 서로가 운동을 어떻게 하는지 지켜봤겠지? 오늘은 정식으로 인사하는 날이다. 1학년들은 앞으로 나와서 악수하자!」

축구부 감독님의 주선으로 한 자리에 모인 날이었다. 이는 학교의 전통이었고, 그래서 악수로 서로를 맞이하는 와중에 마침내 민우와 중호가 마주친 것이다.

「아따! 요거 한 미모 하는 구마잉!」

느닷없이 들려온 구수한 사투리, 그리고 민우가 중호에게 소리쳤다.

「야, 촌놈은 꺼져!」

이 무슨 사생 팬 떨어져 나가는 소리일까? 그 잘나신 슈퍼스타 서민우의 입에서 이런 말이 튀어나오다니, 믿을 수 없겠지만 사실이다. 하지만 상대가 누구인가. 유소년 축구에 대해 잘 아는 사람이라면 최중호라는 이름을 모르는 사람이 없을 것이다. 유명 영화배우의 뺨을 후려갈기고도 남을 만큼 잘 생긴 외모와 그래서 팬클럽까지 운영되고 있다는 최중호. 고향인 전라남도 담양에서 초등학교를 졸업한 뒤 축구선수를 목표로 서울에 올라온, 새 학기 한 달 만에 선배들을 제치고 축구부의 스트라이커로 자리매김 해버린 대범한 녀석이었다. 초등학교를 졸업하는 날 했다는 말이, 전라도 내에서는 꿈을 펼칠 수 없다고 했던가? 축구부가 운영되는 학교가 전라도에도 많지만 마음에 드는 시스템이 없어 자신을 키워줄 서울에 온 거라고 했던가? 기가 막혀서 말이 안 나온다. 그는 어릴 때부터 민우 만만치 않게 싹수가 노란 녀석이었던 것이다. 한 마디로 싸가지가 없는 놈이었다.

「뭐여? 촌놈? 아그야, 너 말 다 했냐?」

정색한 표정에서 흘러나오는 그 한 마디, 지켜보던 운동부원들이 슬금슬금 눈치를 살피며 뒷걸음질을 칠만큼 분위기는 험악했다. 우리나라 사람 대부분은 조직 폭력배의 말투를 흉내 낼 때 전라도 사투리를 쓰곤 하는데, 그만큼 억세고 무게감이 있기 때문일 것이다. 비록 신입생에 불과하지만 이미 각 운동부의 양대 산맥이었기에 두 사람은 서로를 노려보며 기선제압을 하기에 이르렀다. 나는 그들의 부리부리한 눈빛에서 이미 알았다. 아무리 서로가 잘나고 잘난 놈들이어도 주먹다짐 따위는 절대 하지 않으리라는 확실한 예감 말이다. 그러니 맞장을 뜬다는 표현이 우스울 수밖에.

「뭐? 가위 바위 보?」

모든 수업을 마치고 체육관으로 달려간 나는 또 한 번 웃었다. 서민우와 최중호가 고등학교 진학을 가위 바위 보로 결정하겠다는 거다. 아무리 잘났어도 중학생일 뿐이기에 그들의 수준은 어느 정도 짐작하고 있었으나 이 정도일 줄은 몰랐다. 농구계에서 알아준다는 선수 출신 감독과 또한 축구계에서 알아준다는 선수 출신 감독이 번갈아 학교에 찾아와 두 사람을 데려가려고 물밑작업을 하던 참이었다. 다시 얘기해서 그들은 서로의 진학을 결정하고 나면 헤어질 수밖에 없는 사이란 거다. 그리고 두 사람은 그게 너무나 싫었다.

「가위 바위 보! 가위 바위 보! 보! 보!!」

무슨 대단한 사건이라도 벌어질까 궁금하여 찾아온 구

경꾼 아이들의 얼굴이 벌겋게 달아오르는 게 느껴졌다. 이 간단한 승부로 진 사람이 이긴 사람의 종목으로 전향하기, 도무지 이해할 수 없지만 의리와 우정을 목숨처럼 여기는 그들이라면 충분히 가능한 문제였다.

「아이고! 나가 이겼네잉!」

승부는 최중호의 승리로 끝이 났다. 그날 이후 인터넷에는 그들의 무모한 내기를 비난하는 기사가 올라왔지만 안 보면 그만이라는 두 사람의 한 마디가 날 또 기막히게 했다는 후문이다.

'홍대 걷고 싶은 거리', 정식 명칭이 있다는 걸 이제야 알았다. 제 철 만난 젊은이들이 마음 놓고 놀기에 좋다는 이 거리 말이다. 단순히 '홍대 거리' 정도로만 알았던 성재로서는 금요일 오후 왁자지껄 떠들어대는 골목 한 가운데에 멈춰 서서 멍하니 하늘바라기만 할 뿐이었다. 범생이도 아닌 주제에 범생이인 척 고상하게 세상을 살았더니 이곳에 와서는 아예 바보가 된 기분이다.

"으하하하…!"

초저녁부터 술에 취한 무리가 성재의 곁을 지나치며 호방하게 웃음을 터뜨린다. 한국인이 아니다. 흑인과 백인, 아시아계 남성과 여성이 짝을 지어 저희들끼리 무어라 떠들지만 알아들을 수는 없다. 우리말이 아니었고, 그렇다고 영어도 아니었다. 유럽 땅 어딘가에서 들을 법한 라틴 계열의 언어가 아닐까 짐작하지만 그저 짐작일 뿐이다.

"…?"

시끄러운 음악 소리가 들려 고개를 돌려보니 저쪽에서 모자 쓴 사내 하나가 리듬에 맞춰 춤을 추고 있다. 무슨 춤인지는 모르겠다. 국적 불명의 막춤이라고 해야 할까? 춤에 대해 전혀 아는 바가 없지만 이 분야의 젬병이 보기에도 리듬감만은 끝내주는 것 같다. 한 사람이 그렇게 춤을 추니 지나가던 다른 사내가 마치 거울인양 그의 움직임을 따라 한다. 모자 쓴 사내가 오른손을 흔들면 지나가던 사내는 왼손을 흔들고, 모자 쓴 사내가 턱을 왼쪽으로 주억거리면 지나가던 사내도 제 턱을 오른쪽으로 주억거린다.

"그만해, 이 바보들아!"

지나가던 사내의 여자 친구가 그렇게 소리쳤다. 이어지는 잔소리에 기분이 나쁠 법도 하건만 뭐가 그리도 재미난지 키득키득 웃기만 할뿐 사내들은 계집에게 따지려들지는 않는다.

"아, 오늘이 금요일이지…?"

번쩍번쩍 휘황찬란한 조명이 거리 곳곳을 수놓고, 누구든 자유로운 차림새로 활보하는 오늘, 사람들은 오늘 같은 금요일 저녁을 가리켜 '불금'이라고 부른다. '불타는 금요일'의 줄임말이라고 했다. 주말을 앞둔 날이니 기분이 들 뜨는 건 당연하겠지만 도대체 얼마나 화려하게 놀려고 이런 줄임말을 만들었는지 그저 기가 막히다.

"…?"

느닷없이 들려온 드럼 비트에 놀라 성재는 다시 저 골목 구석으로 시선을 준다. 드럼이 아니라 젬베였다. 아프리카 토속인들의 전통 악기 말이다. 언젠가 국내 유명 가수가 저걸 가지고 나와 노래하는 모습을 본 것 같다. 그 가수의 흉내라도 내려느니 새카만 비니를 뒤집어 쓴 저 사내, 한국인 같지만 백인 혼혈이 아닐까 싶을 만큼 얼굴이 하얗다. 담배를 꼬나문 입술 모양이 제 음악에 심취한 표정 같기도 하다. 사내는 행인의 시선엔 아랑곳없이 열심히 젬베를 두드리며 노래한다. 꽤나 실력 있는 노래쟁이처럼 느껴지지만 오래 지켜볼 시간이 없다. 구경꾼들의 환호를 뒤로하고 성재는 다시 골목 한 구석으로 걸음을 옮겨 간다.

"여기가 맞나…?"

지은 지 오래 되어 보이는 허름한 건물, 아래층으로 내려가는 계단도 청소를 안 했는지 지저분하다. 한 가지 별난 점은 문을 열고 들어서자마자 마주치게 되는 고풍스런 실내 장식과 고요한 음악이었다. 북적북적 정신 산만한 바깥 풍경과 다르게 상당히 조용하다. 아까와는 전혀 다른 세상으로 떨어진 기분이다.

"여기…!"

저쪽 테이블에 앉은 명원이 성재를 보고 손을 흔들었다. 일주일 만에 만나는 그, 침상에서 낙상한 민우를 챙기느라 미처 인사할 겨를이 없었던 명원과 악수하며 성재가 웃었다.

"형님, 일찍 오셨네요?"

"일찍은 무슨? 나도 온지 10분밖에 안 됐어."

그의 자리에 찻잔이 놓여있다. 코끝을 건드리는 알싸한 향기가 이 조용한 공간을 다시금 둘러보도록 유도한다. 은은한 조명 빛하며, 느리게 흘러가는 클래식 선율, 누구의 작품인지 모를 형이상학적인 그림이 곳곳에 걸려 조용히 사색할 수 있는 여유를 가져다준다. 실제로 젊은이 몇이 구석에 안자 차와 휴대용 태블릿 PC를 곁에 둔 채 작업에 열중하고 있었다. 자신만의 시간이 필요하다면 바로 여기가 적당할 것이다. 홍대 거리, 괴상한 놀이터인 줄로만 알았더니 이런 면도 있다. 성재는 그래서 웃음이 나온다.

"찾아오기 힘들었지? 워낙 외진 곳에 있어서 말이야."

"길 찾는 건 문제 없었지만 동네가 동네인지라 어린 친구들 노는 모습 구경하다가 시간 가는 것도 몰랐어요."

"그래. 이 동네가 원래 이래."

종업원이 메뉴판을 들고 찾아왔다. 모과차를 주문한 뒤 겉옷을 벗어 옆 자리에 개켜 놓는 성재, 춥지도 덥지도 않은 실내 온도가 이곳을 더욱 마음에 들게 한다.

"그나저나 너, 거기 왜 그만 뒀니?"

"거기라뇨?"

"회사 말이야. 근무 환경 좋은 데가 거기 말고 또 있니?"

뒤늦게 명원의 말뜻을 이해한 성재가 키들키들 웃음을 터뜨렸다. 2년 넘게 다니던 유명 잡지사를 그만 두고 자유 기고가로 활동하는 요즈음의 일상을 타박하는 거였다.

"근무 조건이나 환경이 아무리 좋아도 제 마음에 들지 않으면 그거로 끝이죠, 뭐."

"하여간 너는 어릴 때부터 틀에 박힌 생활을 싫어했어. 그렇게 자유만 찾아다니니 어떤 여자가 좋아하겠니?"

"그래도 그 잡지사 그만 두지 않았으면 오늘 형이 아니라 엉뚱한 사람 만나서 재미없는 얘기 하고 있었을 거예요."

생각만 해도 지긋지긋하다는 듯 성재가 절레절레 고개를 흔들었다. 그런 성재를 바라보며 웃는 명원, 동생의 친구이지만 제 동생보다도 아끼는 녀석이다. 고등학교에 입학한 뒤로 성적이 무지막지하게 떨어져 고민하던 성재의 어머니가 지인에게 소개를 받아 만난 과외 선생과 제자 사이였는데, 지금은 무려 열 살의 나이 차이를 뛰어 넘어 이렇게 개방적이고 활달한 거리 한복판에서 만날 만큼 둘은 가까운 사이가 되었다.

"그래. 나도 형식에 얽매이지 않고 자유롭게 즐기는 삶이 가장 행복한 삶이라고 생각한다. 세상이 호락호락 봐주질 않아서 문제인 거지."

"제가 만일 세상과 타협하는 인생을 살았다면 민우도 신경 쓰지 못했을 거예요. 형도 민우 성격 아시잖아요."

"잘 알고말고. 아마 병원에 나가게 해달라고 몸부림쳤을 거다."

쓸쓸하게 웃으며 두 사람이 찻잔을 입에 가져간다. 민우의 이름이 오르내리자 둘 모두 표정이 굳어버렸다. 하루하루 버티고는 있지만 언제 갑자기 무슨 일이 벌어질지 모른다. 위험한 병이라는 걸 알았기에 담양에서 의료 봉사 활동으로 바쁘게 살던 명원이 열 일 제쳐두고 녀석을 곁으로 데려다놓은 거였다. 아무리 잘난 서민우일지라도 그 역시 운동하는 사람이기에 정신적으로나 육체적으로 제약을 받을 수밖에 없는 병원 생활에 흥분하기 쉬웠고, 그래서 안정이 필요했다. 금요일 밤 미친 듯이 돌아가는 홍대 거리인 양 복잡한 서울의 대학병원에서 불안하게 지내느니 지금 이 공간처럼 고요하고 한가로운 시골에 남아있는 게 가장 좋은 재활 치료라고 조언해주며 명원이 스스로 그와 함께 담양에 눌러 앉은 것이다.

"민우 상태는 어떤가요? 지난주에 보니 혈색이 별로 좋아보이질 않던데…."

마침내 성재가 묻고 싶은 말을 꺼냈다. 명원은 찻잔만 내려다볼 뿐 표정의 변화가 없다.

"이런 얘기는 의사로서 하고 싶지 않다만, 네 친구가 아니었다면 난 이미 녀석을 포기했을지도 몰라. 히포크라테스 선서 따위 모르는 척 했겠지. 왜인 줄 알아?"

"……."

"우리나라의 근육병 환자 관리 시스템은 거의 전무한 상태거든."

성재도 귀동냥으로 들어 알고 있는 얘기다. 줄기세포가 어쩌고, 자활자립센터가 어쩌고 하며 다들 열심히 떠들어대지만 말만 번지르르할 뿐 뚜렷한 대책이 없다. 이러니 의사로서 고개를 들지 못할 수밖에.

"낙상사고는 다행히 별 거 아니었어. 하지만 그것과는 관계없이 민우의 상태는 현재 진행형이고, 점점 악화되어 가는 중이야."

"방법이 없을까요? 걔 아직 스물여섯 살이에요. 저 바깥의 풍경처럼 미친 듯이 뛰어 놀아야 할 나이라고요."

"글쎄…."

찻잔의 남은 내용물을 마저 입에 털어 넣는 명원, 어금니를 깨무는지 턱 근육이 실룩이고 있다.

"최근 얼마 전까지도 여러 선진국에서 임상 실험을 진행했어. 하지만 아직은 연구를 좀 더 해야 하나 봐. 실험 결과물을 환자들에게 직접 적용하기엔 현재로선 무리라는 거지."

"미국으로 보내야겠다는 생각도 해봤는데, 그게 함부로 결정할 일이 아니었군요."

찻잔을 내려놓으며 명원이 고개를 끄덕였다. 무겁고 어두운 그 표정, 성재는 저도 모르게 한숨을 푹 몰아쉬고 만다.

"혹시 아는지 모르겠는데, 미국엔 근육병 협회가 있어서 자국의 환자들에게 첨단 의료 시스템을 제공하거나 전 세계 단체들에게 연구 자금을 지원하거든."

"네. 그런 얘기는 언뜻 들은 것 같아요."

"그래? 그럼 내가 그쪽 장비를 빌려다 쓰고 있다는 얘기는?"

"아, 그랬어요? 처음 듣는 얘기예요."

당황스런 얼굴로 성재가 더듬거렸다. 아무리 정보력 끝내주는 기자 출신 박성재일지라도 명원으로부터 소식을 전해 듣지 않는 이상 접할 방법은 전무한 터라 오늘의 이야기가 놀라울 수밖에 없다.

"그럼 일본은요? 사회적으로도 관리가 잘 되고 있다던데…."

"일본은 선진국 못지않은 기술을 가져서 그들 나름의 연구가 진행 중이고, 근육병 전문 병원까지 운영되고 있어서 환자들이 체계적인 관리를 받기도 해. 하지만 여기에서 짚고 넘어가야 할 것은 관리를 잘 한다는 뜻이지, 치료를 잘 한다는 뜻이 아니야. 세계 최고의 주순을 자랑하는 서양 의학계도 쩔쩔 매는데, 일본이라고 다를 게 있을까?"

"……."

언젠가 의학 전문 기자로부터 일본 사회에서 근육병으로 고통 받는 사람들의 이야기를 들은 적이 있다. 정부가 직접 나서 움직임이 자유롭지 못한 환자들에게 전동 휠체어를 무상으로 제공했다거나, 루게릭병 환자들을 위해 얼음물을 뒤집어쓰는 것처럼 일반인들에게 근육병에 대한 지식을 전하고, 배려와 도움을 구했더라는 이야기를 말이다. 반면 한국에선 근육병에 대해 아는 사람이 많지 않다. 여전히 루게릭병과 구분하지 못하는 사람들이 대부분이고, 심하게는 전염병이라도 퍼뜨릴 사람인 양 혐오 가득한 표정으로 바라보는 경우도 있다. 여전히 장애인과 마주치면

'집에나 있지, 뭐 하러 밖에 나오느냐'고 타박하는 사람들의 사회, 고약하기 그지 않는 이 사회가 성재는 문득 두려워졌다.

"듣기로는 관리하기 어려운 병이라는데, 민우는 어떻게 해야 할까요?"

"이 근육병이라는 게 여러 가지 양상으로 나타나거든. 어제까지 멀쩡하다가 오늘 아침에 갑자기 죽을 수 있고, 몸만 불편할 뿐 제 수명대로 사는 사람도 있어. 딱히 정답이랄 게 없는 병이지."

"유전병이죠? 부모에게서 물려받는…."

"그렇지. 민우에게 듣기로는 아버지가 일찍 돌아가셨다는데, 너무 어릴 때여서 기억나지 않는다더라고."

근육병은 근이영양증이라고 불리는데, 크게 네 가지로 분류할 수 있다. 생후 3세 이전의 남자 아이에게서 주로 발생하고, 관리가 소홀하면 호흡근육과 심장근육이 약화되어 호흡 곤란으로 사망할 수 있다는 듀센형(Duchenne Type)과 5세 이후부터 20대 이전에 나타나며, 듀센형과 비슷한 증상을 보이지만 정도가 덜하여 정상에 가까운 수명으로 살 수 있다는 백커형(Becker Type), 남녀 구분 없이 10대에서 20대 사이에 얼굴과 어깨 근육이 약화되어 상활에 지장을 받게 된다는 안면견갑상환형

(Facioscapulohumeral Type)과 10대에서 40대까지 고루 발병된다는 지대형(Limb-Girdle Type)이 있다. 민우의 경우엔 한참 운동선수로서 활발하게 활동하던 25세에 증상을 발견했고, 지금은 견갑골이 날개처럼 튀어나와 지대형 근이영양증 환자에 해당한다.

"민우는 호흡 근육이 약해져서 말을 오래 할 수 없다는 특징이 있어. 지금은 띄엄띄엄이라도 하지만 언제 갑자기 호흡곤란이 올지 몰라. 게다가 발병 1년 만에 이렇게 됐다는 건 그만큼 진행이 빠르다는 건데, 그래서 나도 뭐라고 장담하기가 어려워."

"소영 씨가 24시간 내내 붙어 있어야 하는 이유군요."

"그렇지. 중호도 주기적으로 찾아와서 물리치료를 해주더라고. 좋은 방법이야."

"형님, 말씀을 듣다가 문득 떠오른 건데…."

성재가 다시 더듬거리며 명원의 눈치를 살핀다. 무표정한 얼굴로 등받이에 기대는 그, 무슨 말을 할 것인지 다 안다는 걸까? 성재는 그가 바보 같은 놈이라며 핀잔을 주었으면 좋겠다고 생각했다.

"그게 저…. 민우가 옛날의 영광을 되돌리기엔 불가능하겠죠?"

"……."

명원은 대꾸하지 않았다. 대꾸할 필요가 없었고, 성재 스스로도 이미 답을 알았으니 말이다. 무거운 침묵만이 흐르는 공간, 어둠 속에서 길을 잃은 사람처럼 성재는 또 무슨 말을 해야 할지 몰라 허둥거린다. 답답하다. 오늘 명원과의 만남을 블로그에 정리해야 할 텐데, 많은 이들에게 열린 공간인데다 그들 두 사람마저 시시 때때로 들락거리는 곳이어서 오늘의 이야기를 읽을 게 분명한데 말이다. 반가운 소식을 기다리고 있을 그들에게 면목이 없다. 머릿속에 자꾸만 떠오르는 소영의 목소리, 상상일 뿐이지만 성재는 소영이 우는 게 죽기보다 싫었다.

3장

HERO

겁쟁이에게는 사랑을 보여줄 능력이 없다.
사랑이란 용기 있는 자만의 특권이다.

–마하트마 간디

**고등학교 1학년이던 소영이의 기억

「꺄아아악!」

관중석의 여학생들이 일제히 비명을 지르기 시작했다. 상대편 공격수로부터 공을 가로챈 수비수가 전속력으로 골문을 향해 달리고는 있었다. 공은 수비수의 발을 떠나 그라운드 오른편으로 날아갔고, 대기하던 '날개'가 폴짝 뛰어올라 넓은 가슴으로 사뿐히 받아냈다. 아까부터 곁에서 얼쩡거리던 수비수가 뒤늦게 어깨를 들이밀어 보지만 헛수고다. 덩치가 너무 커서 아무리 부딪혀도 그는 절대 끄떡 하지 않는다.

「중호야! 저쪽!」

뒤따르던 동료 선수가 소리쳤다. 힐끗 시선을 돌린 곳에서 골키퍼가 마른 침을 삼키고 있다. 바로 그때, 수비수가 중호에게 달려와 태클을 걸었다. 자칫 넘어질 뻔 한 위기가 찾아왔지만 중호는 가뿐하게 공을 허공으로 띄운 뒤 재치 있는 동작으로 수비수를 뛰어 넘는다.

「민우야!」

골대 중앙으로 선수들이 우르르 움직이는 게 보였다. 힘껏 공을 걷어차 올리는 중호, 민우가 자리싸움을 시작했으나 상대편 수비수가 어깨를 누르며 솟구치는 바람에 민우는 제대로 움직일 수 없다. 공은 수비수의 머리에 맞은 뒤 다시 떠올랐고, 민우도 지지 않겠다는 비장한 표정으로 상대 선수와 몸싸움을 일으킨다. 정신없이 이어지는 공중 볼 다툼, 공격수와 수비수가 뒤엉켜 골문 앞이 어수산하다. 골키퍼는 보이지 않는다며 고래고래 악을 쓰고, 심판은 휘슬을 불 듯 말 듯 매서운 눈초리로 선수들의 움직임을 주시한다.

「꺄아아아악!」

여학생들의 비명 같은 고함 소리가 쏟아진 순간, 다시 공이 허공에 매달렸다가 힘을 잃고 떨어지며 민우의 발끝에 닿는다. 마침내 기회가 찾아왔다! 지체 없이 왼발을 휘두르는 민우, 골키퍼가 허공으로 뛰어올랐다.

「와아아!」

골키퍼의 몸뚱이가 구석으로 처박혔지만 골을 막아내지는 못했다. 모든 이들의 고함소리가 그라운드를 쩌렁쩌렁 울리고, 선수들은 골 세리머니를 하려고 도망가는 민우를 우르르 쫓아가 붙잡는다. 끌어안고 아등바등 매달리는 동료들의 무게를 이기지 못하고 민우가 바닥에 고꾸라진다. 선수들이 차례로 민우의 등 위에 널브러지고, 민우는 죽겠다며 즐거운 비명을 질러댄다. 그 바람에 그라운드 한 구석엔 고봉 하나가 불룩 만들어졌다.

「휘리리릭!」

시원한 한방으로 난장판이 되어버린 운동장을 정리하기 위해 심판이 달려왔다. 이제 시간이 얼마 남지 않았다. 친선경기였고, 고등학교 입학 후 처음 치르는 경기라 두 사람은 감회가 새롭다. 게다가 스포츠 뉴스의 마지막을 장식하기에 마침맞을 오버헤드킥으로 중호가 한 골, 그림보다 멋진 무 회전 슛으로 민우가 또 한 골을 넣었으니 아예 날아갈 듯 기쁘다.

「휘리리릭!」

심판이 휘슬을 길게 세 번 불었다. 경기 종료, 실점 하나 없이 완벽한 승리였다.

「서민우! 최중호! 이야, 대단한데!」

입이 귀밑까지 벌어진 감독이 두 사람의 뒤통수를 갈기며 소리쳤다. 둘을 영입한 뒤로 팀의 분위기가 한층 밝아졌는데, 이렇듯 승리까지 안겨주니 감독은 더 이상 두 사람을 평가할 필요가 없다고 생각한 것이다. 소문대로 그들은 완벽했다.

「잠깐만요!」

「…?」

선수들이 짐을 챙겨 대기실로 이동하지만 민우와 중호는 아직 움직일 수 없다. 스포츠 전문 채널의 여 기자가 카메라 감독을 이끌고 달려오는 것이다.

「서민우 선수! 최중호 선수! 오늘 경기 잘 봤어요! 멋지더라고요!」

「고맙습니다.」

「먼저 최중호 선수! 유소년 축구에 대해 잘 아는 사람 치고 최중호 선수를 모르면 간첩이라는데, 어떻게 생각하세요?」

「제가 그 정도였습니까?」

「그럼요! 저도 최중호 선수 팬인 걸요!」

중호가 씨익 미소 짓자 여 기자가 아이처럼 발을 동동 굴렀다. 얼굴까지 붉히는 그녀, 교복 차림의 여학생 팬들과 크게 다를 것이 없어 보인다.

「우리 최중호 선수, 축구에 대한 꿈을 이어가려고 서울의 고등학교로 전학 왔는데, 서울에서 어려운 점은 없으셨어요?」

「축구는 어렵지 않지만 다른 문제가 생겼어요.」

「그게 뭐죠?」

「요즘 서울말을 배우고 있거든요. 배운 대로 안 나와서 난감할 때가 많더라고요. 다들 내가 무슨 말만 하면 자꾸 웃어서….」

「아따, 서울말이 참 거시기 하죠잉?」

「네?」

중호의 전라도 사투리를 흉내 내며 여 기자가 까르르 웃음을 터뜨렸다. 카메라가 중호의 얼굴을 주목하고, 표정 관리가 되지 않아 중호는 어찌할 바를 몰라 한다.

「아, 죄송해요. 우리 최중호 선수가 워낙 잘생기고 귀여워서 제가 살짝 장난을 쳤어요.」

「예….」

언짢은 표정이 되어 입을 다무는 중호, 다행스럽게도 카메라는 더 이상 그를 비추고 있지 않았다.

「자! 이제 우리 서민우 선수!」

여 기자가 민우의 이름을 힘주어 외치자 팬들에게서 함성이 쏟아진다. 그들을 향해 손 흔드는 민우, 팬 서비스가 제법 능숙하다.

「농구선수에서 축구선수로 전향했는데, 힘들지 않았어요?」

「적응하느라 잠깐 고생을 했지만 별 어려움은 느끼지 못했어요. 아무래도 제가 소질이 있나 봅니다.」

「실내에서 마룻바닥만 밟다가 그라운드에 나와 잔디를 밟으니 어떻든가요?」

「편안했습니다. 기분이 좋았어요.」

「농구팀과 축구팀의 분위기를 비교해 본다면?」

「중학교 때는 농구부가 큰 호응을 얻지 못해 섭섭했는데, 고등학교에선 축구부에 아낌없이 투자해 주시고, 전폭적으로 지원해 주셔서 운동할 맛이 납니다. 운동이 즐거워요.」

「저런, 농구부 감독님이 서운해 하시겠는데요?」

「…….」

대꾸하지 않는 민우, 입으로는 웃고 있지만 어딘가 불편한 표정이다. 아마 내 눈치를 살피느라 그랬을 테다.

「두 분은 친구이지만 앞으로는 축구선수로서 경쟁해야 할 텐데, 자신 있으신가요?」

「길고 짧은 건 대봐야 알겠죠. 하지만 저희는 뭐든 열심히 합니다. 지켜봐 주세요.」

「꺄아아아악!」

과중석의 여학생들이 미친 듯 비명을 지르고, 몇몇은 좀 더 가까이에서 보겠다며 난간으로 매달리기까지 한다. 그런 팬들을 향해 손 흔들어 화답하는 민우, 아이돌 가수 못지않은 관심과 사랑이 귀찮을 법도 하건만 이미 오래 전부터 몸에 배어 익숙하게 받아들이고 있었다. 잘난 녀석, 이성에 관심 없이 살던 내 눈에도 그는 멋지고 근사한 녀석이었다. 하지만 잘난 만큼 꼴값을 떤다는 게 가장 큰 문제였다.

「야! 서민우! 너 정말 너무한다고 생각하지 않아?!」

선수 대기실로 돌아오자마자 나는 민우에게 잔소리를 퍼부었다.

「왜? 뭐가 너무해?」

「축구부에 전폭적인 지원을 해줘서 운동할 맛이 난다고? 그래서 운동이 즐거워? 농구는 운동할 맛이 안 나서 그만 뒀나 보지?」

「야, 왜 쓸데없이 잔소리야?」

「내 말이 잔소리로밖에 안 들려? 너 그런 식으로 말하면 감독님은 뭐가 되니?」

「나도 몰라. 알 게 뭐야?」

「어머, 쟤 좀 봐!」

「야, 나가, 나가!」

씻어야 한다며 여자인 내 앞에서 거리낌 없이 옷을 벗어 던지는 녀석, 그거로는 모자랐는지 속옷 바람으로 성큼성큼 다가와 날 문밖으로 밀어낸다.

「야, 넌 졸업한 뒤로 감독님께 한 번도 연락 안 했지? 어쩜 그렇게 못 돼먹을 수가 있니?」

「내가 알 게 뭐냐니까?」

「뭐라고?!」

「난 이제 축구선수야. 농구엔 신경 쓸 겨를이 없어!」

「그래도 널 키워주신 분이잖아!」

개구리 올챙이 적 시절 모른다더니, 딱 민우를 두고 하는 말이었던가 보다. 축구에 빠져 사느라 농구선수로 활약하던 시절은 잊어버린 걸까? 농구부가 폐지되어 오랫동안 감독직을 역임하던 선생님이 졸지에 실업자가 되었다는 소식을 듣고도 저렇게 시큰둥한 반응을 보일 수 있다니, 예상하고 있었지만 이 정도일 줄은 몰랐다.

「노인네, 많이 늙었어. 이제 좀 쉬어야 해.」

「그걸 말이라고 하니? 기가 막혀서 정말…!」

「너, 농구부가 왜 폐지됐을 것 같니? 혹시 생각해 본 적 있어?」

「몰라!」

그가 무슨 말을 하려고 그러는 몰라도 그건 아마 핑계나 변명에 불과할 거라고 생각했다. 어느 순간 진중해진 표정과 마주하기 전까지는.

「노인네가 나이를 먹어서 그런지 의욕이 없어! 애들이 관심을 갖도록 유도해야 하는데, 좋아하던 애들도 떨어져 나가게 만들잖아! 그걸 학교에서 가만히 두겠어?」

「그럼 지금까지 농구부가 유지되고 있었던 이유는 뭐야?」

「내가 있었으니까!」

어쩌면 민우의 그 말투는 농구부 감독님에 대한 사랑이 남아 있었기 때문일지도 몰랐다. 모르는 사람이라면 그렇게 함부로 말하진 않았겠지. 아니면 두 사이에 내가 모르는 사연이 있거나. 하지만 폭발하기 일보 직전이던 순간의 내 생각은 전혀 그게 아니었다. 만화 슬램덩크의 개념 없는 강백호인 양 제 잘난 맛에 살아온 녀석. 겨우 3년에 불과한, 짧은 농구부 생활을 마감한 뒤 키워주신 스승의 은혜조차 모르는 척 해버리는 녀석이 내 눈엔 정말 괘씸해 보였던 거다. 자신에게 맡겨진 임무에만 충실하기, 그게 민우의 장점이면서 단점이었다.

「오늘 중호랑 소개팅 나가기로 했어. 빨리 씻어야 해. 그만 떠들고 나가!」

「소개팅이라니? 누구랑 무슨 소개팅을 해?」

「소개팅이 소개팅이지, 무슨 소개팅이 어디 있어? 우리 학교 건너편에 대학교 있지? 거기 모델학과 1학년이랑 만날 거야.」

「뭐, 뭐라고?!」

나는 입이 떡 벌어졌다. 국내에서 손꼽히는 선수가 되었으니 이미지를 관리하고, 곧 다가올 경기에 맞춰 몸을 만들어야 할 중요한 시기이거늘, 소개팅에 나가시겠단다. 기가 막혀서 나는 할 말을 잃고 말았다.

「야! 나 씻어야 해! 빨리 나가라고!」

「너희, 소개팅인지 뭔지 나가기만 해봐! 오늘 훈련 스케줄이 꽉 찼단 말이야!」

「시끄럽다고 했지? 우린 원래 잘 하니까 훈련 같은 거 하루 쯤 빠져도 상관없어!」

쾅! 부숴버릴 듯 민우가 문을 닫아버렸다. 하지만 나도 질 수는 없었다. 농구부에서 그랬듯 축구부에서도 선수들을 철저하게 관리하는 팀 매니저로 활동하고 있었으니까.

「소개팅 나가기만 해! 내가 가만 두지 않을 거야! 알았어?」

「어이!」

속옷마저 벗어던진 듯 문틈으로 고개만 내밀고 민우가 나를 불러 세웠다. 나는 머리끝까지 화가 나서 죽일 듯 노려볼 따름이다.

「너, 혹시 나 좋아하니?」

「뭐가 어쩌고 어째?」

「왜 우리 학교에 입학했어? 나 따라온 거야?」

「착각도 유분수지, 그걸 말이라고 하니? 입학해 보니 네가 있었다고 했지? 내가 너 같은 꼴통을 왜 좋아하니?」

문득 그가 한쪽 입술을 비틀어 웃는 게 보였다. 서민우 특유의 건방진 표정, 저건 내게 도발하려는 의도가 분명하다. 내가 가장 싫어하는 짓이라는 걸 녀석도 잘 알고 있다.

「그래? 그럼 질투는 아니네?」

「무슨 소리야?」

「왜 내 팬들을 함부로 대하지?」

「무슨 소리를 하는 거야? 알아듣게 얘기해!」

「내 팬들이 네 욕을 얼마나 하는지 알아? 내가 언제까지 팬들한테 사과하고 다녀야 해?」

앞서 밝힌 바와 같이 농구부 선수로 활동할 때부터 민우의 주변엔 팬들이 많았다. 이를 테면 아이돌 가수의 뒤꽁무니를 졸졸 따라다니는 오빠부대처럼 말이다. 시도 때도 없이 나타나 소리 지르며 훈련까지 방해하는 그들, 벌써 여러 차례 동료들에게 민폐라며 지적했지만 그때뿐이었다. 아무래도 민우는 팬들의 인기를 즐기는 모양이었다. 하지만 그때는 농구선수로 활약하던 나이 어린 중학생이었고, 설마 축구부에서도 그럴까 싶었지만 유소년 축구계의 일인자로 통하는 중호가 나타나면서 팬들의 극성은 더해져만 갔다. 상황이 이러니 팀 매니저로서 선수들의 훈련에 방해되는 팬들을 통제하는 건 당연한데도 도리어 그게 잘못임을 따지고 나서니 더욱 기가 막힐 노릇이었다. 소개팅에서 만났다는 그 대학생들, 민우와 중호의 뒤를 따라다니는 고정 팬들 중 하나라는 사실을 안 건 한참 뒤의 일이었다.

「이 꼴통들! 쌍으로 꼴값 떨고 있네, 정말!」

청개구리나 다름없는 행동을 견디다 못해 폭발한 어느 날, 지금껏 말없이 지켜만 보던 3학년 선배가 내게 다가와 말했다.

「농구부가 됐든 축구부가 됐든 월드컵처럼 중요한 국제 대회가 아니면 사람들은 청소년 스포츠에 관심이 없어. 그런데 최근 들어서 우리의 움직임 하나하나에 이목이 집중되는 건 전부 민우와 중호가 있기 때문이야. 그 녀석들 덕분에 우리가 제 역할을 다 할 수 있게 된 거라고. 민우도 그걸 알고 까부는 거야. 열 받지만 어쩌겠니? 우리가 참아야지. 안 그래?」

인기에 취하고, 제 잘난 맛에 취한 건방진 슈퍼스타. 내가 아는 민우의 유년시절은 내내 그 모양 그 꼴이었다.

"하아! 피곤해!"

시원하게 기지개를 켜며 소영이 자리에서 일어났다. 모니터의 내용을 저장한 뒤 창가로 다가가는 그녀, 창문을 열자 어제와 달라진 공기가 훅 끼쳐온다. 겨울이 가까워지려나 보다. 바람이 차갑다.

"…?"

창밖에서 귀에 익은 목소리가 들려 내다보니 중호였다. 전동 휠체어에 탄 민우와 대화중이었는데, 무슨 이야기를 그리도 재미나게 하는지 두 사람의 얼굴이 오늘의 날씨처럼 상쾌하다.

"뭐하는 거지?"

민우가 중호에게 무어라 속삭이고, 뒷머리를 긁적이던 중호는 어쩔 줄 몰라 하는 표정이 되어 쭈뼛쭈뼛 게걸음으로 누군가에게 다가선다. 지켜보던 소영의 입에서 풋, 웃음이 튀어나왔다. 잠깐 쉬러 나온 건지 저기 저 등나무 아래 벤치에 여 간호사 두 명이 앉아있다. 그 중 한 명은 얼마 전, 중호가 첫눈에 홀라당 반해버린 소아과 병동의 간호사였다. 워낙 아이들을 좋아해 유치원 선생님이 꿈이었는데, 마음이 바뀌어 소아과에서 일하게 되었다는 바로 그녀였다. 활발한 성격에 붙임성도 좋아 소영과는 이미 오래 전부터 언니 동생 하는 사이이기도 했다.

「거시기, 나가 재미난 야그 하나 해드릴까요?」

「뭔데요?」

「아따, 거시기 허요!」

「…?」

10년도 더 된 유행어로 작업 거는 남자는 아마 최중호밖에 없을 거라고 했던가? 당장이라도 숨넘어갈 것 같은 얼굴로 민우가 그만 두라고 말렸지만 중호는 그게 무슨 황소고집인지 도무지 말을 듣질 않았다.

「아따, 왜 이런다냐? 사랑엔 국경이 없고, 시간도 없고, 날짜도 없는 것이여! 서울말을 쓰던 사투리를 쓰던 그것이 뭔 상관이다냐? 말리지 말랑께!」

이거다! 싶으면 앞뒤 재지 않고 밀어붙이는 중호의 성격을 모르지 않았지만 이 정도일 줄은 상상도 못했다. 손끝으로 원을 그려봐. 그걸 뺀 만큼 널 거시기 해! 라며 능글맞게 웃거나, 휴대폰을 매너모드로 바꿔놓고 머리 위에 올려놓으면 진동을 못 느낀다는 옛날식 방법으로 번호 따기, 느닷없이 축구를 가르쳐 준다며 어린 환자들이 가지고 놀던 공을 빼앗았다가 야단을 맞는 등, 별의 별 사건을 다 만들고 다녔다.

「최중호 씨, 재미있는 분이시네요!」

바로 1주일 전, 까르르 웃음을 터뜨리며 그녀가 소리쳤다. 전혀 생각지 않은 반응에 놀란 건 중호였는데, 나중에 들어보니 아무 계획 없이 들이댄 작업에 넘어간 거라고 했다. 어린 아이들을 좋아한다더니 역시 단순한 게 정답이었다. 이 모든 게 중호의 심상치 않은 속마음에서 비롯되었음을 알고 그녀는 잠시 기다려 달라며 화려한 '밀당 기술'

을 선보였는데, 오늘에야 반가운 소식을 들려준 모양이었다. 멀리서 내다본 중호의 입이 헤벌쭉 벌어져 다물지 못하는 채다. 도톰한 입술 하며 웃을 때 반달 모양이 되어버리는 눈, 선머슴 같은 소영과 다르게 여성스럽게 조신한데다, 키도 크고, 얼굴도 인형처럼 작다. 요모조모 뜯어보니 딱 중호가 좋아할 만한 스타일이다.

"으히히히…!"

중호가 바보 같은 표정으로 다시 웃음을 터뜨렸다. 한 며칠 속앓이만 하다가 마침내 그녀의 마음을 얻었으니 신날 수밖에. 아무래도 나중에 그녀를 다시 만나면 중호가 왜 좋은지 물어봐야겠다. 여자들끼리라면 툭 터놓고 얘기하게 될 것이다.

"아, 그렇지!"

그때, 느닷없이 머릿속에 떠오르는 것이 있었다. 후다닥 모니터로 달려가 인터넷에 접속하는 그녀, 얼마 전부터 생각만 했을 뿐 실행하진 않았던 그것 때문이다. 한동안 잊고 지내다가 떠올랐으니 내친 김에 인터넷의 모든 포털 사이트들을 꼼꼼히 뒤져보기로 했다.

"뭐라고 쓰지? 근육병…. 환자들의 모임…?"

민우와 비슷한 증상을 가진 사람들을 찾아보고 싶은 거였다. 이렇게 마냥 병원에서만 지내야 하는지, 혹여 미약하게나마 사회생활을 하는 사람이 있지는 않을지, 서로 도움을 주고받을 사람이 필요하지는 않을지 소영은 꽤 오래 전부터 궁금했다.

"아…!"

검색된 결과물을 들여다보던 그녀에게서 짧은 탄식이 흘러나왔다. 검색 문구가 너무 포괄적이었던가 보다. 문구의 일부가 포함된 전혀 엉뚱한 결과물들만 눈에 띄는 것이다. 아무래도 이건 정답이 아닌 것 같다.

"다른 건 없을까? 개인이 운영하는…?"

근육병이라는 단어 하나로 검색했다가 더욱 난처해지고 말았다. 이미 다 알고 있는 이론적인 설명에서부터 한국에도 지부가 있다는 협회의 활동 상황이라든가 환자들의 가슴 아픈 사연까지 끝이 보이질 않는다. 한때 인터넷을 '정보의 바다'로 표현하더니 정말 깊이를 알 수 없을 정도로 많은 결과물이 튀어나왔다. 그녀가 찾고자 하는 건 인터넷에 흔히 나도는 전문의의 인터뷰나 근육병 환자를 위한 유명 배우의 선행이 아니다. 동병상련의 마음으로 함께 시시콜콜 이야기를 나눌 모임이 필요한 거다. 이 사람 저 사람 뒤엉킨 대규모의 단체보다 마음 맞는 사람끼리 만나 수다라도 떨 작은 공간을 찾는 거였다.

"오리 주둥이…? 이게 뭐지?"

재미난 이름을 가진 카페였다. 주저리주저리 자신의 평범한 일상을 제멋대로 적어놓은 게시판 하며, 카페의 장난스런 이름과 그 이름에 걸맞게 노란 새끼 오리 한 마리가 윙크를 하는 등의 앳된 디자인이 언뜻 나이 어린 학생들의 놀이터처럼 느껴지지만 자세히 보면 그게 아니라는 걸 알 수 있었다. 각 지역 병원의 자세한 위치와 전화번호는 물론 환자와 보호자가 응급 시 취할 행동 양식이나 맞춤 관리법을 알기 쉽게 설명해 놓은 진지한 게시판이 많았기 때문이다.

「근육병 환우들은 세상과 소통하고 싶습니다. 하지만 시달리고 싶지는 않습니다. 우리는 장난감이 아닙니다.」

카페 관리자의 진중한 인사말을 이해하지 못해 갸우뚱거리던 그녀가 곧 씁쓸하게 웃고 만다. 환자와 가족들의 애타는 마음을 이용하려는 못된 사람들이 많더란 이야기에 공감해서였다. 소영과 민우도 몇 차례 겪어보았기에 잘 안다. '난치병에 걸린 이유는 귀신에 씌었기 때문'이라며 다짜고짜 퇴마 의식을 수행하려던 사이비 종교인은 물론이고, 만병통치약이라며 정체불명의 약품을 보여주는 사람, 언제쯤이나 가능할지 알 수 없을 신약 개발에 투자해 달라며 미래에 대한 환상과 기대심을 부추기는 사람까지 황당한 경우가 많았다. 처음엔 민우의 유명세를 이용하는 거라고 생각했지만 담당의인 명원의 말을 들어보니 그게 아니었다. 환자를 그저 돈벌이 수단으로만 생각하는 사람들 때문에 가뜩이나 낫지 않은 병이 스트레스로 더 심해지게 생겼다는 거다. 이 카페의 관리자 역시 시달리고 싶지 않다는 문구에 밑줄을 치고, 알록달록 색깔까지 입혀놓은 걸 보니 그간의 마음고생을 알 수 있을 것 같다.

"이 사람들이 우릴 도와줄 수 있을까?"

가만히 중얼거리던 그녀, 마우스를 움직여 '회원 가입'버튼을 클릭했다. 본인 확인을 위한 간단한 절차가 있었고, 짧은 인사말과 함께 회원 등급을 올려달라는 요청 글을 남긴 뒤 인터넷 창을 닫았다. 그들에게 가까이 다가갈 최소한의 노력을 마쳤으니 이제 기다리는 일만 남은 거다. 그런데 왜 이렇게 떨리는지 모르겠다.

"으히히히…!"

그때, 중호의 요란한 웃음소리와 함께 병실 문이 벌컥 열렸다.

"제수씨! 내가 해냈어요!"

자리에서 일어나던 그녀를 다짜고짜 끌어안으며 중호가 소리쳤다. 곁에서 민우는 황당한 표정이다.

"다 봤어요. 축하해요."

"으하하하!"

그렇게도 좋을까? 병실을 마구 뛰어다니며 중호가 키득키득 웃어댄다. 소영은 민우의 머리에 두른 모자와 목도리를 벗기고 있었다. 폐의 근력이 약한 그에게 감기는 치명적인 결과를 낳을 수 있어 오늘부터 가까운 거리라도 외출할 때에는 중무장을 해야 한다.

"중호, 두 시간 뒤에, 만나기로, 했어."

"그래? 데이트 약속이야?"

"퇴근하고, 만나자고, 먼저, 데이트, 신청해왔어. 그래서, 저러는 거야."

"으하하하!!"

가뜩이나 덩치도 큰데, 목소리까지 커서 귀가 따가울 지경이다. 우리가 만난 지 벌써 10년의 세월이 흘렀지만 저렇게 즐거워하는 건 처음 본다. 사실 그동안 중호에게 여자 친구가 없었던 건 아니다. 대부분 유명세에 호기심으로 다가온 하룻밤의 꿈이었기에 사랑이라고 표현하기는 건 다소 무리가 있다. 지금까지의 모든 여자가 그런 식이었고, 그 바람에 중호는 20대 중반을 넘긴 오늘에야 사랑이란 감정을 제대로 느끼게 된 거였다.

"민우야, 이쪽으로 와봐. 할 말이 있어."

"…?"

만날 준비를 해야 한다며 부리나케 병실을 뛰쳐나가는

중호, 집이 가까워서 후다닥 샤워만 할 생각인 것 같지만 두 사람은 더 이상 개의치 않는다.

"이것 좀 볼래? 오리 주둥이라는 카페인데…."

"오리, 뭐라고?"

민우의 전동 휠체어가 그녀의 곁에 멈췄다. 체력이 받쳐주질 않아 잠깐의 외출에도 금세 피로해져서 쉬어야 하지만 민우는 그래도 그녀가 하는 말이라면 모두 들어줄 작정이다. 아무리 생각해도 소영은 중호의 그녀보다 훨씬 예쁘다.

"여기가 너랑 비슷한 환자를 둔 가족들의 모임인데, 잠깐 둘러보니 재미있더라고."

"…?"

그녀의 마우스가 다시 오리 주둥이 카페로 입장한다. 잠깐 사이에 회원 등급이 변경되어 있었다. 덕분에 아까보다 더 많은 정보들을 열람할 수 있게 됐다. 처음에 보았듯 회원수가 50명도 되지 않는 작은 공간이지만 수십만 명이 들락거리는 아이돌 가수의 팬 카페보다 훨씬 활발하게 움직이고 있었다.

"이 사람은 어릴 때 근육병 진단을 받는데, 만화에 소질이 있나봐. 간혹 잡지에 출품하기도 한 대. 아까 노란 오리 디자인 봤지? 그거 이 사람이 만든 거래."

"……"

"그리고 이 사람은 증상이 심하지 않아서 자기보다 더한 사람들을 도와주고 있대. 여기 관리자인데, 입이 튀어나와서 오리 주둥이라고 카페 이름을 지었나봐. 재미있지?"

"……"

"그리고 이 사람은…."

회원들의 글을 하나하나 읽어 내려가며 키득거리는 그녀, 이들에게 연대감이라도 느끼는 모양이다. 하지만 민우는 어쩐 일인지 대꾸가 없다. 아예 무표정이기까지 하다.

"민우야, 재미없어?"

"글쎄…."

영 석연치 않은 반응에 그제야 소영이 민우의 얼굴을 들여다본다. 하지만 어제와 다르지 않았고, 여전히 잘생긴 얼굴이다. 그런데 어째서 이렇게 침묵하는지 소영은 모르겠다.

"이 카페가 마음에 안 들어? 응? 민우야?"

"너, 여기, 뭐 하러, 가입했어?"

"응?"

생각지도 못한 대꾸였다. 두 눈이 휘둥그레진 그녀, 민우가 정말 이 카페를 마음에 들어 하지 않는 것 같다. 뭔가 불만스러운 얼굴이다.

"혹시나 도움을 얻을 수 있을까 해서 가입했는데…. 왜? 넌 여기가 싫어?"

"무슨 도움?"

"글쎄, 이것저것…. 우리와 같은 상황에 처한 사람들의 얘기를 들어보고, 우리는 어떻게 대처할지 배우는 거야. 마냥 병원에만 있을 수는 없잖아."

"그럼, 병원에서, 나가자고?"

"…?"

민우의 말투에 가시가 느껴진다. 하지만 소영은 여전히 그의 속마음을 모르는 낯이다.

"나, 이 카페, 싫어."

"왜?"

"사람들한테, 시달리고, 싶지 않아. 너하고만, 있고 싶어."

"그게 무슨 소리야? 시달리기 싫다니? 아픈 모습을 보여주기 싫은 거야?"

민우는 다시 입을 다물었다. 시달리기 싫다는 말, 카페의 운영자가 인사말로 써놓은 것과는 전혀 다른 의미일 것이다. 하지만 소영은 아직 모르겠다. 특별한 이유가 있을 텐데, 민우는 그저 아무 것도 내키지 않는 표정일 뿐 구체적인 대답은 해주지 않고 있다.

"팬들에게 둘러싸여 있는 걸 좋아하던 애가 갑자기 그게 무슨 말이야? 너 사람 많은 자리 좋아하잖아?"

"……."

"아까도 말했지만 언제까지나 병원에만 있을 수는 없어. 병원비도 만만치 않고, 아프다고 누워있으면 더 아파. 그러니까 이쪽 사람들 도움을 받아서 활발하게 움직일 방법을…."

채 말을 끝내지 못하고 소영이 입을 다물었다. 느닷없이 민우가 휴대폰을 던지는 거다. 그러나 기운 없는 민우의 손은 제 기능을 다하지 못했고, 휴대폰은 바로 눈앞에 떨어졌다. 지난주 낙상사건으로 액정을 갈아 끼웠던 전례가 있으니 조심해야 할 텐데, 하지만 소영은 너무나 황당하여 그것을 주울 생각조차 못하고 있었다.

"민우야, 너 왜 그래?"

"이 사람들, 만날 거야?"

"……."

"만나지 마. 나 여기, 싫어."

"그러니까 왜 싫은지 이유를 말해줘. 휴대폰 던지지 말고."

"나, 능력 없어. 그림, 그릴 줄, 모르고, 누굴, 도와줄, 정도로, 힘이, 많지도, 않아. 그러니까…."

아무리 생각해도 설득력이 부족하다. 겨우 이런 시답잖은 이유 때문이진 않을 텐데…. 언짢은 표정이 되어 그녀로부터 멀어지며 민우는 곰곰이 생각해 본다. 머릿속에 잔상처럼 남은 기억들, 하지만 입 밖으로 이 모든 이야기들을 꺼내기에 나는 표현력이 너무나 약하다. 그래서 더 화가 난다. 언젠가는 제대로 얘기해볼 기회가 있겠지. 지금은 잘 모르겠다.

두 사람이 병원 뒤편에 조성된 산책로를 걷고 있다. 아니, 표현이 잘못되었다. 그녀는 걸었고, 그는 전동 휠체어에 몸을 맡긴 채 그녀의 보폭에 맞추어 이동한다. 나란히 손을 잡은 두 사람, DSLR 카메라 액정에 담긴 사진을 보고 뒤에서 성재가 웃었다. 꼬불꼬불 이어진 산책로는 가을을 맞아 아름답다. 빨갛게 노랗게 익은 잎사귀들이 바람에 나부끼며 두 사람의 머리, 어깨, 손등으로 떨어져 내리기도 한다.

"이야, 기가 막히네…!"

제 손으로 찍은 사진이면서도 감탄사를 연발하는 성재, 농담이 아니라 이건 하나의 예술 작품이다. 산책로 뒤편으로는 아직 채 추수하지 않은 황금 들녘이 펼쳐져 있었는데, 이들 연인과 어우러지며 쉽게 만날 수 없는 고아한 아름다움을 만들어내는 것이었다. 구름 한 점 없이 맑은 하늘과 노란 들판, 귓가를 간질이는 바람하며, 정처 없이 떠도는 철새 무리처럼 산들산들 춤추는 잎사귀, 나란히 길을 걷는 연인의 뒷모습까지⋯. 단 한 계절만을 남겨놓은 시점이라 태양은 빠르게 서산에 걸리고, 노을빛에 반사되어 몽환적이다. 어쩌다 이토록 고운 풍경을 만나게 되었을까? 아무래도 이번 성탄절에는 멋진 선물을 받으려나 보다.

"여기 좀 보세요!"

"⋯?"

성재가 소리쳤고, 소영이 그를 돌아보았다. 민우의 휠체어도 천천히 돌아서고 있었다.

"여기에서 잠깐 쉬었다 갈까요? 인터뷰 장소로 제격이네요."

새로 만들었다는 분수대를 올려다보던 성재가 도로 카메라를 들이댄다. 결혼식장에서나 볼 법한 3단 케이크처럼 생겼다. 와인 잔 두 개를 엎어놓은 것 같기도 하다. 화려한 분수대를 배경으로 연인은 다시 포즈를 취했다. 아니, 포즈를 취한 게 아니라 성재의 행위 예술(?)이 끝날 때까지 기다릴 따름이다. 성재는 마치 전문 사진작가인 양 서서도 찍고, 앉아서도 찍고 야단이 났다.

"사진이 멋지게 잘 나왔어요. 보실래요?"

카메라를 내미는 성재, 가을을 만끽하는 액정 속 연인의 뒷모습이 그녀를 웃게 한다.

"이거, 퓰리처 상 사진전에 출품해 볼까?"

"…?"

깜짝 놀란 두 사람의 시선이 성재에게 날아든다. 잔뜩 상기된 목소리, 얼굴에도 흥분한 빛이 역력하다. 그 들뜬 표정에 민우가 픽 웃음을 터뜨렸다.

"이런 사진을 또 언제 찍겠어요? 서울이었으면 절대 불가능한 작품일 거예요."

"모델 출신인 사람은 다른 사람까지 모델로 만드는 재주가 있나 봐요? 사진 멋지게 잘 찍었어요."

"그렇죠? 정답이에요!"

성재가 소리쳤고, 소영은 또 웃었다. 민우는 못 말리겠다며 절레절레 고개를 흔들고 있다.

"퓰리처상은 농담이고요. 블로그에만 올릴 거예요."

"네. 잘 생각하셨어요."

"사진의 제목은…. 이런 거 어때요? 시골길의 연인…."

어렵지 않고 단순해서 눈에 띄는 제목이다. 그리고 성재는 서울로 돌아가면 얼마 전에 배운 포토샵 기술을 써먹어야겠다고 생각했다. 퓰리처 상 사진전에 내걸린 그 어떤 사진보다 멋진 작품이 탄생할지 모른다.

"민우야, 몸은 어때? 지난 주 이후로 걱정 많이 했다."

본격적으로 인터뷰를 할 모양인지 성재가 수첩을 꺼내 들었다.

"형님, 지난주엔, 미안했어요. 제가, 쓸 데 없는, 짓을, 해서…."

"사과는 소영 씨에게 해. 소영 씨가 얼마나 놀랐는지 알아?"

그러자 말없이 미소 짓는 그녀, 성재는 문득 수첩에 '그들, 가을날의 사랑'이라고 적는다. 이 찬란한 풍경에 어울리는 두 사람처럼 사랑해보질 않아 성재로선 그저 부러울 따름이다.

"그간 병원 생활하면서 불편한 점은 없었어? 이건 내 질문이 아니라 네 팬의 질문이야."

"팬의, 질문이요?"

"그래. 내 블로그에 자주 들락거리는 사람이지."

"아직도 블로그에 팬들이 바글거리는 모양이에요?"

"장난이 아니에요. 귀찮을 정도라니까요. 오지 말라고 할 수도 없고…."

소영의 물음에 푹 한숨을 쉬는 성재, 요즈음 그의 블로그가 포털 사이트 메인 페이지에 걸릴 정도로 유명해지면서 한동안 민우를 잊고 살던 팬들이 자주 찾아온다고 했다. 덕분에 옛 시절의 인기를 새삼 실감하게 되었다는 거다. 그리고 잠시 생각에 잠겨있던 민우는 '아무런 활동도 하지 않는데, 아직 사랑해 주셔서 고맙다.' 며 마치 외운 듯 대꾸한다. 한때 잘 나가던 슈퍼스타였으니 이 정도 인사말 정도야 쉬울 것이었다.

"소영 씨가 쓰고 있는 두 사람의 책에 나도 끼는 건 알지? 내가 소영 씨 다음으로 널 잘 아는 사람이잖아. 아니, 중호 다음인가?"

"무슨 얘기, 쓰실 거예요?"

"글쎄, 널 아주 나쁜 놈으로 만들어 놓을까 생각 중이야."

"저를, 왜요?"

"이 자식, 모르는 척 하는 것 좀 봐?"

"…?"

장난기 가득한 성재에게서 키득키득 웃음소리가 들려온다. 여전히 아무 것도 모르는 표정의 민우, 성재는 때려줄 것처럼 주먹을 치켜들었다가 도로 내려놓는다.

"그동안 너 때문에 소영 씨가 마음고생을 얼마나 했는지 생각해 보면 그렇게 모르는 척 할 수는 없을 텐데?

"옛날엔, 정말, 몰랐지만, 지금은, 알죠. 그런데, 형님이,

나보다, 소영이를, 더 챙기시네요."

"당연하지. 넌 네 여자보다 팬들을 더 좋아했잖아. 이러니 내가 아니면 누가 소영 씨를 지키겠어?"

팬을 아끼고 사랑했다는 게 아니다. 늘어나는 팬의 숫자만큼 인기 역시 많아진다는 뜻이고, 그럴수록 오만함도 하늘을 찔렀다는 뜻이다. 여자가 셀 수 없이 많아 행복했던 시절, 그래서 수많은 여자 중 하나일 뿐인 소영의 마음 따위야 안중에도 없었을 거다.

"형님, 저 이제, 그렇게, 안 해요. 제 모든 걸, 소영이한테, 맡기니까요."

"말로는 나한테 다 맡긴다면서 좋고 싫은 거나 자기 생각은 분명하더라고요. 자기 주관이 너무 뚜렷해서 이기적으로 보일 지경이라니까요. 아직도 미워요."

"…?"

소영의 볼멘소리에 당황한 건 성재였다. 민우까지 아예 입을 다물어버리니 단숨에 두 사람 사이의 기류가 달라지고 만다.

"아무래도 민우가 어릴 때부터 세상의 관심을 많이 받고 자라서 그럴 거예요. 소영 씨가 이해하세요."

"아무리 그래도 묻는 말에 대답도 안 하고 이유 없이 삐쳐있는 건 너무하잖아요. 말 안 해도 알 거라고 생각하는지…."

"왜요? 무슨 일이 있어요?"

"……."

대꾸하지 않는 그녀, 민우마저 시선을 피하는 게 심상치 않아 보인다. 키득키득 웃는 것으로 분위기 전환을 시도하려던 성재는 그제야 문제의 심각성을 깨달았다.

"왜 그래요? 진짜 무슨 일이 생긴 거예요?"

"……."

아예 입을 꿰매버렸다고 표현하면 옳을까? 게다가 둘 모두 무표정한 얼굴이기까지 해서 성재는 불안했다.

"두 사람, 혹시 싸웠어요?"

"……."

"에이, 뭐야! 두 사람의 알콩달콩 로맨틱한 사랑이 콘셉트인데, 이렇게 사랑싸움을 하고 있으면 어떡해요? 오늘도 인터뷰는 물 건너갔네!"

일부러 쩌렁쩌렁 울리는 목소리로 외쳐보지만 두 사람은 그대로 반응이 없다. 이대로는 도저히 안 되겠다.

"이제 보니 인터뷰가 문제가 아니었군요? 얘기해 봐요. 도대체 무슨 일이에요??"

"성재 씨!"

한참 만에 소영이 입을 열었다. 하지만 여전히 얼굴은 잔뜩 굳어서 펴질 기미가 보이지 않고 있다.

"제 얘기 좀 들어보세요. 성재 씨."

"네. 말씀하세요. 다 들어줄게요."

"답답하고 속상해요. 어쩌면 좋죠?"

"…?"

문득 성재의 시선이 잠시 민우에게 머물렀다. 무슨 일인지 알 수 없으나 민우 역시 그녀처럼 할 말이 많아 보여서다. 하지만 민우는 경기 중의 과격한 몸싸움으로 심판에게 한 마디를 들을 만큼 미치도록 억울하고 분통이 터질 일이 아닌 이상 내내 침묵하고만 있을 것이다. 성재가 아닌 서민우는 답답할 정도로 과묵한 인간이다. 그게 운동하지 않는 민우의 평소 모습이었다.

"민우와 같은 병을 가진 사람들이 어떻게 살아가는지 궁금했어요. 그래서 SNS와 인터넷 카페를 모두 뒤졌거든요."

"그래서요? 찾았어요?"

"네. 찾았어요."

소영은 낮에 있었던 일들을 남김없이 설명했다. 가입한 카페의 이름이 '오리 주둥이'라는 사실과 근육병 환자들이 사회에서 겪는 현실 등을 알았다고 말이다. 또한 이대로 가만히 있다가는 평생 병원에서 벗어나지 못할 것 같아 도움을 요청하고 싶었다는 말도 덧붙였다. 하지만 민우는 침묵했다. 소영의 말이 끝날 때까지 기다리려는 의도가 아닐까 생각했지만 그렇지도 않은 것 같았다.

"민우야, 내가 보기에도 소영 씨의 생각이 괜찮은 것 같다."

"……."

"사람들과 어울리다 보면 아픈 것도 잊게 될 텐데, 네 생각은 어떠니? 네가 말을 안 해서 소영 씨가 불만인 거야."

말하는 법을 잊은 사람처럼 입을 열지 않는 민우, 하지만 성재는 보았다. 무언가 간절하게 호소하는 그의 눈빛을 말이다.

"추워요. 나 이제, 들어갈래."

엉뚱하게 말을 돌리는 민우였다.

"피곤한 모양이구나. 그래. 그럼 들어가자."

생각 같아선 너는 어렸을 때부터 참 이기적이었다고, 하지만 이제는 그녀의 사랑하는 마음을 이해할 줄도 알아야 한다며 다그치고 싶지만 안정이 필요한 환자에게 그건 옳지 않은 방법일 것이다. 어느새 어둠이 내려앉아 차가워진 공기가 두려워 병동으로 돌아가는 두 사람의 뒷모습을 가만히 지켜보며 성재는 들리지 않게 한숨을 쉬었다. 처음 만났을 때부터 비밀이 많아 보이던 녀석이었고, 언젠가 마음속의 이야기들이 터질 듯 차오르면 끝내 입을 열겠지만 그 순간이 될 때까지 소영의 마음은 마냥 타들어가고만 있을 거였다. 고약한 녀석, 알다가도 모를 녀석이고, 그래서 나쁜 녀석이다.

**언제인지 기억할 수 없는 날의 민우.

슈퍼맨, 배트맨, 스파이더맨, 아이언맨, 헐크, 토르, 캡틴 아메리카, 울버린…. 이들에게 공통점이 있다면 악의 무리로부터 지구의 평화를 지켜내는 영웅이란 사실이다. 어른 아이 할 것 없이 어렸을 때부터 만화와 영화를 통해 멋진 그들의 활약상을 접해 왔으니 절대 모르지 않을 거다. 나는 어렸을 때 파워레인저를 좋아했다. 우주의 어느 행성에서 날아왔다는 슈퍼맨처럼, 박쥐의 모습을 하고 고담 시의 평화를 지켜냈다는 배트맨처럼, 거미줄을 타고 허공을 날아다니는 스파이더맨처럼, 더 이상 적수가 없어 보이는 어벤져스 팀처럼 파워레인저는 다섯 명의 용사가 지구를 정복하기 위해 찾아온 우주의 괴물과 맞서 싸우는 시리즈물이었다. 어린이 채널에서 지금도 방영되는 이들의 활약을 어쩌다 한 번 채널을 돌리던 중에 발견하면 그게 어쩌나 유치해 보이는지, 요즈음의 표현대로 손과 발이 오그라들어 사라질 지경이었다. 좀 더 강한 상대가 나타나 견디기 어려운 시점에 이르렀을 때면 대형 로봇을 소환하여(?) 끝내 물리치고 마는 그들. 그런데 참 이상하기도 하지. 우주에서 왔다는 용사들이 지구의 무술을, 그것도 일본의 무술을 어쩜 그리도 잘 하는지 그들에게 홀딱 빠진 열 살 무렵까지 나는 합기도와 공수도를 배우고 싶다며 엄마를 귀찮게 졸라댔다. 금방 싫증을 내는 어린 아이들의 특성상 나도 오래 가지 못했다는 게 흠이었지만. 그러나 영웅을 향한 절대적인 사랑만큼은 쉬이 버릴 수 없는 게 그 나이 또래의 사내들인지라 아침마다 학교에 가면 다들 가방에 몰래 숨겨온 신상품 로봇을 꺼내 자랑하거나 어제 본 영웅물의 감상평을 늘어놓느라 시간 가는 줄을 몰랐다. 용사들의 얼굴 특징이나 행동거지, 의상의 디자인은 물론, 괴물들이 두려워하는 무적 필살 기술은 무엇인지 자세하게 시범까지 보이며 설명하는 것이었다. 그 시절의 내 모습을 떠올릴 때마다 차라리 공부를 그렇게 했더라면 전교 1등은 거뜬히 해냈을 거란 생각이 든다. 나도 그랬지만 사실 거의 모든 아이들이 악당을 물리치는 영웅처럼 되겠다며 필살 기술을 따라해 보려고 버둥거렸으니 말이다. 한 녀석이 로봇 만화 주인공의 멋진 포즈를 보여주면 다른 녀석은 전혀 새로운 로봇 만화의 주인공을 흉내 낸다. 자세 한 동작이든 말 한 마디였든 조금이라도 틀렸다간 당장에 잔소리를 늘어놓는데, 그게 말싸움으로 이어졌다가 나중엔 자존심 싸움으로 변질되고 만다. 영웅은 지지 않는다는 절대 불변의 법칙이 있기에 가능한 일이었다. 하지만 아이들의 싸움은 영웅의 그것과 달라서 그리 전투적이지는 않았다. 죽음마저 각오한 영웅의 처절한 몸짓을 어설프게 따라 했다간 한낱 비웃음거리로 전락할 거란 사실을 잘 아니까. 두 손 모아 장풍을 쏜다고 정말 장풍이 나가는 게 아니요, 하늘을 향해 주문을 외운다고 거대 로봇이 나타나는 것도 아니며, 영웅의 얼굴을 본뜬 가면을 썼다고 영웅이 되기는 커녕 그 역할을 맡은 배우조차 될 수 없으니 말이다. 언젠가는 반드시 영웅이 되고야 말겠다는 아이들의 소망이 그저 하룻밤의 꿈으로 남으려던 찰나, 나는 내 모든 시간을 오로지 나만의 영웅과 함께하는 데에 소비했다. 알기 쉽게 설명하자면 그 시절 나에겐 파워레인저 말고도 다른 영웅이 하나 더 있었다. 그는 학교를 마친 뒤 분식집이든 오락실이든 PC방이든 엉뚱한 길로 빠져 나가던 친구들과 다르게 나를 곧장 집으로 돌아가게 만든 위대한 인물이다

「민우야! 학교 갔다 오면 씻어야지! 농구만 보고 있으면 어떻게 해?!」

뿐만 아니라 폭풍 같은 엄마의 잔소리에도 아랑곳하지

않고 방에 틀어박혀 나오지 않은 이유이기도 했다. 오직 파워레인저 뿐이던 내 마음을 뿌리 째 흔들어 놓은 건 바로 농구, 그것도 한 15년 쯤 전의 경기였다. 그 시절 나에게는 약 10년 동안 시즌별로 구분해놓은 특정 팀의 경기만 녹화해둔 비디오테이프가 수두룩했었는데, 그 팀의 에이스로 꼽히는 선수가 다름 아닌 나의 영웅이었다. 그는 190센티미터가 넘는 장신이었고, 상당한 미남이었다. 물론 내 주관적인 생각이지만 그는 축구선수이자 모델이라는 베컴보다 잘생겼으며, 원빈이나 장동건은 단박에 오징어로 만들어 버릴 만큼 매력적인 남자였다. 코트를 종횡무진 뛰어다닐 때마다 찰랑거리는 머릿결, 조명에 반짝거리는 땀방울, 상대 선수의 움직임을 견제하는 눈동자는 호수처럼 맑고 영롱하여 빠져버릴 것만 같은 충동에 휩싸였다. 그를 너무도 사랑한 나머지 나는 간혹 정신 나간 짓을 저지르기도 했는데, 그건 바로 브라운관에 비친 그의 입술에 키스하는 것이었다. 닦지 않아 먼지가 쌓인 브라운관에 고스란히 내 입술 자국이 남았으니, 하필 그 모습을 마친 집에 찾아온 중국집 배달부가 목격하고 별짓을 다 한다며 면박을 준적도 있다. 할 수만 있다면 사랑한다고 외쳐주고 싶은 그, 만일 내가 여자라면 당장 청혼하고 말았을 그는 진정 멋진 남자였다. 코트 저쪽에서부터 달려와 단번에 솟구쳐

오르며 덩크슛을 시도하는 모습이 미국 NBA 선수들과 다를 게 없었다면 충분한 설명일까? 승리에 미소 짓고, 관중의 환호에 화답하는 그에게 단단히 빠져 어느 날부터인가 나는 그를 농구의 신이라고 부르게 되었다. 그만큼 완벽한 인간이었고, 그래서 나의 영웅이었다.

「민우야, 재미있니?」

「…?」

어쩌다 한 번씩 방에 들어와 영웅에게 빠진 나를 방해한 사람이 있었다. 그는 내 영웅과 달리 늘 집에만 있는 사람이었고, 누워 있거나 휠체어에 앉아 지내는 사람이었다. 내 아버지 말이다. 병에 걸려 골골거리는 내 아버지, 바짝 말라 뼈밖에 남지 않은, 움직일 때마다 그 뼈의 모양이 고스란히 드러나는 몸뚱이. 한 마디로 아버지는 내게 있어 징그럽고 끔찍한 존재였다,

「내가 뭘 하든가 말든가 신경 쓰지 마세요!」

난 아버지만 보면 꼭 그렇게 쏘아붙였다. 가뜩이나 기운 없이 축 늘어져 있던 아버지는 내가 사납게 을러댈 때마다 슬픈 눈빛으로 나를 바라보았다. 나는 그 심약한 아버지가 싫었다. 그래서 아버지의 병에 관심 갖지 않았고, 그 병이 어느 정도의 고통을 유발하는지도 몰랐다. 그저 나하고는 관계없는 일상, 아버지의 눈물을 공유할 사람은 단지 엄마

일 뿐이라고 단정 지었다. 그로 인한 가족의 불행 따위는 나 몰라라 했으며, 나만의 주관적인 시선으로 보기에 아무 것도 하는 일 없이 누워만 있는 내 아버지를 어린 시절엔 지독히도 미워했다.

「아버지는 왜 매일 그러고만 있어요?」

「으응? 뭐라고?」

「내 친구들 아버지는 회사에 나가서 돈 벌어온단 말이에 요! 아버지는 식충이야!」

「애! 아버지한테 그게 무슨 말버릇이야?!」

철썩, 엄마의 손바닥이 내 등을 후려갈기면 나는 불만 가 득한 얼굴이 되어 내 방으로 들어가 버렸다. 활력이라고 는 아무 것도 느껴지지 않았던 어두운 우리 집에서 내 우 울한 마음을 달래줄 사람은 오로지 나의 영웅뿐이었다. 즐 겁지 않은 일상으로부터 회피할 목적으로 다시 나의 영웅 에게 매달렸고, 그럴 때마다 그가 마치 나를 위해 존재하 는 것 같은 착각을 느꼈다. 농구공 하나로 한 시절을 호령 한 농구 천재…! 다만 그의 이름이 내 아버지와 같다는 사 실이 불편했다. 왜 하필 멋진 그와 별 볼 일 없는 내 아버 지의 이름이 같을까! 정말 화가 났다.

「나의 영웅 님, 우리 아버지가 아프지 않았으면 좋겠어 요. 내 친구들처럼 나도 아버지와 운동장에서 뛰어 놀고 싶단 말이에요!」

　나는 밤마다 나의 영웅에게 기도했다. 교회에 가서 울며
불며 기도하는 사람들처럼, 절에 가서 열심히 절하는 사람
들처럼 나 역시 나의 영웅에게 온 마음을 다 하여 그렇게
기도했다. 우리 아버지도 당신처럼 건강하게 해달라고, 함
께 농구장에 가서 당신을 응원할 수 있게 해달라고 기도했
다. 하지만 날이 갈수록 아버지는 곧 죽을 사람처럼 말라
갔고, 나의 영웅은 녹화된 비디오테이프 속에서 멋지게 코
트를 주름잡았다. 나는 언제나 아버지 아닌 영웅만을 사랑
할 뿐이었다.

「민우야, 너는 꿈이 뭐니?」

　초등학교 6학년이던 어느 날, 중학교 진학 상담을 위해
교무실에서 만난 담임선생님이 내게 물었다.

「축구선수가 되고 싶어요!」

　축구선수, 나는 분명 그렇게 대답했다. 어째서 농구선수
가 아니라 축구선수냐고 뒤늦게 선생님으로부터 소식을
들은 엄마가 물었지만 난 그저 웃을 뿐이었다. 내겐 아직
아무에게도 말하지 못한 부끄러운 소망 하나가 있었는데,
바로 축구선수로서 세계를 제패하는 것이었다. 축구로는
적수가 없다는 남미 팀가지 휘어잡을 축구의 신이 되고 싶
었던 거다. 나의 영웅인 농구의 신과 축구의 신인 내가 한

자리에 만나 악수를 나눈다면 사람들은 미칠 듯 좋아하겠지. 이것이 바로 나의 원대한 꿈이었다. 사실 그 시절에 나는 잠깐이었지만 어린이 축구 교실에도 다닌 적이 있었는데, 친구들의 꼬임에 넘어가 집으로 가지 못했던 날이 최초였다.

「민우야! 너 축구선수 해야겠다! 선생님이 도와줄게!」

축구 교실 선생님들은 나만 보면 그렇게 소리쳤다. 하지만 나는 그것이 실현될 수 없는 환상임을 알고 있었다. 내원대한 꿈을 이루기에 우리 집은 너무나 가난했기 때문이다. 축구 교실은 그만 뒀지만 꿈만큼은 미련처럼 남아 있었으니, 담임선생님의 질문에 고민할 필요 없는 답변을 제시한 것이다. 그러던 어느 날, 단지 꿈이었을 뿐인 그 소망마저 빼앗아간 사람이 내 앞에 나타났다.

「네가 민우냐? 어디 보자! 많이 컸구나!」

「할아버지는 누구세요?」

머리가 희끗한 노년의 신사가 우리 집에 찾아왔다. 아픈 아버지를 간호하는 엄마를 위로하고, 잘생겼다며 내 머리를 쓰다듬은 남자였다.

「민우야, 너 농구 좋아한다며? 아버지에게 들었다.」

「……」

축구를 더 많이 좋아했지만 농구는 나의 영웅이 존재하

는 이유였으니 할아버지의 물음에 부정할 필요가 없었다.

「역시 핏줄은 다르구나! 이렇게까지 농구를 좋아할 줄이야…!」

「뭐라고요? 그게 무슨 소리예요?」

나는 그 할아버지의 말을 쉬이 알아들을 수가 없었다. 그리고 가만히 날 지켜보던 아버지가 비디오테이프를 틀어보라고 했다. 영웅의 활약상이 고스란히 담긴 그것을 말이다.

「허허허! 민우야, 너 참 재미있는 녀석이로구나! 자기 아버지를 두고 영웅이라니!」

「…?」

나는 눈이 휘둥그레져서 할아버지와 아버지를 번갈아 쳐다보았다. 그저 웃기만 하던 두 사람, 이해할 수 없는 이 순간을 설명해준 사람은 엄마였다.

「너는 바보같이 여태 네 아버지도 못 알아봤니?」

충격적이었다. 너무나 기가 막혀서 머릿속이 혼란스러웠다. 내가 그토록 사랑해 마지않았던 나의 영웅이, 신적인 존재라며 고이 모셨던 나의 찬란한 영웅이, 파워레인저보다 아름답고 멋진 영웅이 다름 아닌 내 아버지였단다. 내영웅의 이름이 아버지와 같았던 게 아니라 바로 그가 내아버지였기에 그 이름을 가진 것이다.

「거짓말 하지 마세요! 우리 아버지는…. 우리 아버지는…!」

우리 아버지는 집안에만 박혀 사는 환자란 말이에요! 하지만 나는 그렇게 말하지 못했다. 증거로 내놓은 물건들이 나를 더욱 기막히게 했으니까. 병에 걸리기 직전까지 입었다던 선수 유니폼과 빛바랜 농구공만으로도 나는 알 수 있었다. 녹화된 비디오테이프 영상 속에서 본 바로 그것임을 말이다. 가뜩이나 망치로 얻어맞은 듯 뒷머리가 쑤시고 아픈데, 할아버지는 내게 이렇게 말했다.

「나는 네 아버지를 아끼고 사랑해서 선수로 키운 농구팀의 감독이었단다. 내가 이번에 현역 감독을 은퇴하고 어느 중학교 농구부 감독으로 들어가게 되었는데, 마침 너도 내년이면 중학생이 되는구나. 내가 널 키워보고 싶다. 허락해 주겠니?」

나는 거절하지 못했다. 축구선수의 꿈은 입 밖에도 꺼내지 못했으며, 하루아침에 어른들의 기대를 한 몸에 받는 차세대 농구스타가 되어 있었으니 졸지에 못 다 이룬 아버지의 꿈을 실현해야만 했기 때문이다. 그리고 중학교에 입학하던 날, 아버지가 돌아가셨다. 아주 고통스럽게 떠났다는 소식을 듣고도 나는 울지 않았다. 늘 어둡게만 살아온 엄마가 이제는 편안해지리라 믿었기 때문이다. 그러나 한

편으로 내 마음은 울고 있었다. 내 오랜 영웅의 죽음을 슬퍼하는 건 당연했으니까. 그간 한 번도 아버지에게 관심을 기울이지 않았던 나, 처음으로 아버지의 병명을 알았다. 바로 근육병, 하지만 그것이 유전병임을 가르쳐준 사람은 아무도 없었다.

4장

오리주둥이

강한 사랑은 재지 않는다.
그저 주기만 할 뿐이다.

—마더 테레사

"후우…!"

화장실에서 세수를 마치고 나오던 소영이 저도 모르게 한숨을 쏟아냈다. 상쾌해야 할 아침이건만 도무지 피로가 풀리질 않는 것이었다. 뒷목의 뻐근한 근육을 주무르는 그녀, 두 팔을 허공에 치켜세우고 힘껏 기지개를 켰다. 벽거울에 비춰본 얼굴은 잔뜩 부어 꼴이 말이 아니다. 영 기운 없는 움직임으로 아직 얼굴에 남아있던 물기를 닦아낸 뒤 간단하게 로션만 펴 바른다. 한동안 신경 쓰지 않고 살았더니 피부가 엉망이다.

"어휴! 저 잠꾸러기!"

침상 끝에 걸터앉아 일부러 목청을 높이는 그녀, 보조침대를 정리하고 밤사이 쌓인 먼지를 말끔하게 청소할 때까지 침상 위의 민우는 깨어나지 않았다. 그렇다고 무리해서 깨울 필요는 없다. 새벽녘이 되어서야 겨우 잠든 그였으므로. 앙상한 뼈마디가 제대로 누워있는 것조차 불가능하게 하니 매일 그렇게 불편한 밤을 보내다 겨우 쪽잠을 이룰 수밖에 없다. 그런 민우를 위해 아무것도 해줄 것이 없어 그녀는 오늘도 미안하다.

"후우…!"

반쯤 굽어서 펴지지 않는 민우의 한쪽 다리, 물끄러미 그것을 내려다보며 소영은 다시 한숨을 쏟아낸다. 그 튼튼하던 짐승남은 도대체 어디로 갔단 말일까. 어떻게 1년 만에 이럴 수 있는지 모르겠다. 몹쓸 병 같으니…!

"민우야, 이제 그만 일어나!"

낮게 소리쳤지만 민우는 아직 반응이 없다. 환자복을 갈아 입혀야 할 텐데…. 근육병 환자들은 혼자선 제대로 몸을 가눌 수 없어 보호자가 두어 시간에 한 번씩 자세를 바꿔줘야 한다. 그렇지 않으면 욕창으로 피부가 괴사할 위험이 크기 때문인데, 근래 들어 민우가 이 일을 영 마음에 들어 하질 않고 있었다. 아무리 사랑하는 연인일지라도 사랑의 손길이 아니라면 불편하다는 것이다. 욕창을 그냥 내버려 두었다간 균이 침투하여 전신에 패혈증이 생길지도 모른다고 명원이 수차례 경고했지만 그는 도무지 말을 듣질 않는다. 어쩌면 쓸데없는 자존심일지 몰랐다. 잘나가던 슈퍼스타, 많은 이들이 부러워마지 않았던 최고의 스타가 하루아침에 아무 것도 할 수 없는 바보가 되었으니 말이다. 하지만 아무리 그래도 욕창을 방지하려는 잠깐의 움직임조차 꺼리면 어쩌자는 걸까. 상처에서 흘러나온 고름이 굳어버리면 환자복을 벗기기가 어려울 텐데….

"바보…!"

때려줄 듯 주먹을 말아 쥐는 그녀, 하지만 정말로 때릴 순 없다. 잘못 건드렸다간 저 가녀린 몸뚱이가 단숨에 부서져버릴 테니까.

"후우…!"

마냥 한숨만 쏟아낸다고 답답한 가슴이 풀어지지는 않을 것이다. 자리에서 일어나는 그녀, 아무리 만져보아도 얼굴이 푸석하다. 간호사들에게 마스크 팩이라도 하나 빌려와야 할 것 같다.

「카톡!」

"…?"

누군가 메시지를 보내왔다. 관계가 소원한 지인들의 게임 초대 메시지 말고는 연락해올 사람이 없을 텐데, 이른 아침부터 누구일까?

"어…?"

액정을 살피던 그녀의 눈에 성재의 이름이 띄었다. 카카오톡으로는 한 번도 연락을 주고받은 적이 없어 소영은 무슨 일인지 궁금하다.

「굿모닝! 소영 씨, 뭐 해요?」

「성재 씨, 안녕! 저 그냥 멍하니 앉아있어요.」

오래지 않아 그녀, 저도 모르게 픽 웃고 만다. 별 것 아닌 안부 메시지 끝에 귀여운 표정의 이모티콘이 잔뜩 걸려들었기 때문이다. 성재의 메시지는 다시 이어졌다.

「자는 걸 깨웠나요, 아니면 이미 일어났어요?」

「한참 전에 일어났어요.」

소영은 굳은 듯 멈춰 서서 액정을 뚫어져라 내려다본다. 어쩐지 성재와 수다를 떨게 될 것 같아서다. 아니나 다를까. 그의 메시지는 제꺽 날아들었다.

「평소보다 일찍 일어났더니 소영 씨가 보고 싶더라고요.」

재차 이모티콘을 띄워 키득거리는 성재, 소영도 입가에 미소가 그려진다.

「소영 씨, 제가 재미있는 일 하나를 만들었거든요.」

「그게 뭔데요?」

「궁금하죠? 안 가르쳐 줄래요.」

"...?"

그의 캐릭터가 '용용 죽겠지!' 하며 혓바닥을 날름거린다. 피식 웃음을 터뜨리는 그녀, 장난이 짓궂다. 곁에 있었으면 어깨를 한 대 때려주었을 거다.

「하하! 농담이에요!」

「재미있는 일이 뭐예요? 가르쳐 주세요!」

「정말 궁금해요?」

「네!」

그녀의 캐릭터가 두 손을 모아 간절한 눈빛으로 쳐다본다. 연신 키들거리는 성재의 반응에 소영도 미소를 지울 수 없다.

「저랑 데이트 할래요?」

"…?"

그녀가 고개를 갸우뚱거렸다. 아침부터 느닷없이 데이트라니, 재미있는 일이라는 게 이거였을까?

「무슨 데이트요?」

「데이트가 데이트지, 무슨 데이트가 어디 있어요?」

다시 키득키득 웃는 성재, 이모티콘이 저장된 목록에서 소영은 영문을 몰라 뒷머리만 긁적이는 캐릭터를 골라낸다. 그러자 성재에게서 새로운 메시지가 날아들었다.

「전에 근육병 환자들과 만나고 싶다고 했죠?」

「네. 맞아요.」

「제가 며칠 전부터 자리를 만들어 보려고 동분서주했었는데, 드디어 성사됐어요. 오늘 만나기로 했거든요.」

「오늘이라고요?」

「네. 함께 점심 먹기로 약속했어요. 소영 씨, 꼭 나와야 해요!」

이미 오래 전에 포기해버린 만남이었다. 민우가 생각을 바꾸지 않는 한엔 두 번 다시 기회가 돌아오지 않으리라고 생각했는데…. 그저 남일 뿐인 성재가 이렇게까지 신경을 써주다니, 소영은 고마웠다. 그녀의 캐릭터가 꾸벅 고개 숙

여 감사의 인사를 하고 있다

"어떡하지…?"

우선 긍정적인 반응부터 보여주긴 했지만 한 편으로는 고민이다. 지금까지의 민우라면 반대할 게 분명한데 말이다. 슬쩍 민우에게 시선을 돌리는 그녀, 그는 아직 새근새근 깊은 잠에 빠진 채였다.

「민우가 자고 있어요. 깨면 절 찾을 거예요.」

「간단하게 식사만 하는 자리이니까 금방 끝날 거예요.」

「어디에서 만나는 거예요?」

「그렇게 멀지 않아요. 광주 충장로예요.」

광주 시내라면 병원이 위치한 담양에서 그리 멀지 않은 거리다. 하지만 다시 민우의 눈치를 살피는 그녀였다. 말도 꺼내지 못할 것이고, 절대 허락해 주지도 않을 것이다. 쓸데없는 짓을 상의도 없이 했다며 삐쳐서는 듣는 말에 대꾸조차 안 해줄지 모른다. 하지만 나가보고 싶다. 요즈음의 그들이 어떻게 사는지, 어떻게 하면 지금까지와 다른 삶을 새로이 살아갈 수 있을지 배워서 민우에게 가르쳐 주고 싶다.

「민우가 붙잡을 거예요. 지난번에 그 표정 보셨잖아요.」

소영의 캐릭터가 슬프게 울고 있다. 눈물이 그렁그렁한 캐릭터를 보고 고민에 빠진 걸까? 성재는 잠시 말이 없다.

아무래도 포기해야겠다고 쓰려는데, 성재의 한 마디가 먼저 날아들었다.

「광주에 사는 친구가 불러서 나갔다 왔다고 하면 믿어줄까요?」

"아, 그렇지⋯!"

나지막한 그 목소리도 혹여 들릴 새라 얼른 제 입을 틀어막는 그녀, 캐릭터의 표정이 단숨에 밝아졌다.

「친척 언니를 만나러 간다고 하면 되겠어요. 충장로 근처에서 화실을 운영하거든요.」

「그거 잘됐네요!」

이번엔 캐릭터 대신 엄지손가락 하나가 불쑥 튀어나왔다. 다시 쿡, 웃음을 터뜨리는 그녀, 기분이 좋은지 캐릭터도 야단이 났다.

「지금부터 두 시간 뒤에 만나요. 버스 정류장 앞에서 기다릴게요.」

「네!」

두 사람의 수다가 우선 멈췄다. 스마트폰을 내려놓고 그녀, 잠시 멍하게 앉아 있다.

"뭐부터 해야 하지?"

갑작스런 약속이고, 실로 오랜만의 외출이라 소영은 들뜬 표정을 감추지 못한다. 이리저리 돌아다니며 곰곰이 해야 할 일들을 생각하다가 얼른 화장품을 꺼내든다. 푸석거리는 얼굴이지만 꾸미고 나니 그런대로 봐줄만 하다. 날씨가 쌀쌀해졌으니 치마보다는 바지가 좋겠다.

"언니! 예쁘게 차려 입고 어디 가요?"

데스크의 간호사가 소영을 보고 알은 체를 한다.

"나 광주에 갔다 올게."

"광주는 왜요?"

"친척 언니가 잠깐 보자고 해서…. 만약에 민우가 날 찾으면 그대로 전해줄래?"

"알았어요. 와! 언니! 화장하니까 예쁘다!"

"어머, 얘 좀 봐? 언제는 안 예뻤니?"

새침한 표정으로 그녀, 한 마디 톡 쏘아 붙이고는 상큼하게 웃었다. 잘 다녀오라며 수인사를 하는 간호사의 얼굴이 곧 엘리베이터 문틈으로 사라진다. 오늘의 만남이 무엇을 의미하건 소영은 오랜만의 외출이 그저 기쁘기만 했다.

**중학생이던 민우의 기억.

중학교에 입학하고 얼마 지나지 않았을 무렵부터 이상하

게 나는 아침마다 학교 가는 길이 즐거웠다. 뭐가 어쩌고 어째? 아마 대번에 눈을 치뜨고 벌컥 화부터 내는 사람이 있을 것 같다. 세상에 어떤 정신 나간 놈이 학교 가는 길을 즐거워하겠느냐며 따지겠지만 사실이다. 난 정말 학교 가는 길이 그렇게 즐거울 수가 없었다. 학교 앞, 구체적으로 교문이 보이는 백 미터 전방…. 나는 늘 그곳에 서서 손거울을 꺼내 표정관리를 하거나 옷매무새를 고치곤 했다. 선도부 때문이냐고? 전혀 그렇지 않다. 아니, 그게 옳을 수도 있겠다. 우리 학교 선도부는 끔찍할 정도로 단속이 심해 대부분의 학생들이 피해 다니는 무시무시한 집단이었으니까. 하지만 그 시절 나에게 선도부는 단속의 대상이 아니라 내가 반드시 보호 받아야 하는 경호 집단이었다. 나를 알아보는 아이들 때문이다.

「꺄아아악!」

등교 시간만 되면 어김없이 울려 퍼지는 비명소리, 어디서 아이돌 그룹이라도 나타난 걸까? 키 크고 잘 생긴, 온갖 손짓 발짓으로 아이들의 마음을 홀라당 삼켜버린 무대 위의 멋진 스타가 혹시 우리 학교 학생이 아닌지 의심한 사람도 있었을 만큼 아침의 학교 주변은 요란했다. 하지만 그따위 별 볼 일 없는 아이돌 그룹은 우리 학교에 발도 붙이지 못할 것이었다. 나 서민우가 버티고 있는 한.

「어머, 어떡해! 내가 서민우를 봤어! 꺄아아악!」

나를 향한 아이들의 사랑은 과격하기 짝이 없어서 내가 교문 앞에 나타나면 선도부 담당 선생님이 부리나케 달려나와 재벌가 사모님을 모시듯 친히 학교 현관까지 데려다줄 정도였다. 하지만 그것도 잠시, 학교 안으로 들어가면 사정이 달라진다. 바깥에선 선도부 선생님의 매서운 눈초리가 두려워 다가서지 못하면 아이들이 뒤늦게 우르르 몰려들어 최신형 2G폰으로 마구 사진을 찍어대는 것이었다. 연예인이 아닌데도 사인을 해달라며 종이와 펜을 내미는 아이가 있었고, 심지어 악수 한 번에 울음을 터뜨리는 아이도 있었다. 나는 그들의 관심이 즐거웠다. 처음엔 부끄럽고 창피해서 몸 둘 바를 몰라 했지만 시간이 갈수록 마치 당연한 듯 받아들이게 된 것이다.

「안녕하십니까. 저는 학생 대표로 인사드리게 된 서민우입니다. 반갑습니다.」

「꺄아아아악!」

간혹 월요일 아침 운동장에서 진행되는 조회시간에 단상으로 나가 연설을 할 때가 있었다. 열 맞춰 선 아이들을 구경하는 건 색다른 재미였는데, 얼굴이 붉게 달아오른 여자아이들과 질투심에 사로잡힌 남자 아이들을 보노라면 도저히 웃지 않을 수가 없었다. 그렇게 유년시절 내내 마치

잔뼈가 굵은 중견 연예인처럼 주변의 시선을 의식하고 다 닌 이유는 아마 나를 향한 뜨거운 반응이 재미있었기 때문일 거다. 한 가지 더 보태자면 우리 학교엔 전속으로 계약되어 전교생의 모습을 카메라에 담던 전문 사진작가가 상주했는데, 교장 선생님의 그 별난 취미 탓에 학교는 마치 꿈결에나 등장하는 화려한 세계로 포장되곤 했다. 그 중 압권은 바로 나 서민우였다. 언제 어디서나 내 모습은 어느새 파파라치가 되어버린 사진작가의 카메라에 노출되었으니 그의 기똥찬 사진 보정 솜씨는 나를 무슨 별나라 왕자인 양 착각하게 만들었다. 다른 아이들 같았으면 자신의 화려한 모습에 반해 동네방네 소문내고 다녔겠으나 나는 그저 여유로운 표정이었다. 아버지의 피를 이어 받은 천재 농구선수, 적갈색 농구공 하나로 학교의 분위기를 바꿔버린 거물이니 그쯤이야 당연하지 않았을까? 그도 그럴 것이 내가 입학하기 전까지만 해도 우리 학교의 농구부는 존폐의 기로에 놓여 있었다고 한다. 교장 선생님 말고는 유소년 농구에 대해 아는 사람이 전무한데다 한창 공부해야 할 나이에 농구가 웬 말이냐며 따지던 학부모들 때문이다. 그런 척박한 환경에 서민우라는 존재가 나타났으니 학교는 나를 상전 모시듯 대우했다고 해도 과언이 아닐 것이다.

「와! 서민우 선수! 아버지의 피를 물려받아 농구선수가 됐는데, 기분이 어떠신가요? 아버지처럼 될 자신이 있으신 가요?」

매스컴과의 인터뷰는 늘 이런 식이었다. 농구 천재의 아들, 아버지의 뒤를 이을 차세대 스타라고…! 하지만 나는 그런 수식어가 죽기보다 싫었다. 내 이름은 서민우, 언제까지 천재 아버지의 아들이라고만 불려야 하는가!

「선생님, 부탁이 있어요.」

「…?」

도저히 참지 못하고 감독님 앞에 달려간 날이었다. 나를 반드시 최고의 농구선수로 키우겠다고 아버지와 약속했던 감독님은 그 대가로 연일 매스컴과의 인터뷰에 시달려야 했고, 급기야 피로에 지쳐 꾸벅꾸벅 조는 모습이 수시로 목격되었다.

「선생님, 제 이름은 서민우예요. 아시죠?」

「그건 나도 안다. 왜? 무슨 할 말이라도 있는 게냐?」

「절 언제까지 아버지의 아들로만 포장하실 건가요?」

「저런…. 좋아할 거라고 생각했는데, 그게 아닌가 보구나.」

「네. 싫어요. 저를 더 이상 아버지의 그늘에 숨겨 두지 말아주세요.」

애초에 내 꿈은 농구선수가 아닌 축구선수였다고, 만일

내 부탁을 들어주지 않으면 당장 농구를 그만 두겠다며 으름장을 놓았더니 감독님의 얼굴이 단박에 일그러졌다. 하지만 나는 그가 내 뜻대로 해줄 것임을 이미 알고 있었다. 나 서민우는 해체되기 일보 직전이던 팀을 구한 구세주였으니까.

「오냐. 알았다. 네 뜻대로 하마.」

감독님의 약속은 확실하게 지켜졌다. 소식을 들은 교장선생님부터 날 배려한답시고 기자들을 불러다 간담회를 가질 정도였으니 말이다. 차세대 농구스타, 백년에 한 번 나올까 말까한 미모에 믿을 수 없을 만큼 탁월한 실력까지 갖췄다는 매스컴의 극찬은 변하지 않았지만.

「민우야, 안녕? 너, 나랑 사귀지 않을래?」

「…?」

그러던 어느 날, 처음 보는 여자애가 내게 다가왔다. 나더러 제 남자친구가 되어달라며 손을 내미는 것이었다. 그 아이의 손을 잡았을 때, 나는 아무 생각이 없었다. 요즈음 인터넷을 보면 멍하니 허공만 내다보는 개와 고양이의 사진에 '나는 아무 생각이 없다. 왜냐하면 아무 생각이 없기 때문이다.' 라는 말 같지도 않은 문장을 곁들여 누리꾼을 웃음 짓게 하는데, 당시 내가 그랬다. 정말 그때에 나는 아무 생각이 없었다. 사귀자니까 사귀었고, 손을 내밀기에 잡아주었을 뿐이다.

「서민우는 오늘부터 내 거야. 건드리지 마. 알았어?」

우리 학교 학생은 맞아 보이지만 몇 학년인지, 몇 반인지, 심지어 이름조차 기억나지 않는 그 아이는 내가 마치 제 물건이라도 되는 양 떠벌리고 다녔다. 하지만 나는 신경 쓰지 않았다. 곁에 있고 싶어 하는 것 같아 그러라고 했을 뿐이고, 연락처를 알려 달라기에 원하는 대로 해주었을 뿐이며, 내가 뛰는 농구 경기가 보고 싶다기에 오라고 했을 뿐이다. 그 아이가 나에 대해 어떤 생각을 하건 나는 아무 생각이 없었다. 여자 친구에 대한 환상이 없었느냐고 묻는다면 무어라 대꾸해야 좋을지 모르겠다. 지금 생각해보면 당시 내게 여자는 그저 나와 성별이 다른 존재였을 뿐 그 이상도 그 아하도 아니었던 것 같다. 쉽게 말해 이성에 관심이 없었다는 거다.

「야, 넌 왜 그렇게 무뚝뚝하니? 왜 나한테 무관심해?」

「…?」

「헤어지자. 나 이제 너 별로야.」

그 아이 딴에는 고민 끝에 내린 결정이었겠고, 누가 들어도 충격적인 한 마디였으나 난 역시 아무 생각이 없었다. 저 혼자 와서 저 혼자 가버린 그 아이의 얼굴은 지금도 기억나지 않는다. 그 아이가 싫어서라기보다 정말 아무 생각이 없었기 때문이다.

「민우야, 나랑 사귀자. 나 있지. 널 좋아해.」

새로운 여자 아이가 나타났다. 난 여전히 아무 생각이 없었고, 어느 날 보니 그 새로운 아이가 내 팔짱을 끼우고 있었다.

「민우야, 나랑 영화 볼래? 내가 맛있는 것도 사줄게.」

나는 새로운 그 아이가 하자는 대로 영화관에 갔고, 밥을 먹었다. 그 아이가 수다를 떨면 그냥 들어주었고, 웃으면 따라 웃었다. 그뿐이었다.

「민우야, 너 왜 이렇게 재미없어?」

「...?」

그 새로운 아이가 내게 말했을 때, 나는 또 아무 생각이 없었다. 자기에게 관심을 가져 달라며 투정을 부리는 것 같았으나 무슨 말을 하는 건지 몰랐고, 그래서 아무 생각이 없었다.

「나, 네가 싫어졌어. 이제 그만 만나자.」

얼굴도, 이름도 기억나지 않는 그 새로운 아이가 사라졌다. 그리고 며칠이 지난 뒤, 전혀 다른 여자 아이가 내 팔짱을 끼우고 다녔다.

「야! 누가 허락도 없이 민우랑 사귀라고 했니? 민우는 내 남자야!」

「뭐라고? 그게 무슨 말도 안 되는 소리야?」

계집 아이 둘이 날 두고 싸우는 걸 목격했다. 내가 무슨 허니버터칩도 아니고 서로 자기 거란다. 이때에 나는 처음으로 여자 아이들에게 관심을 가졌다. 세상에서 가장 재미있는 구경이 불구경 다음에 싸움 구경이라고 하지 않던가. 싸움의 원인이 나라는 사실을 알고 얼마나 재미있었던지, 나는 그들 사이에 끼어 이렇게 말했다.

「난 너희 둘 모두를 좋아해, 번갈아 만나면 되는 거지, 왜 싸워?」

「철썩!」

두 여자가 따귀를 쳤고, 나는 결국 혼자가 되었다. 꼴좋다고? 나쁜 남자의 말로라고? 아니, 나는 전혀 그렇게 생각하지 않는다. 나는 여자들에게 사귀자고 한 적이 없다. 그들이 필요해서 왔고, 필요해서 갔을 뿐이다. 이성 친구가 필요하다면 새로 사귀면 된다. 세상의 반은 여자이고, 내겐 온 세상의 여자를 한 번씩 사귈 기회가 있다. 오는 여자 안 막고, 가는 여자 안 잡는 말도 있지 않은가. 그게 날 두고 하는 말이란 사실을 깨달았을 때, 나는 더 이상 아무 생각이 없지 않았다. 그리고 마침내 그녀를 만났다.

「야! 서민우!」

중요한 경기를 앞두고 체육관에서 몸을 풀던 그날이었

다. 누군가 내게 벌컥 고함을 지르는 것이었다.

「너는 여자가 네 장난감으로 보이니?」

「...?」

어디서 많이 본 얼굴이지만 이름이 기억나지 않는, 아마 내 뒤꽁무니를 따라다니던 수많은 여자들 중에 한 사람이 아닐까 추측되는 여자 아이였다. 비 오듯 쏟아지는 땀을 식힐 겸 관중석에 모여 앉은 여자 아이들과 노닥거리던 내게 다가와 사납게 소리친 그녀, 이름이 배소영이라는 걸 그날 알았다.

「야, 왜 쓸데없이 시비를 걸고 그래? 너도 이리 와서 앉아. 나랑 놀자.」

「놀다니? 경기 앞두고 그런 소리가 나와?」

「잔소리 그만 해. 어차피 난 연습 안 해도 잘 하잖아. 나 서민우야. 몰라?」

「야!」

목이 터져라 고함을 지르는 그녀를 나는 마녀라고 불렀다. 팀 매니저라는 데, 그게 뭔지는 몰라도 우리 농구부의 부원이라고 했다. 계집애들과 노닥거릴 때마다 득달같이 달려와 괴성을 질러대는 통에 나의 여자들은 꽁무니가 빠져라 도망쳐야 했다. 나는 그녀가 나에게 관심이 있어서 그런 줄로만 알았다. 하지만 그녀는 모든 선수들에게 공평

했고, 그래서 그녀가 다시 뭐라고 떠들든 말든 신경 쓰지 않게 되었다. 그게 다였다. 처음 만났을 때 우리는 정말 아무 것도 아니었다.

"…?"

잠에서 깨어났을 때, 민우는 눈앞의 덩치를 보고 화들짝 놀란 얼굴이었다. 역시 중호의 산만한 몸집은 누구에게든지 위압감을 준다.

"너, 언제, 왔어?"

"방금. 오늘 재활 치료하는 날이잖아."

중호의 대꾸를 건성으로 넘기며 민우는 병실을 돌아보았다. 소영이 보이질 않는 것이었다.

"소영이, 어디 갔어?"

"몰라. 와보니까 없던데?"

오늘은 날씨가 쌀쌀하니 재활 치료는 실내에서 하잔다. 빨리 하고 끝내자며 재촉하는 게 이상하다 싶었더니, 새로 만난 소아과 병동의 그녀와 데이트 약속이 있단다. 야간 근무로 밤을 꼬박 새운 터라 피로를 풀어주어야 한다나? 얼굴 가득 싱글벙글 웃음이 떠나지 않는 걸 보니 아무래도 재미가 좋은 모양이다.

"민우 오빠! 치료실 가요?"

엘리베이터 앞에 멈춘 전동 휠체어를 보고 데스크의 간호사가 알은 체를 한다. 민우도 손을 흔들었다.

"소영이, 못 봤어? 아까부터, 안 보여."

"소영이 언니 아까 광주 간다고 나가던데요?"

"광주? 광주는, 왜?"

"친척 언니가 급하게 보자고 했나 봐요. 오빠가 자고 있어서 말 못하고 나간다고, 저더러 전해달래요."

싱긋 웃던 그녀, 마침 전화벨이 울려서 얼른 자리에 앉았다. 처형에게 무슨 일이 있는 걸까? 치료실로 내려가는 엘리베이터 안에서 민우는 다시 피곤한 눈이었다.

「버스에서 내리면 횡단보도가 보일 거예요. 건너서 광주역으로 올라가세요.」

담양을 출발한 버스가 마침내 광주역에 도착했다. 성재의 메시지를 따라 광주역 3층으로 오른 그녀, 바깥 풍경이 훤히 내다보이는 구름다리를 건너 1층으로 내려갔더니 열차에 타고 내리려는 승객들로 혼잡한 기차역의 풍경과 마주쳤다. 성재의 말로는 정문으로 나가면 큰 길이 나올 거라고 했다. 혹여 역 앞에 포진한 택시 기사들이 호객행위를 하거든 충장로가 택시를 탈만큼 먼 거리가 아니니 모른 척 하라고도 덧붙였다.

"우와! 복잡하다!"

광주역 앞에 펼쳐진 대로변을 보자마자 소영이 소리쳤다. 오가는 차량으로 빽빽한 거리하며, 높고 낮은 빌딩 숲, 여행객을 태우려고 줄을 서 있는 택시의 행렬까지 그녀는 잠깐이지만 여기가 서울이라고 착각했다. 담양에서까지만 해도 보이는 거라곤 추수가 한창인 논바닥뿐이어서 광주역시 별 다를 게 없는 '시골'인줄로만 알았던 거다. 이렇게 복잡한 광주 시내 한복판에서 논바닥을 찾다니, 서울 촌년이 따로 없다.

"이제 어디로 가야 하지?"

아무렇게나 움직였다가는 이 복잡한 거리에서 길을 잃고 말 거다. 다시 스마트폰을 꺼내 드는 그녀, 역시 성재의 메시지에 답이 있었다.

「여기저기로 길이 뻗어 있어서 모르겠죠? 건너편에 백화점이 있어요. 거기에서 조금만 더 걸어가면 버스 정류장이 보일 거예요.」

내비게이션보다 정확한 성재의 메시지를 따라가다 보니 타야 할 버스가 이제 막 도착하고 있었다. 미친 듯이 달려 버스에 올랐지만 아무리 노선표를 뒤져도 충장로라는 정류장은 없다. 혹시 잘못 탄 건 아닐까?

「내려야 할 정류장 이름이 '충파'예요. 버스는 제대로 탔으니까 노선표에 충장로가 없다고 화내면 안 돼요!」

「화 안 내요. 흥! 누가 보면 성격 나쁜 여자라고 오해하겠어요!」

그러자 혀를 삐쭉 내민 캐릭터가 튀어나왔다. 온갖 이모티콘을 늘어놓으며 키들거리는 성재, 소영도 얼른 이모티콘 목록을 열어 같은 캐릭터를 꺼내놓았다. 두 사람의 채팅창에 서로를 골려주려는 각종 이모티콘이 난무하고, 그러다 소영은 하마터면 내려야 할 정류장을 지나칠 뻔 했다.

「다음 정류장이 충파래요. 곧 내릴 거예요.」

「빨리 와요. 보고 싶어요.」

「흥! 약 올릴 때는 언제고…!」

「이제 안 그럴게요. 메롱!」

다시 키득키득 웃음 짓는 캐릭터가 튀어나왔지만 소영은 대꾸할 수 없다. 난생 처음 보는 거리에 내려선 그녀, 인근 상점에서 들려오는 현란한 노랫소리가 그녀의 판단력을 흐리게 한다. 기다리겠다던 성재는 보이질 않고, 이제 어떻게 해야 할지 모르겠다. 소영은 그저 발만 동동 구를 따름이다. 그때였다.

"누구게?"

"꺄악!"

기척도 없이 나타나 두 눈을 가린 남자, 잠깐 사이에 그가 성재라는 걸 알아챘지만 그 순간에 얼마나 놀랐는지 모른다.

"뭐예요? 놀랐잖아요!"

"우와! 목소리가 국가대표 감인데요? 누가 보면 납치하는 줄 알겠네!"

"…?"

그제야 주변의 시선을 느끼고 돌아보는 그녀, 두 사람의 요란한 장난을 지켜보는 이가 많다. 뒤늦게 소영의 얼굴이 붉어졌다.

"성재 씨, 코트 단추 좀 풀어주세요."

"왜요?"

"창피해서요. 그 속으로 숨게."

"하하하하!"

성재가 웃음을 터뜨렸고, 소영은 얼굴이 더 붉어졌다. 그런 그녀의 손을 끌어당기며 성재는 팔짱을 끼웠고, 북적이는 충장로 한복판에서 둘은 그렇게 사이좋은 연인이었다.

"배고프죠? 제가 근사한 곳으로 안내할게요."

"근사한 곳? 거기가 어디예요?"

"따라와 보면 알아요. 놀랄 준비하시고요."

정오가 가까운 오전인데도 사람이 많다. 시끄러운 음악 소리와 계절을 무시하는 옷차림, 유행처럼 팔뚝에 문신을 새겨 넣은 젊은이들의 거리. 서울 명동과 다를 게 없어 보인다.

"성재 씨, 저것 좀 봐요!"

"…?"

성재의 팔을 놓고 달려가는 그녀, 그곳에 장신구를 늘어놓은 좌판이 있다. 목걸이와 반지, 귀걸이 등이 많았는데, 소영은 별 모양의 귀걸이를 집어 제 귀에 대보고는 환하게 웃었다.

"그거 사줄까요?"

"정말요?"

"얼마 안 하는데, 하나 더 골라요."

"알았어요. 그럼 이거…!"

이번엔 하트 모양의 귀걸이를 집어 들었다. 귀밑으로 주렁주렁 매달리는 것인데, 좀 전에 보았던 별 모양보다 훨씬 단아하고 귀여웠다.

"소영 씨, 기분이 좋은가 봐요. 신나는 얼굴이에요."

"그렇게 보여요?"

"네. 입이 귀에 걸렸어요."

"맞아요. 저 지금 기분이 좋아서 날아갈 것 같아요."

히히, 바보처럼 웃는 그녀의 얼굴에 함박 미소가 그려졌다. 너무나 오랜만에 찾아온 젊은 거리가 마음에 쏙 드는 표정이다.

"여기 좀 봐요! 예쁘죠?"

"…?"

어느 의류 매장으로 달려가 행거에 늘어놓은 티셔츠를 꺼내들며 그녀, 오른손에 든 것과 왼손에 든 것 둘 중에 뭘 골라야 할지 고민하는 얼굴이다. 성재는 픽 웃음을 터뜨리고 말았다, 사주지 않으면 마냥 저러고 있을 것 같다.

"사이즈 맞으면 둘 다 사요. 다 사줄게요."

"정말이죠? 우와아!"

어린 아이가 되어버린 듯 소영이 제꺽 포장을 주문한다. 매장 곳곳에 내걸린 상품 등을 구경하는 그녀 옆에서 성재는 손목시계를 들여다본다. 약속했던 시간이 가까워오고 있다.

"고마워요, 성재 씨. 저 1년 만에 옷을 샀거든요."

"저런, 병원에 갇혀 살았군요?"

"그런 셈이죠."

아픈 민우를 돌보느라 피부까지 엉망이 되었다며 그녀의 얼굴이 도로 어두워졌다. 말하지 않아도 다 안다. 뭐든지 열심히 하는 그녀, 병원에서 저 홀로 내내 고생만 했을 거다. 민우가 아프지만 않았다면 지금 쯤 친구들과 복잡한 거리에서 테이크아웃 커피를 손에 쥔 채 수다를 떨었을 텐데…. 그저 한숨만 내어 쉬는 그녀가 다시 웃으려면 어떻게 해야 할까? 성재는 잠시 고민에 빠졌다.

"여기가 어디예요?"

"이 동네에서 가장 유명한 생선구이 집이에요. 인터넷을 뒤져봤더니 평가가 좋더라고요."

사극에서나 볼 법한 궁궐처럼 생긴 곳이었다. 한지를 바른 방문을 열었더니 중전마마가 다소곳하게 앉아 있을 것만 같은 보금자리가 드러났다. 이미 예약해 두어서인지 온돌방은 따스했고, 드러누워 한숨 자고 싶을 만큼 아늑하다. 뒤따라 들어와 손님맞이 준비를 하는 직원들의 근무복이 이제 보니 개량 한복이다. 누구의 솜씨인지 예쁘게 잘 만들었다. 우리네 특유의 멋스러움이 묻어나는 곳, 인터넷에 소개되고도 남는다.

"이런 곳이 있는지 몰랐어요. 충장로 재미있는데요?"

"그렇죠? 나중에라도 답답하면 얘기하세요. 광주 한 바퀴 싹 돌아요."

"정말이죠?"

"그럼요! 소영 씨 이렇게 즐거운 얼굴 처음 봤거든요."

"우와아아!"

소영이 성재에게 와락 안겨들었다. 이렇게 재미있는 곳을 소개시켜 주어 고맙다고 소리치는 그녀, 성재는 언제가 될지 모를 날에 가볼 곳을 미리 찾아두어야겠다고 생각했다.

"어서 오세요. 기다리고 있었어요."

만나기로 약속한 일행이 나타났다. 두 사람 모두 오리 주둥이 카페의 회원이라고 소개했다.

"아, 기자님이 말씀하신 분이 이 아가씨구나!"

"네. 맞아요."

"반가워요. 나, 오리 엄마예요."

카페 운영자의 엄마라고 소개한 여자가 소영에게 먼저 손을 내밀었다. 눈이 크고 목소리도 큰 여자였다.

"이쪽은 닉네임이 '방부제'예요. 실제 나이보다 스무 살이나 어려 보여서 그렇게 지었대요."

오리 엄마의 소개에 '방부제'가 키득키득 웃으며 악수를 청해왔다. 인터넷을 돌아다니다 보면 동안 외모를 가진 사람을 가리켜 흔히 '방부제를 먹었다.'라고 표현할 때가 있는데, 그가 딱 여기에 해당했다. 올해 50살이라는 그의 얼굴이 30살로 보이니 말이다.

"기자님한테 얘기 들었어요. 아직 스물여섯밖에 안 된

아가씨가 남자친구한테 헌신할 생각을 하다니, 대단하네?"

"아, 네…."

"고생스러울 거야. 이제부터가 시작이거든."

겨우 1년, 지금까지 살아온 편안한 삶은 더 이상 이어질 수 없음을 인정하기까지의 시간이라고 했다. 자신에게 닥친 현실을 받아들이고, 새로운 삶을 개척해 나가야 한다며…. 그게 지대형 근이영양증 환자와 가족에게 닥칠 시련의 일부라는 거다. 부정하고 싶지만 사실이었다. 아침에 일어나면 오늘은 괜찮겠지, 덧없는 희망에 메여 있던 지난 세월이 허탈하게 느껴질 만큼 요즘은 그저 있는 그대로 받아들이고 있었다.

"나는 말이지. 내 아들을 세상에서 제일 멋진 놈으로 키우고 싶었거든. 아마 세상의 모든 엄마들이 다 그럴 거야."

종업원이 미리 주문했던 음식을 내려놓고 나갔을 때, 오리 엄마가 깊은 한숨을 쏟아냈다. 어떻게 말을 이어가야 할지 몰라 헤매는 그 얼굴에서 고단한 삶이 묻어나고 있었다.

"그날이 만 네 살 생일이었어. 생일파티를 해주려고 상다리가 부러져라 음식을 차렸거든. 워낙 많아서 식탁에 있던 걸 밥상에 옮기려다 일이 벌어진 거야."

아이가 상다리에 걸려 넘어졌다고 했다. 곁에 있던 아빠가 얼른 일으켜 세웠지만 놀란 아이는 울음을 멈추지 않았다. 헌데, 아이를 잘 타이른 뒤 음식 접시를 가져다 놓으라고 시켰더니 또 넘어지더라는 거다.

"근력이 약해져서 못 걷는 병이에요. 밑도 끝도 없이 의사가 그렇게 말하더라고. 아, 밑도 끝도 없는 게 아니지. 어쩌면 내가 의사의 말을 이해하지 못한 걸 수도 있어. 그런 병이 있는 줄도 몰랐으니까. 얼마나 황당하던지 대학병원 의사가 무슨 그런 말도 안 되는 소리를 하느냐고 따졌지. 그랬더니 의사가 정색을 하더라고. 엄마가 장애를 이해해야 아이도 받아들인다나?"

오리 주둥이라는 이름이 그냥 나온 게 아니라고 했다. 치아배열이 엉망이라 그렇기도 하지만 사실 아들이 가진 듀센형 근이영양증의 증세가 근육의 약화로 인해 오리걸음처럼 앞꿈치로만 걷는 등 어정쩡한 자세로 걷게 되어서라는 거다.

"우리 아들 별명이 학창 시절 내내 '오리궁뎅이'였어. 제발 휠체어 좀 사달라고 하소연을 하는데, 내가 돈이 있어야 사주지. 마침 우리를 돕겠다는 사람이 나타나서 겨우하나 장만하게 된 거야."

옛날엔 속이 터질 만큼 답답해서 아이를 입양시킬 생각

도 했더란다. 그걸 어떻게 키울 거냐고 주변에서 다그쳤다는데, 엄마의 마음으로 생각해 보면 절대 그런 말을 해선 안 되는 거였다.

"초등학교를 겨우 들어갔어. 다들 장애 아이만 전문으로 교육하는 학교로 보내라고 권유했지만 그건 내가 싫었어. 몸만 불편할 뿐이지, 머리는 비상했거든. 여섯 군데에서 퇴짜 맞고 집에 오던 날 애가 그러더라고. 엄마, 힘들지? 내가 커서 성공하면 우리 엄마 편안하게 해줄 거야. 그러니까 걱정하지 마."

오리 엄마가 웃었다. 슬프게 웃는 그녀의 어깨를 방부제가 토닥이고 있다.

"요즘 아이답게 컴퓨터에 능통하더라고. 고등학교를 졸업하자마자 관련 업체에 입사했는데, 하필 같은 병을 앓는 여자 친구를 사귀는 거 있지! 내가 못 살아!"

"하하하…!"

방부제가 웃음을 터뜨렸다. 오리 주둥이 카페를 화려하게 꾸며준 사람이 다름 아닌 그 여자 친구라는 거다. 요즘 들어 결혼하겠다고 자꾸 덤벼 어떻게 하면 좋을지 고민이라는 그녀, 소영은 절대 허락하지 않겠다는 오리 엄마의 말에 천천히 고개를 끄덕였다.

"나는 친구가 지대형 근이영양증 환자인데, 아, 이 친구가 그렇다는 사실을 전혀 모르고 살다가 애를 둘이나 낳은 뒤에야 알게 된 거야!"

"저런…!"

성재가 소리쳤다. 가족의 행복을 단숨에 망가뜨린 병, 수첩에 그렇게 쓰고 성재는 조용히 펜을 내려놓았다.

"시작은 첫째 아이가 먼저였어. 오리 엄마 네와 비슷한 증상이었지. 다섯 살엔가 호흡곤란으로 죽었는데, 그때까지도 친구 놈은 자기 몸에 어떤 문제가 있는지 전혀 몰랐다나봐."

첫딸을 보내고 얼마 지나지 않았을 때 아들을 낳았다. 그런데 그 아들도 문제를 드러내더란다. 휠체어에 의지할 수밖에 없었던 아이, 하지만 맞벌이로 살아가던 친구 부부는 아픈 아들을 제대로 돌보지 못했다.

"애가 감기에 걸렸어. 밤새도록 앓았다는 거야. 병원에 갔더니 폐렴 진단을 내리더래. 면역력이 약해서 그러겠거니 했는데, 갈수록 더 심해지는 거야. 걱정은 되지만 그렇다고 일을 안 할 수가 없어서 아이를 마누라한테 맡겨놓고 며칠 만에 출근했지. 입원한 애가 중병이라 잘 낫지 않는다고 고민하던 모습이 아직 기억나."

방부제가 신경질적으로 김치 한 조각을 집어 들었다. 입에 맞질 않는지 얼굴 가득 인상을 찌푸리고 만다.

"어느 날은 점심시간이라 식당에 갔는데, 아, 이 친구가 글쎄…!"

수저를 집어 들지 못하고 자꾸 떨어뜨리는 꼴이 처음엔 우스웠다고 한다. 아들이 그렇게도 걱정스러우냐고, 아들은 너만 키우느냐며 동료들끼리 키득거렸다. 하지만 그건 계속 될 사건의 일부였다.

"어느 날 아이가 병원에서 죽었다는 소식을 들은 거야. 이 친구가 놀랐는지 일어나려다가 픽 쓰러졌어. 난 사람이 그렇게 쓰러지는 걸 처음 봤거든. 얼른 내 차에 태워서 병원으로 갔어. 근육병? 그런 게 있다는 걸 그제야 처음 알았지. 더 웃기는 게 뭔지 알아?"

잔에 가득 담긴 물을 단숨에 들이켜고 방부제가 다시 입을 열었다.

"아, 글쎄 그때 제수씨가 셋째를 임신한 상태였던 거야. 의사가 기가 막힌 지 웃더라고. 그 애도 분명이 먼저 간 아이들과 같은 증세를 보일 거라나? 설마 했더니 아니나 달라? 그 애가 지금 여섯 살인데, 꼴이 말이 아니야."

병원비를 감당할 수 없었고, 견디다 못한 아내는 결국 가출을 했다. 연락조차 되지 않는 아내를 포기한 뒤부터 친구는 삶에 의욕이 없는 표정으로 하루하루를 버텨간다고 했다.

"한 마디로 불알친구거든. 초등학교 때부터 알고 지낸 사이란 말이야. 그 여편네는 내 친구를 버렸지만 나는 못 버려. 없으면 죽고 못 사는 친구를 어떻게 버려?"

친구와 친구의 하나뿐인 딸을 지키기 위해 하루 두 갑씩 피우던 담배를 끊었다고 한다. 평생 피우던 담배를 끊고 보니 세상이 아름다워 보였다며 웃는 그의 표정이 슬프게 느껴졌다.

"저는…. 어떻게 하면 좋을지 모르겠어요."

조용히 듣고만 있던 소영이 한참 만에 입을 열었다. 성재를 통해 민우의 소식을 들었던 두 사람은 마치 약속이나 한 듯 한숨을 쏟아냈다. 먼저 말을 꺼낸 건 오리 엄마였다.

"아가씨, 내가 조언 하나 해줄까?"

"…?"

"근육병은 유전병이야. 아이를 낳으면 그 아이도 같은 병에 걸리지. 내 남편은 작년에 죽었어."

"……."

"근육병 환자를 아들로 키우는 입장에서 이런 말하기 좀 그렇지만…. 아가씨, 차라리 헤어져."

"…!"

놀란 소영의 입이 떡 벌어졌다. 하지만 오리 엄마는 여전히 그대로다. 방부제는 아예 다른 곳을 쳐다보고 있다.

"아가씨, 이제 겨우 스물여섯이라고 했잖아."

"……."

"앞 길 창창한 젊은 아가씨가 왜 그런 고생을 하려고 해? 아가씨의 미래를 위해서라도 헤어져. 그 남자친구 곁에 있어봤자 얻는 건 절망뿐이야."

넘어가지 않는 침을 억지로 삼키며 소영은 들리지 않게 한숨을 내쉬었다. 무슨 말을 해야 할지 몰라 헤매는 표정으로 그녀, 잠시 눈을 감아본다. 사랑이란 이름으로 버틴 1년…. 과연 옳았을까? 잘 모르겠다. 입을 열지 않는 그녀의 의도를 모두는 알았고, 그래서 아무도 테이블 위의 음식에 손대지 않았다.

"아, 그러니까 말 좀 하라고, 이 새끼야!"

중호가 민우의 다리를 와락 움켜쥐었다. 온 몸으로 전해 드는 묵직한 통증에 민우는 신음성을 쏟아내고 만다.

"뭐? 그렇게 다투고 여태 사과를 안 했어? 이거 웃기는 놈이네?"

눈을 부라리며 중호가 다시 소리쳤다. 얼마 전에 있었다는 소영과의 말다툼이 그에겐 황당한 소리로 들리는 모양이다.

"야, 재미있는 얘기 하나 해줄까? 넌 참 웃겨. 내가 제수씨였어도 너한테 불만이 많았을 거야."

"왜?"

"왜라니? 그걸 몰라서 물어? 넌 아직도 네 자신을 몰라?"

"그래. 몰라. 내가, 잘못한 게, 뭐야?"

"워매, 이 오살헐 놈이 또 사람 열불 나게 만드는구마잉!"

어지간하면 참아볼 생각이었던 그의 입에서 울컥 전라도 사투리가 튀어나왔다. 울그락 불그락 성을 내는 중호의 얼굴을 민우는 그저 멀뚱히 바라보고만 있다.

"그래. 맞다. 생각해 보니까 넌 옛날부터 눈치가 없었어."

"무슨, 눈치?"

그러자 중호가 '확 그냥!' 하며 두툼한 주먹을 치켜들었다. 정말 가만 두지 않겠다는 듯 그 주먹으로 배를 슬쩍 건드렸지만 민우는 반응하지 않는다. 여전히 고민스러운 얼굴이다.

"어이, 거기! 조용히 좀 하지!"

그때, 한 노인의 어깨를 주무르던 치료사가 소리쳤다. 중호보다 머리 하나가 더 큰 남자였는데, 제 덩치 하나 믿고 무서울 것 없이 살아온 중호가 유일하게 눈치를 보는 사람이다.

"아이고, 형님! 죄송하구먼요! 아, 하나밖에 없는 친구 놈이 이 동상을 열 받게 허질 않소! 이걸 워쩐다요?"

"말을 안 들으문 듣게 하문 될 것 아니여? 어르신네들 계시니께 조용히 허자. 알겠는가?"

"예에, 형님!"

깍두기 형님을 모시는 뒷골목 양아치라고 해야 할까? 비실비실 웃으며 대꾸하는 중호, 어째서 그동안 재활치료를 바깥에 나가서 한 건지 이제야 알았다. 서로 간에 흐르는 기류로 보아 일방적인 압력이 있었던 것 같다. 사내들 사이의 흔한 기 싸움에서 패배했을 게 분명하다. 말로 형용하기 어려운 위압감에 마냥 그를 피해 다니고 싶었겠지만 날씨가 차가워지면서 실내로 들어올 수밖에 없으니 아예 꼬랑지를 내려야겠다고 생각한 모양이다. 반달 눈 모양으로 생글거리는 저 꼴을 보라. 간사하기 짝이 없는 얼굴이다.

"비겁한 놈…. 나한테도, 그렇게, 해보지, 그래?"

"저 형님 무서운 분이야. 너하고는 차원이 달라."

목소리를 최대한 낮춰 속닥거리는 녀석의 표정에 긴장감이 잔뜩 묻어난다. 기막힌 처세술이 감탄하지 않을 수가 없다.

"내가, 뭘 어쨌기에, 소영이가, 불만을, 갖는다는, 거야?"

"야, 너 지금 장난하는 거 아니지? 정말 모르는 거야?"

"몰라."

"이거 진짜 나쁜 새끼네…!"

접은 무릎을 복부 쪽으로 밀어젖히는 중호, 손아귀의 힘이 아까보다 강해졌다. 일부러 그러는 것 같다. 그만 두라고 소리치고 싶어도 목소리가 나오질 않으니 더 고통스럽다. 급기야 민우의 얼굴이 온통 일그러지고 만다.

"그래. 좋다. 이 형님께서 친히 너에게 깨달음을 전수하마."

민우의 상체를 조심스럽게 일으켜 세우고 중호는 그가 편히 앉을 수 있도록 손으로 등을 받쳐준다. 무협 영화에 나오는 기 치료 같다며 그가 키득키득 웃었다.

"너는 말이지. 네가 이기적인 놈이란 걸 모르는 것 같아."

"내가?"

"그래. 옛날에 우리가 어떻게 살았는지 떠올려 봐. 아이돌 가수와 다를 게 없었잖아."

"그건, 그렇지."

흔히 '인터넷 얼짱'이라는 게 있다. 보통 이상의 외모를 가진 일반인이 누리꾼의 입소문을 타고 인터넷에 퍼지며 유명해진 경우를 말하는데, 두 사람은 한때 이 인터넷 얼짱으로 유명세를 탄 적이 있었다. 국내 청소년 스포츠에 대해 잘 아는 일부 마니아층에서만 오르내리던 그들의 이름이 인터넷을 타고 전국으로 확산되어 버린 것이다. 시작은 중호가 먼저였다.

"야, 내가 이래봬도 옛날에는 꽤 잘 나갔다고."

"누가 뭐래?"

"내 팬들을 네가 훔쳐갔으니까 하는 말이지."

훔쳐 갔다는 표현이 재미있었던가 보다. 민우의 입술 양 끝이 바르르 떨리는 게 웃음을 억지로 참으려는 수작처럼 보여 중호는 또 한 번 주먹을 치켜들었다.

"너만 아니면 난 더 잘 나갈 수 있었을 텐데…. 아까워 죽겠다니까!"

"웃기고 있네. 내 덕에, 더 많이, 뜬 건, 왜 생각 안 해?"

"그래! 바로 그거야! 너는 그 잘난 척이 문제라니까!"

"…?"

고등학교에 입학하자마자 둘은 대한민국 축구계의 샛별이라는 찬사를 받으며 성장해 나갔다. 인터넷 얼짱이 축구까지 잘 한다는, 실제와는 정반대의 소문이 퍼진 것도 바로 그 시기였다. 서민우와 최중호를 보겠다며 하루가 멀다 하고 찾아온 여학생들로 북새통을 이루던 바로 그때 말이다.

"밤마다 사진 찍어서 인터넷에 올리는 게 취미였잖아. 기억 나?"

"그래."

"미니홈피 방문자 수로 내기한 건?"

"기억 나. 저녁 내기하면, 네가, 매일 졌어."

킹콩처럼 제 주먹으로 가슴을 쾅쾅 두드리는 중호를 보고 민우가 픽 웃음을 터뜨렸다. 지금껏 가장 즐거웠던 추억을 꼽으라면 바로 고등학생 시절일 거다. 이미 많은 이들로부터 관심을 받는 위치에 있었고, 그래서 잘 나가는 아이돌 스타가 부럽지 않았으며, 그렇다보니 여학생들의 선물공세가 당연하게 느껴졌다. 메아리처럼 울려 퍼지는 비명소리가 재미있어 더 악착같이 골을 넣었으니, 본의 아니게 두 사람의 입지는 더욱 굳어져만 갔다.

"야, 우리는 걔들한테 고마워해야 해. 걔들 덕분에 청소년 대표 팀까지 들어갔잖아."

"고맙기는…. 유치한 소리 하지 마."

"이것 봐! 그걸 유치하다고 생각하는 게 문제라니까!"

"흥! 그러다, 여러분, 사랑해요. 하겠다."

한쪽 입술만 비틀어 웃기, 서민우 특유의 못된 버릇이 튀어나왔다. 대번에 중호가 정색을 하더니 손 안에 붙잡고 있던 무릎을 찰싹, 소리 나게 때렸다.

"야, 제수씨가 그 표정 싫어하는 거 알지?"

"알아."

"너는 왜 그렇게 제수씨가 싫어하는 짓만 골라서 해? 그거 진짜 꼴 보기 싫다니까!"

"처음에, 말싸움이, 싫어서, 그렇게, 웃었는데, 습관이, 됐어."

생각해 보면 정말 그랬다. 이 버릇의 시작은 아마 중학교 때부터였을 거다. 모여 앉은 계집아이들의 어깨마다 하나씩 팔을 올려두고 마치 아랍의 갑부처럼 속 편하게 시간을 때우던 바로 그때 말이다.

"네가, 알아서 해. 너 알아서, 생각해. 라는 말, 소영이가, 제일, 싫어하는, 말이었어."

"바로 그거라니까! 너는 옛날부터 말로 표현하지 않았어. 상대가 알아서 판단하고 행동하는 것만 지켜봤지."

"그래."

"기분이 안 좋아서 묻는 말에 대꾸를 안 하면 상대방은, '아, 쟤가 오늘 어떤 일이 있어서 그렇겠구나.', 또는 기분이 좋아 보일 때, '아, 쟤가 오늘 경기에서 이겨서 그렇겠구나. 맛있는 거 선물하면 품에 안아주겠지?' 라고 네 의중과는 관계없이 혼자 판단하는 거야. 아마 연예인 팬들도 그럴 걸? 사귀는 사이가 아닌 이상에야 제대로 된 대화가 불가능할 테니까.

"그럴 거야."

"그럴 거야가 아니라 그게 맞아. 넌 일부러 그걸 유도했고, 즐겼잖아. 진짜 싸가지 없는 짓이라니까!"

그러자 민우가 흥! 하고 콧방귀를 뀌었다. 기막힌 중호의 눈이 휘둥그레진다.

"너야말로, 웃긴다."

"내가 왜?"

"너도 나랑, 똑같았잖아. 새삼스럽게, 왜 그래?"

"아니야. 난 손 털었어."

"...?"

무슨 소리인지 이해하지 못한 민우의 표정을 중호는 모른 척 했다. 이제 병실로 돌아갈 시간이다. 구석에 세워두었던 전동 휠체어를 침상 곁에 가져다 놓고 녀석을 품에 안아 옮기려는데, 어쩐지 가볍다. 지난번보다 제중이 더 줄어든 것 같다.

"새삼스러운 게 아니야. 난 그게 잘못이라는 걸 이미 깨달았어."

"웃기지 마."

"정말이야. 선수 생명이 끝났다는 소릴 듣고 처음 깨달았다니까!"

"그러니까, 하고 싶은, 말이 뭐야?"

"아, 잠깐만 기다려."

치료실을 나오려다 말고 중호가 깍두기 형님에게 꾸벅 허리를 숙였다. 부리부리한 눈빛으로 노려보던 깍두기는 잘 가라는 인사도 없이 제 할 일에만 열중할 뿐이다. 생각 같아선 주먹 한 방 화끈하게 날려주고 싶지만 보는 눈이 많아 오늘은 참겠다고, 표정으로 말하고 있다. 그의 뜻을 알아채기까지의 시간이 억겁처럼 느껴졌을까? 중호가 마른 침을 꼴딱 넘겼다. 다음 주에도 만나게 될 텐데, 그땐 아예 눈도 마주치지 못 할 것 같다. 중호는 그가 두렵다.

"선수 생활이 끝났다는 판정 받고 내가 무슨 생각을 했는지 알아?"

"……."

"'앞으로는 축구를 못하는구나.' 이게 아니라, '아, 애들이 이제 선물을 안 해주겠구나.' 라고…."

"미친놈…!"

"그래, 미친놈이지. 내가 미쳐 있었다는 걸 정상으로 돌아온 뒤에야 깨달은 거야."

"그래서?"

"나랑 똑같이 살았던 너는 나보다 심각한 몸을 하고도

여전히 그대로잖아. 제수씨는 네 팬이 아니야."

"……."

병실로 돌아왔는데, 소영이 없다. 아직 돌아오지 않은 모양이다.

"팬들에게 했던 짓을 제수씨에게 똑같이 하지 마. 추측하게 하지 말고 네가 직접 말을 하란 말이야."

"그렇게, 하지 않아서, 소영이가, 화가 났다고?"

"그래. 제수씨는 네가 사랑하는 사람이지, 네 기분 내키는 대로 갖고 노는 장난감이 아니야."

"……."

반박하고 싶었지만 그게 쉽지 않다. 아무리 생각해도 중호의 말이 옳으니 입이 열 개라도 할 말이 없는 건 당연했다. 하지만 포인트가 빗나갔다. 그녀에게 무뚝뚝하게 군 건 그녀가 스스로 판단해주길 바란 게 아니라 전혀 다른 이유 때문이다. 나조차도 모를 그 다른 이유. 그러나 민우는 지금 당장으로선 말을 아끼고만 싶다. 아직은 좀 더 기다려보고 싶은 거다. 그 쓸데없는 황소고집 때문에 그녀가 속상해 한다면 나도 속상하다. 언젠가 말하게 되는 날이 오겠지. 그 흔한 사랑 고백조차도.

**중학교 3학년이던 민우의 기억.

　여러분은 혹시 살아가는 동안 절대 잊지 못할 목소리가 있으신가? 마음 깊이 담아둔 누군가의 목소리 말이다. 만일 사랑하는 이의 달콤한 목소리라고 대답한다면 내가 장담하는데, 당신은 행복한 삶을 누리는 사람이다. 사랑해요, 한 마디에 울고 웃을 준비가 되어있다면 당신은 분명 모두가 부러워 마지않을 사람인 거다. 나에게도 잊을 만하면 떠오르는 목소리가 있다. 시작은 있으나 도무지 끝을 알 수 없는 마녀의 잔소리 말이다, 벌써 10여 년 전의 일이고, 그래서 아주 잊은 줄로만 알았는데, 간혹 한 번씩 불현 듯 꿈에 나타나 사람을 놀라게 하는 바로 그 목소리…!

「서민우! 이 꼴통 같은 놈아! 너 지금 제정신이니?」

　꿈속의 그녀는 나타날 때마다 옛날에 그랬듯 학교 체육관 한 가운데에 서서 미친 듯이 소리쳤다. 마냥 듣다 보면 끝내 편두통을 유발하고 마는 그 시절 소영이의 잔소리는 정말이지 이해할 수가 없다. 무슨 계집애 목소리가 그렇게 크단 말일까? 어른들의 표현대로 기차 화통을 삶아먹은 게 분명하다. 10년이 지나도록 내 가슴 한 구석에 남아 지워지지 않는 걸 보면.

「너 말이야! 아무리 개념이 없어도 그렇지! 어떻게 그럴 수가 있니? 미친 거 아냐?!」

「야, 나 미치지 않았어. 시끄러우니까 잔소리 좀 그만 해.」

「그걸 말이라고 하니, 이 강백호 같은 놈아!」

여기서 잠시, 그 시절 우리 농구부의 규율에 대해 설명할까 한다. 중학생이라는 신분 상 반드시 방과 후에 모여 훈련해야 한다는 건 앞서 밝힌 바 있고, 무슨 일이 있어도 감독님의 지시 사항을 모두 듣고 난 뒤에야 그날의 일정을 시작했다. 지난 경기에서 실수를 저지른 아이가 있거나 잘못된 운동 습관을 고치지 못하는 아이가 있다면 바로 이 시간에 어김없이 지적을 받는 것이다. 그런데 언젠가부터 그 일을 소영이가 대신 하게 되었는데, 이는 감독님의 건강이 급격하게 나빠진 탓이었다. 고등학교 1학년 겨울방학 때 노환으로 돌아가신 감독님은 이미 그때에 정상적인 신체 활동을 할 수 없을 정도로 쇠약해져 있었으니 말이다. 팀 매니저이고, 운동선수인 우리보다 더 재빠르게 움직여 정말 중학교 3학년 학생이 맞는지 의심할 만큼 소영이는 대부분의 일을 감독님 대신 해냈다. 게다가 우리를 휘어잡는 리더십과 결단력까지 갖췄으니 아무도 소영이의 일에 대해 트집을 잡거나 불만을 드러낼 수 없었다. 나에게 늘 그랬듯 먼저 시비만 걸어오지 않는다면 소영이는 우리로부터 '공대 여신'보다 더 많은 대우를 받았을 거다.

「야, 강백호 소리 좀 안 할 수 없어? 내가 꼴통인 건 나도 알지만 너한테 욕을 먹을 정도는 아니라고!」

「흥! 아이스크림 먹다가 반지 깨무는 소리 하고 앉아 있네! 시끄러워! 조용히 하지 못해!」

「야, 네가 더 시끄러워!」

「조용히 하라고 했잖아! 조용히 해!」

소영이가 그렇게 고함을 지르면 농구부원들은 두 손으로 귀를 틀어막아야 했고, 체육관은 지진이라도 일어난 듯 흔들거렸다. 물론 체육관이 흔들린다는 건 과장된 표현이긴 하다. 그렇지만 귀를 틀어막아야 할 만큼 목소리가 크고 잔소리가 많은 건 사실이니, 그 시절 내게 쌓인 스트레스는 이루 말할 수 없었다. 도대체 무슨 잘못을 얼마나 한 건지는 몰라도 나도 한 성깔 하는 놈인데, 자꾸 이런 식으로 시비를 걸면 이대로 가만히 있지 않을 수도 있다. 하지만 약한 여자라서 꾹 참았다는 걸 그녀가 제발 알았으면 좋겠다.

「이제 결승전 한 게임 남았어! 끝날 때까지 끝난 게 아니라는 말 몰라? 뭐? 축구선수를 하겠다고? 그걸 말이라고 하니? 도대체 생각이 있는 거야, 없는 거야!?」

「야, 나도 말 좀 하자!」

「무슨 말을 하겠다는 거야? 네가 지금 말해봤자 변명밖에 더 해?」

「…!」

우와! 기가 차서 말이 안 나온다. 소영이의 현란한 말솜씨는 이미 오래 전부터 알고 있었지만 들을 때마다 새롭다. 경의를 표하고 싶을 정도였다.

「야, 내가 그렇게 죽을죄를 지었어? 야단을 칠 때 치더라도 도망갈 구멍은 만들어 줘야 할 것 아냐?」

「도망가긴 어딜 도망가겠다는 거야? 이게 죽을죄가 아니고 뭐야? 감독님이 그간 널 얼마나 아껴 주셨는지 몰라? 돌아가신 아버지한테 미안하지도 않아? 어떻게 이런 식으로 배신할 수가 있어?」

「배신이라니? 이게 뭐가 배신이야?」

「배신이 아니면 뭐야? 너 하나만 믿고 농구부 꾸려온 감독님은 뭐가 돼? 너 믿고 가신 아버지는 뭐가 되냐고? 아무리 친구가 좋아도 축구 선수가 되겠다는 생각은 잘못이야! 마지막 경기 앞두고 유종의 미는 거두지 못할망정 뭐가 어쩌고 어째? 너 죽을래?」

이 끝없는 잔소리를 언제까지 들어야 하는 걸까? 그래. 내 잘못은 무조건 인정한다. 하지만 아예 미쳐버린 사람처럼 폭풍 잔소리를 늘어놓으니 이젠 지친단 말이다. 비단

나만 그런 게 아니었다. 훈련을 시작해야 할 선수들은 영 귀찮은 표정이었고, 감독님은 아예 다른 곳으로 시선을 준 채였다.

「도대체 왜 그런 거야? 무슨 생각으로 농구부를 버리는 건지 얘기해봐! 너 때문에 모두가 전의를 상실한 거 안 보여?」

「야! 저 표정들이 전의를 상실한 것처럼 보여? 잔소리 그만하라는 표정은 안 보이나 보지?」

「뭐가 어쩌고 어째? 이 강백호 같은 놈이…!」

「야!」

도저히 참지 못하고 이번엔 내가 벌컥 소리쳤다. 눈이 휘둥그레진 마녀, 아니, 소영이의 표정은 다시 떠올려 봐도 재미있다. 물론 고함 소리에 놀란 게 아니라 내가 이렇게 반항할 줄을 몰랐다는 표정일 테지만 말이다.

「내 인생은 내가 알아서 할 거야. 그러니까 간섭하지 마.」

「야, 어쩜 그렇게 네 생각만 하니?」

「그게 아니야. 우리 나이에 진로 고민은 당연한 거잖아. 축구선수가 되겠다는 것도 진로 선택의 일부일 뿐이라고. 내 인생 내 마음대로 살겠다는데, 왜 방해하는 거야?」

「방법이 틀렸으니까 하는 말이지! 어떻게 진로 선택을

가위 바위 보로 해? 어떻게 네 미래를 그런 식으로 결정할 수 있어?」

「자! 그만들 해라!」

아주 적당한 시점에 할아버지 감독님이 우리 사이를 갈라놓았다. 좀 더 일찍 말려 주셨더라면 좋았을 텐데…. 기운이 빠져서 서 있을 힘이 없다.

「이제 그만 싸우고 다음 경기 준비하자. 한 게임만 더 이기면 우린 최고가 되는 거야.」

「예에…!」

「훈련 시작하자. 민우는 잠깐 나 좀 보고….」

어기적거리며 자리에서 일어나는 선수들, 모두 만사 귀찮은 표정이었다. 하여간 소영이의 잔소리는 사람 진을 다 빼놓는다.

「어서 와라, 민우야. 소영이 때문에 고생이 많았다.」

「괜찮아요. 한두 번 겪는 것도 아닌데요, 뭐….」

할아버지 감독님의 사무실에서 우리는 웃었다. 지팡이를 짚으며 굳이 내 곁으로 옮겨와 앉는 감독님의 얼굴에 주름이 가득하다. 내 중학생 시절 3년이 저 깊은 주름에 고스란히 담겨 있을 거였다.

「그동안 내 욕심 채워주느라 수고 많았다. 앞으로 네가 하고 싶은 걸 하게 되어서 다행이구나.」

「저는 자유롭고 싶었을 뿐이에요. 덕분에 그간 감사했어요. 앞으로는 자주 못 만나겠죠?」

그러자 할아버지 감독님이 웃었다. 평온한 그 미소에서 나는 종착지를 향해 달리는 한 사람의 지친 인생과 마주쳤다. 겨우 열여섯 먹은 어린놈이 못하는 소리가 없다고 핀잔을 주어도 어쩔 수 없다. 늘 죽음 곁에서 허우적거리던 내 아버지, 그런 아버지를 줄곧 지켜본 나였기에 코앞으로 다가온 감독님의 죽음이 너무나도 가까운 거리에서 느껴졌음을 부정할 수 없었다. 그렇기에 어느 날 갑자기 날아든 할아버지 감독님의 비보를 듣고도 의연하게 반응할 수 있었던 거다. 물론 소영이는 여유로운 내 얼굴을 보고 기막혀 했지만.

「선생님, 부탁 한 가지가 있어요.」

「그래. 말해 보려무나.」

「지금까지 선생님이 알던 제 모습은 끝까지 비밀로 해주세요. 소영이나 다른 사람들이 뭐라고 하건 말건 신경 쓰지 마시고요.」

「그래. 알았다. 헌데 넌 비밀이 너무 많아. 신비주의를 고수한다고 네가 신비로워지는 게 아닌데 말이야.」

나는 또 웃었다. 신비주의, 잘나디 잘난 서민우에게 딱 어울리는 거창하고 멋진 단어이지만 나는 애초부터 신비로움을 추구할 생각이 없었다. 그런데도 내가 지금껏 철부지로 행동해 온 건 아마 내 속마음을 들키고 싶지 않았기 때문일 것이다. 겉으로는 아버지의 피를 이어 받은 천재 농구선수이며, 여자를 밝히고, 강백호 소리를 들을 만큼 꼴통 같은 놈이지만 난 원래 상당히 진중한 놈이다. 믿지 못하는 사람들에게 지금 이 자리에선 진실만을 밝힐 것을 맹세한다.

「민우야, 이건 내 생각이다만, 어쩌면 네 아버지의 병이 널 그렇게 만든 걸지도 모르겠구나.」

「네. 저도 그렇게 생각해요.」

역시 날 알아주는 건 할아버지 감독님뿐이다. 내 주변에서 유일하게 우리 가족을 잘 알았고, 모든 어려운 일에 앞장서 해결해 주신 분이었다. 하지만 우리 부모님은 타인에게 신세지는 걸 워낙 싫어하는 사람들이라 감독님의 손길을 번번이 외면했다. 그리고 결과는 참혹했다. 내 기억 속에서 엄마는 아버지의 병이 뭔지도 모르면서 어떻게든 낫게 해보려고 혼자 여기저기 발품발아 뛰어다닌 사람이다. 만병통치약이라고 소문난 물건을 사러 지방을 돌아다니지 않나, 말도 안 되는 차력 쇼에 홀딱 빠져서 떠돌이 약장수 무리를 집으로 끌어들이질 않나, 신점 깨나 본다고 소문난 무당까지 데려와 굿을 하기도 했다. 꽤 오랜 세월을 그렇게 살았다. 아버지의 병은 당연히 낫지 않았고, 엄마는 뒤늦게 그들이 말솜씨 한 번 기막힌 사기꾼임을 깨달았다. 순박하기 짝이 없는 우리 엄마도 문제지만 환자와 가족의 절박한 심정을 이용하려는 사람들이 세상엔 너무나 많은 것 같다고 생각했고, 그래서 나는 언제부턴가 흔히 달변가라는 사람들을 미워하기 시작했다. 우리 한심한 부모님처럼 아무에게나 함부로 내 속을 보여주지 않겠다고 다짐했으니, 그 시절 잔소리로 무장한 소영이와 트러블이 있었을 수밖에. 사실 소영이는 아직도 내 어린 날들에 대해 아는 게 별로 없다. 상처로 얼룩진 내 가슴을 철저하게 숨겼기 때문이다. 그런 내 자신을 너무나 잘 알기에 어린 시절 내내 나는 어른이 되면 반드시 사랑하는 이에게만 내 속을 보여주겠노라고 다짐했다. 그렇다고 지금 내가 소영이를 사랑하지 않는다는 게 아니다. 언제가 될지 알 수 없을 아름다운 날, 나조차도 감격하여 눈물지을 어느 멋진 날에 비로소 그녀를 행복하게 해줄 생각으로 기다릴 뿐이다. 알지도 못하면서 마냥 근육병 환자 모임에 못 나간다고 속상해 하니 내 가슴도 아프다. 소영아, 조금만 기다려. 나는 내 사랑을 애오라지 너에게만 보여주고 싶어. 그러니 소영아, 널 향한 내 마음, 그 마음이 바로 사랑이라는 걸 너도 언젠간 알게 될 거야.

5장

죽녹원

사랑은 모두가 기대하는 것이다.
사랑은 진정 싸우고, 용기를 내고,
모든 것을 걸 만하다.

—에리카 종

"민우야, 빛나라는 애가 누구였지?"

"…?"

아까부터 모니터만 들여다보던 소영이 대뜸 그렇게 물어왔다. 침상 위의 민우는 못 알아들은 건지 눈만 껌뻑일 따름이다.

"뭐라고?"

"빛나 말이야. 유빛나."

"유…. 빛나? 글쎄…."

"누구였더라? 어디서 많이 들어본 이름인데…. 아!"

이리저리 갸우뚱거리던 소영의 눈이 순간 튀어나올 듯 커졌다. 누구인지 알 것 같아서. 천천히 민우에게 시선을 돌리는 그녀, 역시 이제야 떠올랐는지 민우는 난처한 기색이었다.

"빛나…. 누구인지, 알겠어."

"그래?"

차갑게 대꾸하는 소영을 쳐다보지도 못하고 그는 불안한 표정이 되어 머릿속에 떠오른 그 얼굴을 되새겨본다. 역시 맞았다. 유빛나, 다름 아닌 대학시절 사귀던 여자 친구였다. 지금껏 사귄 이성 친구 가운데 소영이 다음으로 가장 오래 곁을 지킨 그녀 말이다. 서민우라는 잘난 놈 하나 때문에 머리카락이 뽑혀 나갈 만큼 소영과 격렬하게 싸운 바로 그녀 유빛나…! 오랜만에 들어보는 이름이다.

"정말 누구인지 알겠어?"

"……."

"모델이라는 그 애 말이야."

"……."

민우는 더 이상 말하지 않는다. 까딱 잘못 입을 놀렸다가는 또 무슨 잔소리를 들을지 모르니까. 가뜩이나 며칠 전의 말다툼으로 기본적인 간병이 아니면 서로 눈치만 보는 등 알게 모르게 소원해졌는데, 쓸데없는 말실수로 일을 크게 벌이고 싶지 않았다. 그나저나 난데없이 그 이름은 왜 튀어나온 걸까?

"빛나가 성재 씨 블로그에 자주 들락거리는 것 같아. 댓글이 많네?"

소영이 도로 모니터에 시선을 준다. 한참 전부터 모니터에 코를 박고 있더니 성재의 블로그에서 놀고 있었던 모양이다. 즐거운 세상, 그 제목과 어울리게 성재의 블로그에는 두 사람의 지난 이야기 뿐 아니라 간단한 게임과 인터넷에서 퍼다 나른 동영상 등 구경거리가 많아 한 번 빠져들면 헤어 나올 수 없다. 오늘도 게임이나 하려고 들어갔을 텐데…. 뻔한 내용뿐이어서 댓글은 잘 보지 않는다더니, 어쩌다 그 이름을 발견했을까? 혹시 동명이인은 아닐까?

"'민우 오빠는 여전히 잘 생겼네요. 소영이 언니 아직 옆에 있어요?'라는데? 이래도 동명이인이야? 유빛나라는 이름이 그렇게 흔해?"

"……."

얼마 전 성재가 간이 식탁 위에 드러누워 살며시 웃는 민우의 사진을 게시한 적이 있었다. 체력이 약한 민우로서는 예전보다 길어진 인터뷰를 견디지 못하는 건 당연했다. 잠시 엎드려 숨을 고르다 카메라로 고개를 돌린 그 찰나를 성재는 놓치지 않았다. 잠깐의 보정 작업 뒤 탄생한 사진은 어쩜 그리도 예쁜지, 화보가 따로 없다며 먼저 본 간호사들이 야단이었다. 혹여 반응이 좋으면 나중에 비슷한 사진을 몇 컷 더 찍자고 약속할 정도였는데, 어쩐지 그게 전혀 엉뚱한 결과를 초래한 것 같다.

"'오빠, 많이 말랐어요. 예전엔 힘도 세고, 건강했는데….'"

"……."

"그리고 이건 뭐야? '저 아직 오빠가 준 반지 가지고 있어요.'라고? 서로 아직 정리가 안 됐나봐? 반지도 가지고 있고…?"

"……."

"혹시 연락도 해?"

"아니……."

"정말이지?"

"……."

뭐라고 대꾸해야 좋을지 모르겠다. 키가 크고 예쁘게 생겨 잠깐이지만 모델 활동을 했던 그녀, 여러 차례 밀애를 즐길 만큼 가까운 사이였으나 모두 과거일 뿐이다. 빛나와 헤어진 후 소영이를 만났고, 그로부터 몇 해가 지난 작년부터 병원 신세를 지는 몸이 되었으니 더 이상 과거의 그녀를 만날 리 만무한데…. 소영의 목소리에서 가시가 느껴지는 건 그녀가 정말 가시를 세워서인지, 아니면 사정없이 찔리는 민우의 피해의식인지 모르겠다.

"반지를, 주기는, 줬지."

"그래서? 너도 있어?"

"커플링이었으니까, 그때는, 당연히…."

지금은 가지고 있지 않아, 라고 얘기해야 한다. 내겐 오로지 날 지켜주는 너 뿐이야. 라고 말해야 한단 말이다. 이렇게 형편없는 꼬락서니로 누워서 무슨 연락을 주고받겠느냐며 따져 물어야 할 텐데…. 하지만 그러지 못하는 건 그녀의 사나운 눈빛을 견뎌낼 자신이 없고, 절대 아니라며 부정할 만큼 단호한 목소리가 만들어지지 않기 때문이다. 결자해지라고 했던가? 이기는 쪽이 잘난 날 가질 기회를 얻게 될 거라고 소리치며 두 여자의 싸움을 마냥 구경만 하던 지난날들이 이런 식으로 되돌아오는 것 같아 민우는 입이 바짝바짝 말랐다.

"도대체, 무슨 이야기가, 올라온 거야?"

아무래도 성재의 블로그를 직접 확인해 봐야겠다. 혹시나 빛나가 쓸데없는 말들을 늘어놓은 건 아닌지 알아보고, 소영이의 신경을 건드리는 흔적이 있다면 성재에게 부탁하여 당장 조치를 취해야 한다. 스마트폰 액정 위에서 손가락을 놀리던 민우, 그러다 문득 쉬고 싶다는 생각이 들었다. 너무 오래 앉아있었고, 너무나 많은 잔소리에 시달렸다. 궁금한 게 많지만 오늘은 이쯤에서 그만 두어야 하는 모양이다. 체력이 받쳐주질 않아 도무지 견딜 수가 없다.

"…?"

그때, 처음 보는 사진을 발견했다. 충장로 데이트, 여자친구도 없는 성재가 데이트라는 단어를 쓸 만큼 마음에 드는 여자가 생긴 모양이라고 생각하며 호기심에 눌러본 제목이었다. 선글라스를 걸쳐 쓴 성재와 환하게 미소 짓는 소영, 느닷없는 이 사진들은 도대체 뭐란 말일까?

"소영아, 이거, 뭐야?"

"응?"

가까이 다가와 사진을 호가인하는 그녀, 언뜻 난처한 기색이었다. 그럴 만도 한 게 어디인지 알아볼 수 없는 길가 한복판에서 나란히 어깨동무를 하거나 테이크아웃 커피를 마시는 등 여간 즐거운 표정이 아닌 것이다. 그러고 보니 비슷한 사진들이 꽤 많았는데, 아무리 생각해도 모두 처음 보는 사진이었다.

"아, 성재 씨랑 찍은 사진이네? 언제 올라왔어?"

"어제 저녁에…."

민우가 저도 모르게 한숨을 쏟았다. 말을 하면 할수록 피로감이 더해져 견딜 수가 없다. 눈꺼풀은 점점 무거워지고, 액정 위의 손가락은 부들부들 제멋대로 흔들린다. 제발 쉬게 해달라며 몸뚱이가 아우성을 치지만 민우에겐 아직 확인할 것이 남아있다. 최근에 찍은 것처럼 보이는 이 사진들 말이다. 여기가 어디이고, 언제 찍은 건지 궁금하다.

"이거, 뭐야? 밖에, 언제 나갔었어?"

"민우야, 나중에 물어보면 안 될까? 너 상당히 피곤해보여."

"난 괜찮아. 그러니까, 얘기해줘."

"……."

소영은 잠시 고민에 빠졌다. 사진들은 분명 며칠 전 광주 충장로에 나가 오리 주둥이 카페 회원들을 만났던 날에 찍은 것이다. 특히 충장로 한복판에서 꽤 많은 사진을 찍었는데, 민우에게 엉뚱한 거짓말을 남겨놓고 외출한 터라 블로그엔 올리지 말아달라고 부탁한다는 걸 깜빡 잊었다. 하지만 벌써 블로그에는 두 사람의 데이트 뿐 아니라 오리 엄마와 방부제 아저씨가 전해준 이야기를 비롯하여 '인증샷'까지 모두 정리되어 있었다.

"충장로에, 언니 만나러, 간다고 했잖아."

"그건 미안하게 됐어."

"오리 주둥이, 그 사람들, 만나는 거, 난 싫다고, 했잖아. 그런데 왜…?"

"민우야, 너 왜 그래? 싫은 이유가 도대체 뭐야?"

본격적으로 따져 묻겠다는 심사인 듯 소영이 침상 끝에 걸터앉았다. 가뜩이나 옛 여자 친구와 관계된 문제로 잔뜩 날이 선 그녀의 눈빛이 더욱 날카로워진 것 같다. 하지만 민우는 이해할 수 없다. 따져 물어야 할 사람은 따로 있는데, 어째서 그녀가 도리어 큰 소리를 치는지 모르겠다.

"나는 너하고만, 있고 싶어. 다른 사람 얘기, 들어봤자, 어차피 다 똑같아. 그러니까…."

"아니, 나는 그렇게 생각하지 않아."

"……."

"지난번에 얘기했지? 죽을 때까지 병원에서만 지낼 거야? 그렇게 살기에는 인생이 억울하지 않니?"

"……."

"앞으로 병원 바깥에서 살아볼 방법을 찾아봐야 한다고 전에 얘기했잖아. 그렇게 고집부리는 이유가 대체 뭐야?"

배소영 특유의 잔소리 폭격이 시작되었다. 예전처럼 큰 덩치를 들이밀며 방어해야 할 텐데…. 나는 더 이상 옛날의 서민우가 아니어서 많은 사람들과 어울리는 게 싫다고, 한가롭게 타인의 이야기를 들어줄 만큼 내 몸은 여유롭지 않으며, 많은 이들에게 연루되기보다 오로지 너하고만 지내고 싶다고, 제발 내가 편안하게 살 수 있도록 내버려 두라고…! 하지만 민우는 아무 것도 할 수 없다. 대꾸할 기력이 없고, 그래서 더 이상 눈꺼풀을 들어 올릴 수 없다. 이렇게 버티고 있는 건 그녀가 거짓말을 하면서까지 그들을 만나야 하는지, 그렇게 거짓말을 하고 나가 성재와 사이좋은 연인인 양 사진을 찍어야 하는지, 거짓말을 늘어놓고도 잘못을 인정하지 않은 채 도리어 따져 묻기만 하는 이유가 뭔지 민우는 궁금하다. 소영의 잔소리는 아직 쉬지 않고 이어졌다.

"너 지금 많이 피곤해보여. 한숨 자야 할 것 같아. 그런데도 이렇게 버티는 이유가 뭐야? 나랑 싸우자는 거야?"

"……."

"부탁인데, 제발 말로 표현해줘. 언제까지 내가 네 의중을 알아맞혀야 해?"

"그만해…!"

더 이상 참지 못하고 민우가 겨우 한 마디를 토해냈다. 어지러워서 견딜 수가 없다. 소영은 그간 쌓인 스트레스를 풀어놓을 태세였지만 민우는 받아줄 여력이 없다.

"부탁이야. 이제, 그만 하자."

"……."

가쁜 숨을 몰아쉬는 민우를 침상에 뉘여 주지만 역시 소영은 더 할 말이 남은 표정이다. 자칫 잘못 건드렸다간 중학교 시절부터 겪어온 모든 불만들을 쏟아낼 것 같다. 우리가 어쩌다 이렇게 되었을까. 생각해 보았지만 역시 답은 하나뿐이다. 그 잘나디 잘난, 이기적인 인생을 사느라 누구의 입장도 배려해 주지 않았던 잘못이 너무나 큰 탓이겠지. 이렇게 부메랑으로 돌아올 줄은 정말 몰랐던 거다.

"쉬어. 나중에 얘기하자."

잠든 민우의 얼굴을 내려다보며 소영이 중얼거렸다. 구겨진 이불을 끌어다 덮어주는 그녀, 답답하다. 나가서 한가한 간호사를 찾아 수다라도 떨어야겠다.

"계세요?"

문틈으로 소영이 슬쩍 고개를 내밀었다. 여기는 간호사들의 사랑방 휴게실이다.

"아무도 없네? 다들 어디 갔지?"

평소에는 시장 통인 양 서너 명씩 모여 수다를 떨던 이곳이 오늘은 조용하다. 아침부터 부산하게들 움직이는 것 같더니 역시 눈코 뜰 새 없이 바쁜 모양이었다.

"할 수 없지, 뭐…."

낡은 소파에 엉덩이를 묻으며 그녀, 시원하게 기지개를 켜고는 주변을 둘러보았다. 저 홀로 돌아가는 음료수 자판기와 이제는 누구도 사용하지 않아 마냥 방치된 공중전화, 한 구석엔 휴대전화 충전기가 플러그에 꽂힌 채 뒹굴고 있다. 이렇게 쥐죽은 듯 고요한 휴게실은 처음이다. 언제나 왁자지껄 떠드느라 돌아볼 여유가 없었는데, 오늘은 낯선 곳에 떨어진 듯 전혀 새로웠다.

"후우…!"

고요한 공간에서 한숨 소리가 울리듯 퍼져나간다. 함께 수다 떨어줄 사람이 없으니 쓸쓸하다. 홀로 무엇을 해야 좋을지 몰라 멍청한 표정이던 그녀, 스마트폰을 꺼내 들었다. 심심한 그녀를 달래줄 사람은 오직 한 사람뿐이다.

「성재 씨, 뭐해요?」

깜찍하게 웃으며 캐릭터가 튀어나왔다. 연신 손가락 총

을 쏘아대고, 윙크까지 날리는 캐릭터의 표정이 제법 귀였다. 가장 좋아하는 캐릭터여서 아무에게나 보여주지 않았는데, 오늘은 특별히 성재에게만 허락해줄 생각이다.

"바쁜가…?"

성재는 아직 대꾸가 없다. 메시지 옆에 박힌 숫자 1이 한참이 지나도록 지워지지 않는 걸 보면 그 역시 간호사들처럼 바쁘게 일하는 모양이었다.

"흥…!"

아무리 기다려도 답이 없자 그녀, 스마트폰을 주머니에 쑤셔 넣으며 자리에서 일어났다. 자판기는 콜라와 사이다를 제외하고 모두 품절이다. 우당탕 요란한 소리를 내며 뒹구는 캔 콜라를 꺼내 쌓인 스트레스를 해소하듯 벌컥벌컥 들이켰다. 탄산가스가 식도를 마구 찔러대지만 상관없다. 이렇게 해서라도 스트레스가 풀린다면 콜라 따위는 아무 것도 아닐 것이다.

"아후! 그래도 답답해…!"

빈 캔을 쓰레기통에 던져 넣으며 그녀가 중얼거렸다. 왜 이렇게 답답하고 속상한지 모르겠다. 할 수만 있다면 민우의 머릿속으로 들어가서 그가 평소에 무슨 생각을 하고 사는지 알아보고 싶다. 오래 전부터 제 마음 속의 사연들을 꺼내 보이는 법이 없었던 민우, 오죽했으면 팬들 사이에서도 지구로 불시착한 별나라 왕자님일지 모른다고 우스갯소리를 늘어놓았을까. 지구인들이 정체를 알면 가만 두지 않을 것이기 때문에 입이 무거울 수밖에 없었다고 대꾸하던 민우의 표정은 가관이었다. 그 왜 있지 않은가. 꿈속을 해매는 요정의 몽환적인 눈빛 말이다. 팬서비스도 가지가지라며 비아냥거렸던 순간이 떠오른다. 그만큼 민우는 비밀이 많은 녀석이었다. 언젠가 TV나 잡지에서 보기로는 과묵하고 무뚝뚝한 남자가 여자들 사이에서 인기라고 했던 것 같다. 말보다 행동으로 표현해주기 때문이라나? 기가 막혀서 코웃음만 나온다. 사귀어보질 않았으니 그따위 망상에 빠져 허우적거리는 거다. 경험자로서 정확한 답을 제시하자면 그건 절대 잘못된 생각이다. 제발 부탁인데, 그런 말 같지도 않은 소리는 하지 말았으면 좋겠다. 아, 이런 원색적인 비난에 혹자는 정말 사랑하는 사이가 맞는지 의심할지도 모르겠다. 물론 민우를 진심으로 사랑하지 않는 건 아니다. 하지만 오늘처럼 한 번씩 울화통이 터질 땐 어떻게 하면 좋을지 도저히 모르겠다. 도대체 무슨 속사정이 그리도 깊기에 이렇게 사람 속을 다 긁어놓는지…. 이러다 화병으로 쓰러질 것만 같다.

「카톡!」

"…?"

마침내 기다리던 성재의 메시지가 도착했다. 앉은 자리에서 튕기듯 일어나는 그녀, 얼른 주머니 속의 스마트폰을 꺼내들었다.

「블로그에 새로 올릴 내용을 정리하고 있었어요. 소영 씨는 뭐해요?」

「속풀이 수다를 떨고 싶어서 간호사 휴게실에 왔는데, 아무도 없어요. 성재 씨가 저랑 놀아주세요.」

그러자 대화창에 커다란 물음표 하나가 떠올랐다. 아무래도 그가 소영의 말뜻을 이해하지 못한 모양이었다.

「속풀이 수다? 그게 뭐예요?」

「그냥…. 속상한 일이 있어서 스트레스를 받았거든요. 수다로 풀고 싶어서요.」

「누가 우리 소영 씨를 속상하게 했어요? 누구예요?」

화가 났는지 불끈 주먹을 치켜든 성재의 캐릭터가 화르르 불꽃을 토해낸다. 소영이 픽 웃음을 터뜨렸다.

「민우 말이에요. 민우가 절 화나게 했어요. 혼내주세요.」

「저런, 민우가 왜요?」

답장을 쓰던 그녀의 손가락이 순간 멈칫했다. 사실대로 말하는 게 옳은 일인지 고민하는 것이다. 하지만 오래지 않아 소영은 쓰던 답장을 지우지 않고 마저 써 내려갔다.

「성재 씨, 혹시 빛나라는 여자애 알아요?」

「빛나? 유빛나?」

「네. 맞아요. 유빛나….」

대화창에 꺼이꺼이 눈물을 뿌리는 캐릭터가 올라왔다. 빛나는 역시 성재도 잘 아는 여자였다.

「블로그에서 빛나의 댓글을 봤어요. 아직도 민우한테 마음이 있는 모양이더라고요.」

「그래서 싸운 거예요?」

「어쩌다 보니 그렇게 됐네요.」

이번엔 소영의 캐릭터가 울고 있다. 만화영화 주인공처럼 하염없이 울어대느라 눈물로 강이 만들어졌다. 성재의 캐릭터가 도로 키들키들 웃는 모습으로 바뀌었다.

「안 그래도 며칠 전부터 빛나의 댓글이 계속 보여서 어떻게 할까 고민하고 있었어요.」

「그랬어요?」

「네. 그래서 민우와 상의하려던 참이었죠. 소영 씨가 보면 화낼 게 분명하거든요.」

캐릭터가 킬킬 웃어대지만 정작 소영 본인은 웃지 않는다. 무표정한 얼굴로 성재의 메시지를 읽고만 있다.

「예전에 둘이 커플링을 맞췄나보더라고요.」

「커플링 댓글은 저도 봤어요. 그것 때문에 싸운 거예요?」

「네….」

「저런…!」

알면서도 적극적으로 대처하지 않아 미안하다는 메시지가 올라왔다. 성재의 캐릭터가 어쩔 줄 모르는 표정으로 삐질 삐질 땀을 흘리고 있다.

「그런데 성재 씨, 저도 난처하게 되어버렸어요.」

「왜요?」

「오리 주둥이 카페 회원들과 만난 이야기를 민우가 봤거든요.」

「뭐라던가요?」

「그날 제가 광주 사는 언니 만나러 간다고 거짓말 했었잖아요.」

「저런, 민우도 화가 났겠군요?」

「네. 맞아요.」

캐릭터 보관함을 열어 적당한 표정을 고르던 소영, 저도 모르게 한숨을 쏟아내고 만다.

「그게 왜 그렇게 싫은지 다시 물어봤거든요. 속 터져서 죽을 뻔 했어요.」

「이번에도 묵묵부답이던가요?」

「네.」

「그래서 스트레스를 풀려고 휴게실에 온 거예요? 민우는

요?」

「자고 있어요.」

「싸우는 데에 체력을 쏟아부었나보군요. 미련한 녀석 같으니….」

절대 웃을 수 없지만 그래도 캐릭터만큼은 밝게 웃고 있다. 그녀의 기분을 풀어줄 생각인지 성재도 캐릭터 하나를 골라 내밀었다. 국적 불명의 막춤을 추는 그를 보고 소영이 와르르 웃음을 터뜨렸다.

「성재 씨, 저랑 놀아주세요. 광주로 놀러 나가고 싶어요.」

「하하하하!」

성재의 캐릭터가 아예 뒹굴 거리며 웃고 있다. 충장로에서 있었던 잠깐의 외출이 그녀에게 큰 도움이 되었던가 보다.

「나가는 건 좋은데, 민우 때문에라도 멀리는 안 돼요.」

「그럼 가까운 곳이래도요.」

「음….」

성재의 메시지가 늦어지고 있다. 그녀의 독촉에 고민이 많아지는 모양이었다.

「병원에서 멀지 않은 거리에 바람 쐬기 좋은 곳이 있거든요.」

「거기가 어디예요?」

「죽녹원이요.」

「죽녹원? 그게 뭐예요?」

「대나무 숲이에요. 근사한 곳이죠.」

「잘 모르는 곳인데…. 아무래도 인터넷을 찾아봐야겠어요.」

잠시 대화창을 내버려두고 그녀는 포털 사이트를 열었다. 검색창에 그가 가르쳐 준 단어를 쓰려는데, 다시 '카톡!' 하는 소리가 들려왔다.

「쇠뿔도 단김에 빼라고 했죠? 당장 나갈 테니 소영 씨도 외출 준비하세요. 한 시간 뒤에 병원 정문에서 만나요.」

「알았어요.」

두 사람의 대화가 일단 멈췄다. 어딘지도 모르는 곳에서의 데이트라니, 하지만 스트레스를 풀 기회가 와서 소영은 그저 즐거웠다.

"우와!"

소지품을 챙기러 병실로 돌아가던 그녀의 발걸음이 우뚝 멈추었다. 검색 결과는 실로 그녀를 놀라게 한다. 키 큰 대나무가 빽빽하게 늘어선 숲, 담양에 이렇게 낭만적인 곳이 있을 거라고는 생각도 하지 못했다. 저도 다녀왔다며 누리꾼들이 자랑 삼아 게시한 사진만 봐도 절로 행복해진다.

장담하건대 여기 죽녹원, 데이트 장소로 완벽한 곳이다.

**대학교 2학년이던 소영의 기억

생각하면 할수록 사람 속을 부글부글 끓게 만드는 얼굴이었다. 빛나 말이다. 민우 앞에만 서면 그 큰 눈을 깜빡거리며 새초롬한 표정을 짓고, 혀 짧은 소리와 백치 같은 말투로 온갖 아양을 다 떨어대는, 단순하기 짝이 없는 남자들로서는 절대 알아채지 못할 특유의 여우 짓을 일삼았으니 그간 민우를 짝사랑해온 여자들의 눈초리는 말로 형용하기 어려울 만큼 험악했다. 그때에 나는 2학년이었고, 빛나 그 계집애는 1학년이었다. 남들보다 학교를 한 해 일찍 다니기 시작했으니 나보다 두 살 아래 동생인 셈인데, 두 살이나 어린 후배에게 겪었던 수모를 떠올리면 자다가도 벌떡 깨어날 만큼 불쾌하다. 유빛나라는 특출한 신입생이 학생들 사이에 알려진 건 학기 초였다. 어찌나 예쁜지 한 번 보면 절대 잊을 수 없다는 소문이 돌았나본데, 당시 나는 스포츠 산업을 전공하느라 바쁘게 살아서 전혀 관심 갖지 못했다. 다시 말해 처음부터 빛나와 트러블이 있었던 건 아니라는 뜻이다. 학교가 발칵 뒤집어질 만큼 충격적인 민우와의 스캔들을 접할 때까지 나는 그저 축구부에서 내 전공대로 선수들을 챙길 뿐이었다. 빛나에게 반해버린 남자들의 표현을 잠시 빌리자면 키 175 센티미터에 48 킬로

그램, '쭉쭉 빵빵' 날씬한 몸매와 누구든 한 번씩 흘낏거리고 남을 만큼 고운 얼굴, 서클렌즈를 끼운 듯 신비로운 눈동자…!

「흥! 웃기고들 있네!」

판타지 소설에나 등장하는 숲 속 요정도 아니고, 눈에 뭐가 씌어도 단단히 씌었다며 남자들의 뒤통수를 후려갈기지만 여자인 내 눈에도 저건 보통이 아닌 터라 그때에 이미 외모에서부터 내가 지고 들어가는 꼴이었다. 스키니 진을 즐겨 입을 만큼 몸매 또한 가냘팠고, 한국 여성의 평균 키를 훨씬 웃돌았다. 모델학과 수석으로 입학한 빛나, 실제로도 각종 패션 잡지의 모델 활동을 하는 등 제 나름의 스케줄에 쫓겨 사느라 학교엔 자주 나올 수 없는 형편이기도 했다. 그러다 보니 남학생들은 더욱 환상에 빠져 살았겠고, 급기야 그녀가 사람이 아닐지도 모른다는 우스갯소리까지 전해졌다. 이를 테면 중고등학교 시절 민우의 팬들이 만들어낸 '별나라 왕자님' 따위의 소문처럼 말이다. 별에서 온 그대, 빛나는 남학생들에게 한 마디로 종교였다. 어느 날엔 아예 교내 팬클럽이 만들어졌고, 스케줄이 없어 학교에 나오는 날이면 악수라도 한 번 해보겠다며 여러 명이 졸졸 따라다녔다.

「그리스 로마 신화에 나오는 여신이랄까? 눈매가 날카

로우면서 부드럽고, 품격이 느껴져. 몸매는 또 어찌나 착한지, 끌어안아 보고 싶었다니까!」

마약에 취한 범죄자인 양 스스로를 제어하지 못할 만큼 그녀에게 중독된 남자들, 여자 친구들이 그냥 두고 볼 리 없다. 하라는 공부는 안 하고 계집애 뒤꽁무니만 쫓아다닌다며 틈만 나면 사내놈들의 정강이를 걷어차니, 하루에도 열두 번씩 남자들의 비명소리가 여기저기에서 터져 올랐다. 하지만 남자들은 버릇을 고치지 못했다. 빛나가 자주 출몰한다는(?) 장소와 시간을 알아내는 건 물론이요, 화소 한 번 끝내주는 카메라를 들고 다니며 파파라치 못지않은 솜씨를 보여주는가 하면, 그렇게 건진 사진들을 팔아먹기까지 했다. 질투심에 사로잡힌 여학생들은 서로 모여 작당을 시작했다. 빛나를 따돌리려는 모략을 세운 것이다. 돈 많은 엔터테인먼트 회사 대표의 딸이라 쉽게 모델이 되었다는 둥, 머리끝부터 발끝까지 칼을 대지 않은 곳이 없어 성형 괴물이라는 둥, 주변에 남자가 끊이지 않아 양다리, 세 다리, 네 다리 심지어 열 다리 쯤 걸쳐 전생에 오징어였을 거라는 둥, 사실은 뒷골목에서 함부로 몸을 굴리다가 손님을 잘 만나 모델이 된 거라는 둥…. 아무리 여자의 적은 여자라지만 내가 보기에도 이건 심한 것 같다. 그러나 손을 쓰기엔 너무 늦어버려서 나중에는 출처 모를 이 소문들이 아예 사실인 양 굳어진 적도 있었다. 그런데 정작 본인은 이 해괴한 소문을 단 한 차례도 듣지 못했다. 각종 모략이 캠퍼스 곳곳을 누비는 동안 빛나는 해외에 체류 중이었으니 말이다. 뒤늦게 그녀가 패션쇼 무대에 오르느라 시기 어린 질투 따위 신경 쓰지 못했다는 사실을 알았을 때, 여자들의 표정은 한 마디로 가관이었다.

「거울아, 거울아, 세상에서 누가 제일 예쁘니?」

「당연히 백설 공주님이시죠.」

「백설 공주는 독 사과 먹고 죽었다니까!」

「그녀는 아직 살아있어요. 세상에서 가장 예쁜 사람은 왕비님 당신이 아니라 백설 공주예요.」

「뭐야?!」

된장인줄 알고 먹었는데, 알고 보니 똥이었을 때, 마녀 왕비의 표정이 아마 빛나에게 된통 얻어맞은 여학생들의 표정과 다르지 않았을 것이다. 질투심 가득한 모략 극은 결국 무위로 돌아가고, 남자들은 여전히 빛나에게 빠져 있었으며, 그 남자 친구들을 단속하느라 여학생들은 눈에 불을 켜고 다니는 날들이 반복되었다. 그리고 한국으로 돌아온 빛나, 친구들이 들려준 희극이 재미있었는지 자신의 SNS에 한 마디를 남겼다.

「예뻐서 죄송합니다.」

그걸 보고 다들 얼마나 기막혀했는지 모른다. 아마 방구석에 틀어박혀 승리의 미소를 짓고 있을 거라며 여자들이 이를 갈았다. 순식간에 모두의 분노가 하늘을 찔렀지만 빛나는 지금까지 그랬듯 눈 한 번 깜빡하지 않았다. 그런데 한 가지 재미있는 건 그간 정신 못 차리는 남자들 때문에 애태운 여학생들도 이미 오래 전부터 같은 부류로 살아왔다는 사실이다. 거의 모든 남학생들은 민우가 입학한 당시의 학교 분위기를 잘 알고 있다. 여자 친구들이 서민우란 녀석에게 빠져 매일 축구장에 찾아가 소리 지르는 꼴을 목격한 뒤 얼마나 벼르고 별렀을까? 결과만 놓고 보자면 남학생들은 빛나에게 빠지고, 여학생들은 민우에게 빠지고, 이성에 관심 없는 학생들은 술독에 빠져 공부고 뭐고 집어치운 대학생활. 난장판이 따로 없는 학생들의 일탈에 참다 못한 학생 대표가 어느 날 담화문을 발표했다.

「이제 그만 환상에서 벗어날 때입니다. 언제까지 동물적 본능에만 의존하실 건가요? 우리는 지성인이며, 사회에 모범이 되어야 할⋯.」

「우우우! 모범생은 꺼져라!」

모두가 범생이의 입 바른 소리에 거부 반응을 드러내고, 정당한 지적을 거부하는 행태에 어른들은 걱정이 많았지만 다행스럽게도 오래 가지는 않았다. 민우와 빛나가, 즉

캠퍼스 최고의 킹카와 퀸카가 서로 사귄다는 사실을 알고 나선 모두가 정상적인 삶으로 돌아갔으니 말이다. 어찌 보면 교내 질서 확립과 평화로운 이성 교제를 위해 다행스런 결과였지만 오직 단 한 사람, 나에게만은 절대 그렇지 않았다. 그간 소 닭 보듯 바라보던 민우를, 다른 누구도 아닌 바로 그 서민우를 좋아하게 되었으니 말이다. 나조차 이해할 수 없는 순간에 직면했을 때, 남자라곤 사귀어본 적 없어 표현할 줄 몰랐던 나는 내가 유일하게 잘 하는 잔소리 폭격으로 민우를 괴롭혔다.

「야, 지금 때가 어느 때인데 연애질이야?」

「시끄러워. 남의 연애 사에 끼어들지 마!」

「그걸 말이라고 하니? 대회가 코앞이라고!」

「시끄럽다고 했지, 이 노인네 같은 계집애야!」

「뭐라고? 노인네? 너 말 다 했어?」

가는 곳마다 따라다니며 잔소리를 해대니 민우도 지겨웠을 것이다. 오죽했으면 내가 없는 세상에서 살고 싶다며 투정했을까?

「다 너 잘 되라고 하는 소리인 걸 왜 몰라? 나 같은 애가 있다는 걸 고맙게 생각해!」

「웃기고 있네. 야! 말 같지도 않은 소리 하지 마! 네 잔소리 듣다 보면 잘 되다가도 망하겠다! 제발 그만 좀 해!」

「어떻게 그만 할 수가 있겠니? 당장 대회에 출전할 선수가 연애질이나 하고 있으니….」

「남이야 연애를 하든가 말든가 무슨 상관이냐니까! 마누라도 아니면서 떽떽거리기는…!」

「뭐? 떽떽? 그래! 나 떽떽거린다! 널 좋아해서 그러는 건데 왜 그렇게 내 마음을 몰라주는 거야?!」

순간 나는 멈칫했다. 내가 방금 뭐라고 말 한 건지 따져 볼 필요가 있었던 거다.

「야, 너 방금 뭐라고 했니? 날 어쨌다고?」

「널…. 널 좋아한다고 했다! 어쩔래?!」

「날 왜 좋아해?」

「몰라! 그냥…. 어쩌다 보니 그렇게 됐어. 정들었나 봐. 그래서…!」

민우의 한쪽 입 꼬리가 올라가는 게 보였다. 상대방을 깔보고 싶을 때, 자기보다 못난 사람을 비웃어주고 싶을 때 민우는 저런 시건방진 표정을 짓는다. 이미 오래 전부터 알았고, 그래서 이젠 아무 생각이 없을 줄 알았는데, 전혀 그게 아니었다. 가슴 한 구석이 무너져 내릴 듯 속상한 거였다.

「내가 좋으면 팬클럽에 가입해. 인터넷을 찾아보면 나를 추종하는 무리가 많을 거야.」

「그런 의미가 아니야. 민우야, 나는 그저….」

「됐어. 그만 해.」

더 들어볼 필요를 느끼지 못한 걸까? 민우는 내게서 돌아섰다. 나 역시 제 뒤를 졸졸 따라다니는 계집애들과 다를 게 없다고 생각했을 것이다. 그래서 어린 시절 매니저 일을 핑계로 마주친 거라고 생각했을 것이다. 이는 나만의 상상이 아니다. 실제로 중호에게 들은 얘기였고, 그래서 얼레리 꼴레리 놀림까지 받았다. 망신도 그런 망신이 없을 텐데, 남들 같으면 창피해서라도 더 이상 그 녀석을 보지 않았을 텐데…! 나는 그래도 바보처럼 민우의 곁을 지켰다. 마치 보디가드인 양 민우 곁에 찰싹 달라붙어 혹시 어디에 문제라도 일어나지 않을지 노심초사했다. 빛나의 화보 촬영장에 놀러갔을 때에도, 그가 담당 사진작가의 눈에 띄어 즉석에서 그녀의 상대역으로 연기할 때에도, 그의 타고난 멋을 가만히 두고 볼 수만은 없었던 업계 관계자가 명함을 내밀었다가 보기 좋게 퇴짜를 맞았을 때에도, 어떻게 알았는지 팬들이 촬영장까지 우르르 찾아와 비명을 질렀을 때에도 나는 철저하게 민우를 지켰다. 우리 축구팀에서 그가 가장 심각한 문제아였기 때문에 챙기는 거라고 애써 자위하지만 진심을 드러내자면 사실은 그렇게밖에 표현할 줄 몰랐기 때문이었다. 곰곰이 생각해 보면 나는 그때 참 멍청했다. 아무리 생각해도 미련하고 바보 같은 녀석이었다. 그런데 나의 멍청한 몸부림은 그걸로 끝이 아니었다. 가을이 다가오는 어느 늦여름, 훈련을 마치고 선수 대기실에 들어온 민우를 아무도 모르는 곳으로 끌고 가 이렇게 말했다.

「오늘 내 생일이야. 넌 끝나고 바로 집에 갈 거지? 그러지 말고 나랑 놀자. 내가 저녁 사줄게.」

「…….」

「한참을 기다렸지만 민우는 대구하지 않았다. 잡았던 손을 뿌리치며 콧방귀만 뀔 따름이었다.」

「약속 있어. 가봐야 해.」

「거짓말하지 마. 나랑 있는 게 싫어서 그런 거지?」

「마음대로 생각해.」

「민우야. 나도 알고 보면 괜찮은 애야. 지금까지 네가 본 나는 겉모습일 뿐이라고!」

마음을 얻지 못해 초조한 나와 달리 민우는 여유로웠다. 느긋하게 샤워를 하고, 콧노래를 부르며 옷을 입었다. 약속이 있어 바쁘다는 게 정말인지 모든 선수들이 대기실을 빠져 나갈 때까지 헤어 드라이기와 씨름하고, 가방에서 왁스를 꺼내 머리 모양 만드는 데에 시간을 보냈다. 그리고 온다 간다 말도 없이 사라져버린 민우, 하지만 나는 기다렸다. 내가 일방적으로 정한 커피숍에서, 또 내가 일방적으로 정한 시간이 될 때까지 오지 않는 민우를 기다렸다. 민우는 그날 빛나와 하룻밤을 지내기로 약속했지만 그 사실을 몰랐던 나는 그저 망부석처럼 기다리고 또 기다렸다.

「밤이 늦어서 커피숍이 문을 닫는대. 집에서 잠 안 자고 기다릴 테니까 일 끝나면 연락 줘.」

집으로 돌아온 나는 정말 밤새 기다렸다. 민우가 작은 방에 앉아 빛나의 머리칼을 만지고 입술을 만질 때, 나는 휴대폰을 열어 민우의 흔적을 좇았다. 민우가 빛나의 품에 안겨 기쁨을 만끽할 때, 나는 멍하니 옛 추억이 담긴 사진첩을 정리했다. 그 밤에 민우는 사랑을 고백했겠고, 나는 민우와의 추억을 떠올리며 키득거렸다. 그렇게 밤을 보내고 충혈 된 눈으로 운동장에 나갔을 때, 민우는 환하게 웃으며 동료들과 공중 볼 다툼을 하고 있었다. 누구보다 월등했던 민우의 발재간은 하룻밤 사이 몰라보게 달라졌고, 감독은 그 향상된 실력을 칭찬했다. 그게 다였다. 나는 어제 그랬듯 선수들에게 잔소리를 퍼부었으며, 내 목소리가 지겨운 민우와 다퉜다. 어제와 다르지 않은 오늘, 그러나 민우도 나도 어젯밤의 이야기는 꺼내지 않았다. 우리 둘만 입을 다물면 어젯밤은 아무 것도 아닌 밤이 되는 거였다. 그리고 아무 것도 아닌 어젯밤처럼 나란 인간 역시 세상에 아무 것도 아닌 존재처럼 느껴졌다. 민우와 빛나가 행복했던 그때, 나는 그렇게 바보처럼 살았다. 나는 민우에게 그냥 그런 존재였다.

한 무리의 사람들이 버스에서 내렸다. 버스는 곧 털털거리며 시골 길을 달려가고, 사람들도 각자의 길을 따라 점점 멀어져 간다. 하지만 이 지역에 나타나는 여행객의 발걸음은 대부분 한 군데로 모여들게 되어 있다. 수많은 누리꾼을 놀라게 한 죽녹원, 바로 그와 그녀의 최종 목적지 말이다

"소영 씨, 이쪽으로 오세요!"

"...?"

죽녹원이라는 글씨가 큼지막하게 쓰인 이정표를 따라가던 그녀, 전혀 엉뚱한 길목에서 소리쳐 부르는 성재의 목소리에 고개를 갸우뚱했다.

"국수 좋아해요?"

"국수요?"

"점심 먹어야죠! 국수 한 그릇 먹고 갑시다!"

싱긋 웃는 성재를 쫓아가며 그녀, '와!' 하고 탄성을 올렸다. 담양천변을 따라 구불구불 이어진 시골길에 국수 파는

식당들이 죽 늘어서 있다. 가로수는 울긋불긋 단풍잎을 매단 채 제 미모를 자랑하고, 쭉쭉 뻗어 내린 가지가 그림자를 만들어 그 아래에 깔린 평상 위의 여행객들에게 안락함을 선사해준다.

"여기가 국수 거리 맞죠? 인터넷에서 본 것 같아요."

"네. 유명하다더니 사람 진짜 많네요."

스마트폰을 꺼내드는 그녀, 알록달록 귀여운 글씨체로 '국수 거리'라고 쓰인 표지판 곁에 서서 '얼짱 각도'의 진수를 보여준다.

"와하하하…!"

"…?"

느닷없이 들려오는 웃음소리가 고개를 돌려보니 천변을 따라 펼쳐진 자전거길 위에서 어느 연인들이 손장난을 하고 있었다. 파란 하늘과 맑은 개여울을 바라보며 그들, 더없이 행복한 얼굴로 서로를 끌어안는다.

"성재 씨, 카메라 주세요."

"…?"

스마트폰으론 영 안 되겠는지 그녀가 얼른 DSLR 카메라를 빼앗아 셔터를 눌렀다. 가만히 지켜보던 성재는 저도 모르게 픽 웃음을 터뜨린다. 기계치라 사용법이 복잡한 물건을 절대 못 만진다더니 제법 솜씨가 좋다.

"어때요? 잘했죠?"

"잘 찍었어요. 사진 찍는 포즈부터 아마추어 사진작가 같아요."

히히, 칭찬을 받아 기분 좋은 어린 아이의 표정으로 그녀, 얼른 빈 평상으로 달려가 앉았다. 마주 날아든 바람을 머금으며 상큼하게 웃는 그 미소에 따라 웃지 않을 수 없다. 가을은 점점 멀어져 가고, 옷깃을 여며야 할 만큼 차가운 날씨였지만 그래도 괜찮다. 병원에만 갇혀 지내느라 한 번도 본 적 없던 고즈넉한 풍경을 그녀는 마음껏 눈에 담고 싶을 것이었다.

"비빔국수 하나, 잔치국수 하나 시켰어요. 괜찮죠?"

"네! 맛있겠다!"

신나게 박수 치는 그녀 곁에서 성재의 카메라는 도저히 쉴 수 없다. 옆 평상에 앉아 엄마가 벗겨준 약 계란을 받아 먹는 아이의 표정 하며, 평일인데도 북적이는 인파 때문에 바쁜 직원들, 끼리끼리 모여 길을 걷는 연인들의 표정까지 하나도 남김없이 담아간다. 그 중 압권은 소반 위에 놓인 국수 두 그릇이다. 소면보다 굵지만 쫄면보단 가는 두께로 양념장을 잔뜩 뒤집어 쓴 게 아주 먹음직스러워 보였다.

"직원한테 고무줄이 있느냐고 물어볼까요?"

"아뇨. 괜찮아요."

가슴 아래까지 내려오는 머리카락 때문에 젓가락질이 불편한 그녀, 직원을 불러 세우려는 성재를 말리더니 수저통의 뚜껑을 열었다. 머리카락을 휘휘 말아 올려 젓가락을 비녀삼아 고정하는 솜씨에 '캬아!' 하고 성재가 감탄사를 쏟아냈다. 뒤늦게 맛 본 두 가지의 칼국수는 칼칼하면서도 맛깔나서 한 그릇 더 시켜먹고 싶을 정도였다. 국수 거리의 음식 모두가 이렇게 매콤 담백한 풍경을 연출하는 걸까? 과연 누리꾼의 탄성을 자아내는 맛이었다.

"자리가 없나 봐요. 우리가 빨리 일어나야겠어요."

"…?"

점심때가 훨씬 지나버린 시각이지만 여행객은 쉴 새 없이 모여든다. 두 사람의 자리에 새로운 여행객이 들어앉고, 자리를 놓친 여행객은 마냥 기다려야 했으며, 직원들은 오가는 손님에게 인사조차 할 수 없을 만큼 바쁘다.

"성재 씨, 저것 봐요!"

"…?"

앞서 가던 그녀가 소리쳤다. 저기 저 테이크아웃 커피 전문점에 사람들이 바글바글 모여 있다. 아, 커피 전문점이 아니다. 댓잎가루가 찹쌀을 섞어 만들었다는 도넛과 역시 댓잎가루를 주원료로 한 소프트 아이스크림을 판매하는 곳이었는데, 일찍이 이곳을 다녀간 어느 누리꾼의 표현을 따르자면 '도시에선 결코 범접할 수 없는 전혀 새로운 맛을 느낄 수 있다.'고 한다. 성재는 녹색 빛의 아이스크림을 한 입 베어 문 그녀의 깜찍한 표정을 그냥 내버려둘 수 없었나 보다. 이리저리 요란하게 옮겨 다니며 셔터를 누르는 것이었다. 액정 속 그녀는 그저 예쁘다. 보정을 하면 더욱 멋진 사진이 될 테지만 이대로 두어도 괜찮을 것 같다. 그녀는 아무렇게나 찍어도 아름다운 여자다.

"아! 배부르다! 살찌겠어요!"

"살이 쪄요? 소영 씨가?"

아이스크림 콘 과자를 오물거리는 그녀에게 다가가 성재, 손가락으로 그녀의 옆구리를 슬쩍 찔러본다. 화들짝 놀라는 그녀의 표정이 재미있어 성재는 그만 웃음을 터뜨렸다. 흘겨보던 소영도 이내 그를 따라 키들거리고, 이제 두 사람은 얕은 언덕길로 올라섰다. 북적이는 죽녹원 입구에서 성재의 카메라가 잠시 하늘을 올려다본다. 차갑지만 구름 한 점 없이 맑고 푸른 하늘, 나들이하기에 최적인 날씨였다.

"여기, 데이트 코스로 좋다더니 정말인가 봐요."

"그러게요. 오길 잘했죠?"

앞서 걷는 젊은 연인의 뒷모습을 카메라에 담으며 소영이 웃었다. 그러다 그녀, 좁은 오솔길에 들어서는 순간 눈이 휘둥그레진다. 바람결에 흔들리는 키 큰 대나무 숲이 길 양쪽으로 무수히 뻗어 놀라지 않을 수 없다. 공기는 또 어찌나 청량한지 도심 속 매캐한 삶에 시달리던 코가 제 살 길을 찾아낸 듯이 한 순간에 뚫려버렸다. 사각사각 흔들리는 대나무 줄기하며, 얼기설기 모인 푸른 이파리 틈을 비집고 쏟아지는 햇살은 마치 환상 동화 속 신비로운 세계를 떠올리게 했다. 당연한 듯 도시의 삭막한 풍경만 보고 살아온 우리, 반복되는 일상을 고집하느라 코앞에 비요한 산물이 펼쳐져 있음을 미처 몰랐다. 만물의 영장이라며 시건방을 떨고, 자신의 영달만을 위해 이기적으로 살아온 인간으로부터 핍박받으면서도 수천만 년을 묵묵히 버텨준 자연에 송구함과 감사함을 전한다.

"성재 씨, 이것 좀 보세요. 여기에서 영화 촬영도 했나 봐요."

"알 포인트? 아, 그렇군요!"

오솔길 어느 구석에 안내판 하나가 우뚝 솟아있다. 여기가 바로 그 영화의 한 장면을 촬영한 곳이라는 설명이 적혀 있었지만 반가운 성재와 다르게 소영은 영 와 닿지 않는 표정이었다. 워낙 오래된 영화이기 때문일까?

"성재 씨는 이 영화 봤어요?"

"네. 봤어요. 하지만 여기에서 찍었을 거라고는 전혀 생각하지 못했죠."

"어떤 영화예요? 재미있어요?"

"음…."

잠시 생각하는 표정으로 성재, 어떻게 하면 그녀가 쉽게 이해할 수 있을지 고민했지만 쓸 만한 답이 없다. 우리 세대가 이해하기엔 너무나 어려운 시절의 이야기이기 때문이다.

"소영 씨는 공포 영화 싫어한다고 했죠?"

"공포 영화예요? 군복을 입고 있어서 전쟁 영화인줄 알았어요."

"전쟁을 소재로 만든 영화이지만 포인트는 그게 아니에요. 전쟁으로 죽어간 원혼에게 저주받은 군인들이 한 사람씩 고통스럽게 죽는다는 설정이거든요."

"아…!"

정확히 어떤 내용인지도 모르면서 공포 영화라는 한 마디에 울상이 되어버린 그녀, '어흥!' 아기 맹수의 목소리를 흉내 내는 성재를 보고 다시 키득키득 웃음을 터뜨렸다. '알 포인트'는 꽤 오래 전에 만들어진 영화이지만 실화인가 아닌가를 두고 지금까지도 공방이 벌어질 만큼 유명하다. 엔딩 크레디트가 올라가는 순간까지 관객을 혼란이 빠트린 이 영화, 막바지로 접어든 베트남 전쟁에 참전한 군인들이 귀신에게 빙의되어 하나둘씩 죽어갈 때마다 여기 대나무 숲이 배경으로 서 있었다. 겁에 질려 살려달라고 아우성치는 무전 속 목소리와 공포스런 분위기 탓에 영화가 전달하려는 메시지 따위엔 아랑곳없이 무작정 두려워만 했던 기억이 생생하다. 배경이 베트남이라기에 그런 줄 알았고, 하얀 아오자이 차림으로 웃고 있는 여자가 마치 소복 입은 처녀 귀신으로 보여 잠 못 이루던 추억이 떠올라 성재는 재미있다. 영화의 주연 배우로 활약한 감우성은 모든 촬영이 끝났을 때 자신이 썼던 철모를 담양군에 기증했다. 안내 표지판 꼭대기에 걸려있는 바로 저것 말이다.

"어? 벌써 힘들어요? 그러면 안 되는데?"

판다 곰 밀랍인형 곁에 기대어 앉은 그녀, 나른한 표정으로 하품을 늘어놓는다. 그러다 찰칵, 셔터 누르는 소리에 화들짝 놀라 일어섰다. 액정을 확인해 보니 가관이다. 입이 크다며 놀리는 성재와 당장 지워달라고 애원하는 그녀가 앞서거니 뒤서거니 오솔길을 달려간다.

"그럼 소영 씨, 1박 2일은 알아요?"

"1박 2일? 예능 프로그램 말하는 거죠?"

결국 성재에게서 카메라를 빼앗아 든 그녀, 엉망으로 나온 제 얼굴을 삭제하는 데 성공했다. 표지판에는 이 길을 따라 좀 더 내려가면 '이승기 연못'이 나온다고 쓰여 있었다. 1박 2일, 요즈음에도 일요일 저녁이면 한가롭게 채널을 돌리다 마주치게 되는 인기 예능 프로그램 말이다. 벌써 몇 년이나 지났는지 모를 어느 날, 죽녹원에 찾아온 1박 2일 멤버들은 대나무 숲 곳곳을 거닐다 한 이름 없는 연못 앞에 멈추었다. 겨울이지만 봄이 서서히 다가드는 시기여서 꽁꽁 얼어있던 연못은 녹을 듯 말 듯 불안한 장관을 연출하고 있었다. 그들은 살얼음이 낀 연못 한 가운데에 나무 지팡이를 던져 놓은 뒤 물에 빠지지 않고 무사히 주워오는 사람이 승리한다는, 참으로 무모하고 바보 같은 게임을 진행한다. 첫 순서로 나선 인물은 '은초딩' 은지원이었다. 그는 후다닥 연못으로 달려 내려가 지팡이를 주워오는데 성공했다. 문제는 다음 차례인 이승기였다. 은지원이 다녀온 이후 연못은 그들이 '슬러시'라고 표현할 만큼 빠르게 녹아갔으며, 똑같은 짓을 반복했다간 무슨 일이 벌이질지 짐작되는 상황이었다. 하지만 짓궂은 멤버들은 빨리 하지 않는다며 이승기를 재촉했고, 이승기는 불안하지만 설마 하는 표정으로 연못에 뛰어들었다. 아니나 다를까. 이승기가 연못에 내려서자마자 얼음은 산산조각 나버렸다. 어떻게든 젖지 않으려고 아직 남아있는 얼음을 밟고 올라서려 하지만 그마저도 부서지니 난감하다. 하필이면 그날따라 멋들어지게 차려입은 '가수' 이승기는 비에 젖은 생쥐 꼴이 되어 어쩔 줄을 몰라 했고, 지켜보던 출연진은 배꼽 빠지게 웃어댔다. 여기에서 한 가지 기가 막힌 건 상황을 설명하는 자막이었다. 이승기가 온몸을 바친 연못이라며 이 연못을 가리켜 '이승기 연못'이라는 우스갯소리를 늘어놓았는데, 그날 이후 아예 공식 명칭이 되어버린 것이다. 그리고 이승기 연못에는 실제로 그날 방송의 해당 장면이 친절한 상황 설명과 함께 안내 표지판에 남아있다.

"소영 씨, 우리 자전거 타러 갈래요?"

"자전거요?"

"관방제림(官防堤林)에 자전거길이 있거든요."

왔던 길을 돌아나가는 와중에도 죽녹원을 찾아오는 여행객이 많다. 친구끼리, 연인끼리, 또는 가족 단위로 모인 사람들이다. 모드 이 아늑한 풍경을 눈에 담아가려고 야단이었다.

"관방제림? 아! 인터넷에서 봤어요! 갈래요!"

"그 잠깐 사이에 공부 많이 했나 보네요. 따라 오세요."

"와아! 신난다!"

죽녹원 밖으로 나온 두 사람, 차도를 건너 담양 천을 가로지르는 다리 아래로 내려간다. 여기에도 사람이 많다. 제방을 따라 자전거 페달을 구르는 아이들, 나무 아래에 돗자리를 깔아놓고 도란도란 이야기꽃을 피우는 가족, 저 멀리까지 펼쳐진 소담스러운 풍경을 담기 위해 셔터를 누르는 사람, 어른 덩치보다 큰 멍멍이와 뛰노는 아이까지 언뜻 복잡해 보이지만 한가롭기 그지없는 가을날의 오후였다. 저들 모두의 얼굴에 그녀처럼 싱글벙글 웃음꽃이 가득하다.

"2인용 자전거를 빌렸어요. 운전을 제가 할 테니까 꼭 잡기만 해요."

페달 위에 발만 올려놓았을 뿐인 그녀, 온몸으로 달려드는 강바람을 맞으며 깔깔거린다. 지난 1년 동안 호젓한 시골풍경만을 담양의 전부로 여겨왔는데, 이렇게 재미있는 곳이 있을 줄은 정말 몰랐다. 갇힌 듯 살며 우울해하던 기분이 한 순간에 사라지는 것 같다. 점차 속도를 올리는 성재의 발장단에 맞춰 소영도 신나게 비명을 질러댄다. 옆에서 나란히 달리던 꼬마 아이와 눈이 마주쳤을 땐 메롱, 약을 올리기도 했다.

"저쪽에 메타쉐콰이어 거리가 있어요!"

"메타…. 뭐라고요?!"

"메타쉐콰이어! 거기서 같이 걸어요!"

강바람에 목소리가 부서져 잘 들리지 않지만 그녀는 성재가 안내하는 곳이라면 어디든지 따라갈 생각이다. 자전거 라이딩 코스의 중반으로 들어섰을 때, 두 사람은 지나치던 연인에게 사진을 찍어줄 것을 부탁했다. 담양천변을 벗어나 추수가 끝난 들판을 배경으로 두 연인은 돌아가며 사진을 찍고 반갑게 웃으며 헤어졌다. 그 유명한 메타쉐콰이어 가로수 길로 가기 위해서는 자전거를 보관소에 맡겨 두고, 자동차가 쌩쌩 달리는 도로를 일단 건너야 한다. 역시 여행객들이 삼삼오오 수다를 떠느라 북적이는 거리. 성재의 카메라도 바쁘게 제 할 일에 열중한다.

"우와!"

그녀가 왈칵 소리쳤다. 두 팔로 끌어안고도 모자를 거대한 나무들이 저 멀리에까지 늘어서 있다. 가을을 맞아 빨갛게 물들어 버린 단풍잎이 서로 모여 만들어낸 저 붉은 터널을 보라! 이 길로 들어선 모든 연인들의 가슴을 두근거리게 한다. 메타쉐콰이어라는 게 원래 아메리카 인디언 부족 지도자의 이름에서 유래한다. 부족의 위대한 지도자를 영원히 기억할 목적으로 인근에서 자생하는 가장 오래된 나무에 지도자의 이름 '쉐콰이어'를 붙였는데, 이 나무의 묘목이 한 해에 1미터씩 자란다고 한다. 거대한 쉐콰이어 나무가 들어선 이 길을 그래서 메타쉐콰이어 거리라 부르게 되었고, 지금은 세계 어느 곳이든 사랑하는 모든 이들을 위한 거리로 조성되어 있다. 물론 우리나라에선 담양의 이 지역이 가장 유명하다.

"우리, 또 사진 찍을까요?"

빨갛게 물들어버린 터널 한 가운데에서 두 사람은 정신 없이 카메라 셔터를 눌렀다. 액정 속 소영의 얼굴 표정은 즐겁다. 막힌 듯 답답하던 가슴이 한 순간에 뚫려 그녀는 시원하고 또 시원했다.

"소영 씨, 답답하고 속 터지는 일이 생기면 언제든지 얘기해요. 도와줄게요."

"정말 그래도 되요?"

"네. 그렇게 속만 끓이고 있으면 화병 생겨요. 알았죠?"

"네에!"

목이 터져라 소리치는 그녀, 다시 아이처럼 신나게 거리를 내달린다. 마치 붉은 노을 아래 한 마리 자유로운 기러기 같았다.

6장

유빛나

사랑에 대한 치료약은 없다.
전보다 더 사랑하는 것 이외에는

— 헨리 데이비드 소로우

서울에는 첫눈이 내렸다는데, 남쪽 지방엔 아직 소식이 없다. 오히려 어제보다 기온이 조금 올랐을 뿐이다. 하지만 차가운 바람은 여전해서 두꺼운 점퍼, 목도리, 장갑, 마스크, 모자 등을 챙기지 않으면 밖에 나갈 수 없다. 맨몸으로 나갔다가는 명원으로부터 한바탕 잔소리를 듣게 될 터였다. 완전 무장이 귀찮아서라도 민우는 병실 밖으로 나가지 않을 생각이다.

"민우 씨, 귤 좀 드실래요?"

중호의 여자 친구인 하나가 귤 조각을 내밀었다.

"안 먹을래요."

천천히 도리질을 하는 민우, 오늘은 영 입맛이 없어서 아무 것도 먹고 싶지 않다. 아침 식사는 아예 걸렀고, 점심 식사도 겨우 몇 술 뜨다 말았다. 아무래도 몸 상태가 더 나빠지려는가 보다. 하나의 귤 조각은 곁에서 지켜보던 중호의 입으로 들어갔다.

"자기, 손이 왜 이렇게 예뻐? 쓰다듬어 주고 싶네!"

"흥! 새삼스럽게…! 자기, 나 원래 예쁜 거 몰랐어?"

눈웃음을 생글거리는 하나, 중호의 눈엔 그녀가 왕왕 짖는 강아지 인형처럼 귀였다. 양 볼을 꼬집으며 마구 흔들었더니 아이처럼 까르르 웃음을 터뜨린다.

"우리 자기, 또 먹자! 아, 하세요!"

"아아…!"

중호가 큰 입을 쩌억 벌렸고, 하나의 손가락 안에서 귤 조각은 한 마리 나비라도 된 듯 이리저리 허공을 노닐다가 쏘옥, 엉뚱한 자리로 날아들었다. 놀리듯 새콤한 귤 조각을 오물거리면서도 그녀, 온갖 깜찍 발랄한 표정을 다 지어낸다. 중호는 그런 하나가 예뻐서 못 견디겠다는 얼굴이다.

"이렇게 귀여운 여자가 세상에 또 어디 있어? 확 깨물어 줄까보다!"

"으응, 그러지 마! 그건 싫어!"

"그럼 안아줄까? 귀여운 우리 아기! 이리 오세요!"

그녀의 작은 몸뚱이를 끌어안고 또 마구잡이로 흔드는 중호, 큰 덩치에 파묻혀 하나가 우는 건지 웃는 건지 알 수 없는 목소리로 비명을 질러댄다.

"하나야, 오늘은 한가해?"

두 사람의 눈꼴 시린 광경을 지켜보던 소영이 불쑥 한 마디 던졌다. 하나는 또 생글생글 눈웃음을 흘렸고, 중호는 손가락을 그녀의 코를 쥐고 흔들었다.

"응. 비번이거든. 모레까지 휴가야."

"우리 자기, 그동안 뭐 하고 놀 거야? 심심하겠다."

"축구 가르쳐 줘. 다이어트 할래."

"다이어트? 뺄 살이 어디 있다고 다이어트를 해?"

과장된 표정으로 놀라는 중호와 그런 중호를 사랑스럽게 바라보는 하나, 오늘도 두 사람의 사랑 전선은 비라도 내릴 듯 흐린 하늘과 다르게 마냥 쾌청한 모양이다. 그렇다면 답답한 병원을 벗어나 함박눈이 쏟아졌다는 서울에 가서 눈썰매라도 타면 좋으련만, 왜 아직 저러고 있는지 모르겠다. 사이좋은 그들을 지켜보기가 어쩐지 불편하다.

"축구 안 가르쳐 줄 거야. 살 빼지 마. 자기는 이대로가 좋아."

"안 돼! 나 정말 살쪘단 말이야! 자기는 내가 동생보다 못 생겼으면 좋겠어?"

대꾸할 틈도 주지 않고 속사포처럼 떠들다 휙 토라져 버리는 그녀, 일부러 저러는 게 분명하다. 이제 곧 중호가 콧소리를 내며 달래주겠지. 안 봐도 뻔하다. 간호사들 사이에서도 이미 저 두 사람은 쿵짝이 잘 맞는 동갑 커플로 유명하니까.

"자기, 정말 동생보다 못 생겼어?"

"흥! 몰라!"

"에이, 설마! 이렇게 예쁜데 동생보다 못하다니! 말도 안 돼!"

"왜 말이 안 돼? 걘 모델이란 말이야!"

"모델?"

솔깃한 그 한 마디에 순간 민우와 중호의 시선이 마주쳤다. 민우는 제대로 된 반응을 보일 수 없는 형편이니 그렇다고 치더라도 중호가 어떻게 나올지 소영은 궁금하다. 분야가 뭐였건 간에 일단 직업이 모델이라고 했으므로 예쁘냐는 둥, 키가 크냐는 둥, 남자친구가 있느냐는 둥, 쓸데없는 것만 잔뜩 물어볼 것이었다. 대학 시절 매일 지겹게 마주친 민우의 운동 친구들은 물론이고, 오며 가며 마주치는 캠퍼스의 다른 사내들마저 모두 한통속이었다. 그 중 한 사람이 중호였으니 더 할 말이 없다. 대학 시절의 중호가 민우의 모델 친구를 보자마자 부러워서 미치겠다고, 예쁘고 잘 빠진 여자가 옆에 버티고 있으니 세상 살 맛이 나겠다며 발악했더란 사실을 알면 하나는 뭐라고 할까? 그렇게 설쳤다가 여자 친구들의 공분을 샀던 남자들처럼 난처한 입장에 처하고 말 것이다.

"우리 자기! 그렇게 열 내지 마! 형만 한 아우 없다고, 언니만 한 동생 없어. 아무리 모델이어도 언니보다는 못할 거야. 그렇지?"

"…?"

의외의 반응을 보여주는 중호, 제법이다. 변변찮은 대꾸로 일관했다간 잔소리 폭격에 그로기 상태로 내몰릴 텐데, 아무래도 전술 전략에 뛰어난 축구선수 출신이어서인지

급작스런 상황에 대처하는 능력이 뛰어나다. 뾰로통했던 하나의 표정이 금세 누그러진다.

"자기, 정말 내가 예뻐?"

"그래. 예뻐. 자기처럼 예쁜 여자 친구를 둔 나는 복 받은 놈이야."

"정말이지?"

"그렇다니까! 난 자기 만난 이후부터 로또 1등에 당첨된 기분으로 살고 있는걸!"

"와아! 우리 자기 최고!"

언제 토라졌느냐는 듯 그녀가 방실방실 웃으며 중호에게 폴짝 안겨들었다. 그 거대한 가슴팍을 쿵쾅쿵쾅 두드리며 온갖 아양을 떠는 그녀와 낯간지러운 사랑 놀음이 재미있는 중호, 꼴사나운 저들의 애정 행각을 가만히 지켜보던 민우는 문득 소영에게 고개를 돌렸다. 언제부터인지 소영은 제 휴대폰에만 눈을 주고 있었다. 아마 일부러 저러는 것일 테다. 불편하니까. 2차전이 벌어진지 벌써 열흘이나 지났다. 가뜩이나 1차전 이후 한참이 지나도록 사과 한마디 하지 않았는데, 민우는 그녀와 눈을 마주치길 꺼렸고, 소영은 갈수록 간병인으로서의 역할에 소홀이 하는 등 사태가 더욱 악화되어 버렸다. 이러면 안 된다는 걸 잘 안다. 어디에서부터 무엇이 잘못되었는지, 꼬인 실타래를 풀 방법을 뻔히 알면서 이렇게 마냥 방치하고만 있다니…. 그래서 민우의 시름은 깊어만 간다. 타이밍을 한 번 놓쳤을 뿐인데, 이렇게 되리라고는 미처 생각하지 못한 거다. 그리고 민우는 오늘도 고민한다. 엉켜버린 두 사이를 복구하기 위한 첫 삽을 어떻게 퍼 올릴지 말이다. 아무래도 오늘 저녁, 둘만 남았을 때 먼저 말을 걸어봐야 할 것 같다. 잘나고 잘난 서민우가 지금껏 단 한 번도 시도하지 않았던 도전, 처음이 어려울 뿐이다. 당장 실행해야 한다. 이번이 아니면 더 이상 기회는 없다. 아직 설마하고 있지만 내 몸은 내가 더 잘 안다.

「카톡!」

"…?"

하나에게 메시지가 도착했다. 중호의 품에 안겨 휴대폰을 들여다보는 하나, 슬며시 입가에 미소가 떠오른다.

"자기, 내 동생 보고 싶지 않아?"

"응?"

"내 동생이 프랑스에 있다가 어제 돌아왔거든. 형부 소개시켜 준다고 했어."

"그래서? 여기 온대?"

"응. 이 근처에 있나 봐. 내가 나가 봐야겠어."

자리에서 일어난 하나에게 겉옷을 챙겨주는 중호, 그러

다 픽 웃음을 터뜨리고 만다. 동생보다 못났다며 투정부리더니 그래도 자매간에 우애는 좋은가 보다.

「카톡!」

다시 메시지가 도착했다. 엘리베이터에서 내린 것 같다며 하나가 병실 밖으로 뛰어나간다.

"하나언니!"

"어서 와! 오랜만이야!"

복도에 두 여자의 목소리가 요란하다. 끌어안고 동동 구르는지 바깥이 시끄러워졌다. 이어 친구들을 소개하겠다며 하나가 소리쳤고, 병실에선 빨리 들어오라는 중호의 목소리가 들려왔다.

"여러분! 제 동생을 소개할게요! 프랑스 패션 업계가 홀딱 반한 모델! 유빛나!"

"…?"

그리고 빛나와 눈이 마주치는 순간, 모두의 얼굴이 새파랗게 굳어버렸다.

**대학 2학년이던 소영의 또 다른 기억.

하늘 먼 곳에서 산들바람이 불어오고, 가로수 잎사귀가

색동저고리로 갈아입기 시작하면 대학가는 축제 준비로 눈코 뜰 새 없이 바빠진다. 행사를 맡은 몇몇 학우들은 여름 방학이 끝날 무렵 서로 모여 아이디어 회의에 들어가는데, 참신하지만 상당한 경비가 예상되어 채택하지 못하거나 유치원에서도 시도하지 않을 수준 낮은 의견까지 튀어나와 간혹 한 번씩 저들의 머릿속에 무엇이 들었는지 궁금할 때가 있다. 머리를 맞대고 열심히 고민해 보지만 결국 축제는 매년 비슷한 방식으로 꾸며진다. 언더그라운드에서 활동하는 모교 출신 밴드와 춤꾼들의 공연을 진행하거나 어디서 푸드 트럭을 빌려와 주전부리 간식을 만들어 파는 건 기본이다. 한 구석에선 뻔한 결과가 예상되는 캠퍼스 최고의 킹카와 퀸카를 뽑느라 혈안이었고, 그림 실력이 뛰어난 학우들은 자리를 깔고 앉아 행인의 초상화를 그려 주었으며, 타 대학과 학교끼리의 단체 미팅 주선에 성공한 학생 대표는 영웅 대접을 핑계로 노상 술잔치에 초대된다. 교수님들이 남장 또는 여장을 하고 불쑥 나타나 학생들에게 장난을 거는가 하면, 인기 아이돌 그룹을 초청하여 노천극장이 무너질 듯 신나게 뛰어놀기도 한다. 초저녁부터 술독에 빠진 학생들은 새날이 밝아오도록 부어라 마셔라 미친 듯 술잔을 기울이다 선배는커녕 교수님도 못 알아볼 만큼 고주망태로 취해 캠퍼스를 뒹굴다가 쓰린 속을 붙잡고 깨어나면 해장을 핑계로 다시 퍼마시기 시작한다. 운동부 역시 마찬가지다 저마다 능력껏 축제의 일부로 녹아들기 위해 머리를 싸매지만 매년 불우이웃을 돕기 위한 자선 행사를 게을리 해선 안 된다는 그들만의 철칙을 무시할 수 없다. 성금 모금을 위한 길거리 농구대회라든가, 힘 좀 쓴다는 친구들의 달동네 연탄 배달하기, 손맛 깨나 낼 줄 안다는 친구들의 사랑의 도시락 배달하기 등등은 기본이다. 축구부의 경우엔 스케일이 커서 학교 당국이 아예 하루 날을 잡아주어야 한다. 타 대학 축구부를 초청하여 친선 경기를 치르는 전통 때문이다. 홈경기인데다 축제의 주인공이기에 패배할 염려가 없는 랭킹 최하위 팀이 매년 우리를 상대해 왔다. 그렇게 이벤트 경기를 치르던 바로 그날, 나는 지금껏 살아오면서 한 번도 겪어보지 못한 사건에 휘말리게 되었다.

「자자, 연습 게임이나 다름없으니까 살살해. 알았지?」

축제의 분위기에 휩쓸린 건지, 아니면 상대가 별 볼 일 없는 팀이어서인지 감독님은 그다지 별스러운 전술을 제시하지 않았다. 랭킹 최상위의 팀으로서 그저 축제를 즐기자는 의미였을 거다. 선수들도 마찬가지다.

「야, 왜 주전 선수들이 나서려는 거야? 후배들 시키고 우리는 술이나 한 잔 하자.」

「그럴까요? 후보 선수들 기회나 줄 겸?」

여기저기서 키들거리는 웃음소리가 들려오지만 감독님은 보는 눈이 많아 그럴 수 없다며 미안해한다. 아무리 그래도 그렇지. 여유 만만한 3학년 선배의 제의에 어떤 반대도 하지 않고, 곧 치를 경기와 무관하게 아무런 근심 걱정 없이 술 약속을 잡는 이 분위기는 도대체 뭐란 말인가!

「잠깐만요! 다들 지금 무슨 생각들을 하는 거예요? 아무리 축제용 이벤트라지만 정식으로 치르는 경기잖아요! 어떻게 이럴 수 있어요?」

「뭐 어때? 쓸데없이 힘 뺄 이유 있어? 상대는 최하위 팀이라고!」

감독님의 느긋한 목소리에 선수들도 동조하는 표정이다. 건방진 것들, 아무래도 민우에게 물들었나보다.

「홈그라운드에서 망신 한 번 당해봐야 정신 차릴래요? 벼는 익을수록 고개를 숙인다는데, 상위 랭킹에 있으면서 모범을 보이지는 못할망정…!」

「아유! 시끄러워!」

「…?」

짜증스런 목소리로 민우가 벌컥 소리쳤다. 휴대폰을 손에 쥔 모양으로 보아 마침 누군가와 전화통화 중이었던가보다.

「소영아, 하나만 물어보자.」

「뭔데?」

「넌 잔소리가 지겹지도 않니?」

나도 모르게 내 입에서 피식, 바람 빠지는 소리가 튀어나왔다. 아무리 생각해봐도 민우의 물음은 어처구니가 없다.

「내가 이유 없이 잔소리 하니? 잔소리를 안 하게 할 수는 없어?」

「너, 혹시라도 축제를 방해할 생각이라면 대기실에서 나오지 마. 우리는 눈치도 없는 줄 알아?」

「…?」

「날이 날이니만큼 보는 눈이 많아서 일방적이지는 않을 거란 말이야. 네가 잔소리하지 않아도 다들 알아서 잘 해, 그러니까 조용히 하라고.」

서로 마주보고 키득거리는 그들, 저게 바로 대학 리그 1위의 여유라는 걸까? 축제의 주인공으로서 누려야 할 특권 같은 것 말이다. 별 볼 일 없는 문제라도 뭔든지 열심히 해야 직성이 풀리는 나로선 정말 내키지 않는 순간이었다. 그리고 다시 잔소리를 퍼부으려던 찰나, 나를 더욱 기가 막히게 만드는 인물이 등장했다.

「오빠아!」

「…?」

간드러지는 여자의 목소리, 모두의 시선이 한 곳으로 집중되더니 이내 하나둘 씩 입가에 미소가 피어올랐다.

「빛나다!」

누군가 소리쳤고, 그래서 채 보지 못한 사람들도 마저 고개를 돌리게 되었다. 정말 빛나였다. 모델이자 민우의 여자 친구 유빛나가 선수 대기실에 불쑥 나타난 거다.

「야, 왜 이제 왔어? 오빠가 얼마나 보고 싶었는지 알아?」

「예쁘게 보이고 싶어서 신경 쓰느라 늦었어! 미안해!」

'관계자 외 출입금지'라고 분명히 쓰여 있을 텐데, 엄중한 경고 따위 깔끔하게 무시해 버린 빛나는 뒤늦게 모두의 시선을 의식하고 생긋 미소 지었다.

「여러분! 안녕하세요! 민우 오빠의 깜찍한 여자 친구 유빛나라고 해요!」

코맹맹이 소리를 내고, 윙크까지 찡긋거리는 저 계집애가 그렇게도 좋을까? 옆에서 말을 걸거나 말거나 늘씬한 여체만 들여다보는 저들을 어찌 하면 좋을지 모르겠다. 이제 곧 그라운드로 나가야 할 텐데…. 가뜩이나 쉬엄쉬엄 뛸 경기에서 아예 정신까지 놓을 작정인가 보다. 그리고 이어진 민우의 한 마디는 더 울화통을 터지게 했다.

「요즘 소영이 잔소리 때문에 다들 힘들지? 사기충천하라고 불렀어. 끝나고 다 같이 클럽 가자!」

「우와! 운동 실력만 좋은 게 아니라 센스까지 뛰어나잖아! 내 후배지만 정말 마음에 든다!」

선배들이 너도 나도 민우를 칭찬하고, 동기와 후배들은 그게 존경스러워 견딜 수 없다는 표정이었다. 감독님과 여타 코치 선생님들은 그나마 나이 지긋하신 어른이라 대놓고 표현하진 않았지만 그들 역시 남자다. 상큼 발랄한 여성의 등장으로 불편해진 건 오로지 나뿐이었다. 선수 한 사람 한 사람에게 찾아가 음료수를 건네주고, 힘내라며 소리치니 다들 입이 귀밑까지 걸려들었다. 꼬집어주고 싶을 만큼 얄미워 마냥 흘겨보는 내 사나운 시선을 느꼈는지 민우가 내 어깨를 툭툭, 건드리고 사라졌다. 말로 표현하진 않았지만 분명 '쓸데없는 잔소리만 퍼붓는 너보다 활달한 목소리로 응원해주는 빛나가 훨씬 낫다.', 뭐 이런 의미였을 것이다. 불 난 집에 부채질 하는 꼴이랄까? 가뜩이나 여우같은 계집애의 여우 짓에 부글부글 끓어오르는데, 민우가 기름을 쏟아 부었다. 하지만 참아야 한다. 이제 곧 친선 경기가 시작될 것이고, 축제 기간이라 그라운드를 지켜보는 이도 평소보다 많다. 나 한 사람 때문에 축제를 망칠 수 없다. 일단 참아야 한다.

「오빠들 화이팅!」

「…?!」

경기가 한참 진행되고 있을 때, 그라운드의 상황만 지켜보던 나는 바로 옆에서 소리치는 빛나를 발견하고 눈이 휘둥그레졌다. 대기실에 있을 줄 알았던 빛나가 벤치까지 나와 비명을 지르는 것이다. 골이 상대편 진영으로 넘어가 속공 찬스를 잡았을 땐 골라인 부근에서 어쩔 줄 모르는 표정으로 발을 동동 구르고, 민우가 골을 넣었을 땐 세리머니를 하러 온 그와 얼싸 안기도 했다. 모델이라 예쁘고, 키가 크며, 팔다리까지 길어서 뭇 남성들의 시선을 독차지하는 그녀의 활약을 상대팀까지 지켜보았다. 여담이지만 상대팀 주장이라는 선수가 빛나에게 홀딱 빠져 한동안 상사병에 시달렸다는 소문도 들었던 것 같다. 이런 결과가 문제라는 거다. 선수들의 집중을 방해하는 존재, 그래서 난 빛나가 싫었다. 아무리 축제였고, 이벤트 경기였다지만 사람들의 관심은 5대 1이라는 최종 스코어보다 그 잘나디 잘난 서민우의 여자 친구 유빛나에게 쏠렸다. 나는 더 이상 참을 수가 없었다.

「애, 너 나 좀 보자.」

「…?」

선수들이 모두 땀을 씻으러 샤워실로 사라졌을 때, 나는 빛나를 조용히 구석으로 불렀다.

「빛나야, 너 모델인데 오늘은 한가한 모양이지?」

「네. 오늘은 스케줄이 없어요.」

「연예 활동으로 피곤할 텐데 스케줄이 없으면 집에서 쉬지, 뭐 하러 나왔니?」

「…?」

빛나의 그 황당해하는 눈빛이라니…. 우스우면서도 한편으로는 내 의도를 뻔히 알면서 모르는 척하는 것으로 보여 하마터면 따귀를 칠 뻔했다.

「언니, 저한테 무슨 할 말이라도 있어요?」

「있어.」

「뭔데요?」

「…….」

당당하게 맞서려는 빛나의 기세에 나는 또 한 번 터지려는 울화통을 꾹꾹 눌러 참아냈다. 하지만 분노로 떨리는 목소리까지 참을 재간은 없었다.

「너 말이야. 아무리 민우가 좋아도 그렇지. 낄 데 안 낄데 막 끼어들어도 되는 거니?」

「그게 무슨 말이에요? 제가 이해할 수 있게 설명해 주세요.」

「민우는 축구선수야. 그리고 오늘 경기에서 선발로 뛰었어.」

「그래서요?」

「네가 정말 민우를 아끼고 사랑한다면 경기에 집중할 수 있도록 도와줘야 하는 거 아니야? 구미호도 아니고, 온갖 남자들을 다 홀리고 다니면 어쩌자는 거니? 선수 대기실은 관계자 외 출입금지인데, 어째서 네 마음대로….」

「언니가 하고 싶은 말은 그게 아닐 텐데요?」

「뭐?」

픽 웃음을 터뜨리는 그 눈빛에서 나는 처음으로 빛나가 보통이 아닌 아이일 것 같다고 생각했다. 모델이고, 연예 활동을 하는 아이라 제 착한 이미지에만 신경 쓸 줄 알았더니 보는 눈이 없을 땐 이렇게 되바라진 모습도 드러낼 줄 안다는 사실에 경악했다. 빛나의 성향을 전혀 예측하지 못했으니 이는 처음부터 내가 지고 들어가는 싸움이었다.

「왜? 내가 무슨 말을 해야 하는데?」

「언니, 얼마 전에 민우 오빠한테 좋아한다고 고백했다면서요?」

「…!」

「언니는 민우 오빠 옆에서 떨어지지 않는 내가 밉다고 말해야죠. 그게 순서 아닌가요?」

나는 그만 입이 떡 벌어졌다. 민우와 나의 이야기는 그저 우리만 조용히 하면 될 거라고 생각했다. 민우를 믿었고, 그래서 아무 일 없이 넘어갈 줄로만 알았다. 민우에게서

흘러나온 그 한 마디에 빛나가 어떻게 반응했을지 상상해
보지 않아도 알 수 있었다. 한껏 비틀어 올린 저 입술은 마
치 한 여름 폐가에서 마주친 처녀 귀신같았다. 그래서 나
는 할 말을 잃은 채 빛나의 맹공을 그저 얻어맞고만 있어
야 했다.

「언니가 민우 오빠를 좋아한다고요?」

「…….」

「어떻게 언니 따위가 민우 오빠를 좋아할 수가 있어요?」

「뭐? 언니 따위? 따위?!」

「그래요! 어떻게 언니처럼 별 볼 일 없는 여자가 민우 오
빠를 좋아할 수 있느냐고요! 주제 파악을 해야지!」

「야! 너 말 다 했어?!」

철썩, 더 참지 못하고 나는 빛나의 따귀를 후려치고 말았
다. 그러면 안 된다는 걸 알지만 이미 이성을 잃었고, 눈앞
의 이 계집애에게 본때를 보여주어야겠다고만 생각했다.

「이 나쁜 계집애! 할 말이 있고, 못할 말이 있는 거야!
뭐? 따위?」

「아아악! 이거 놔요!」

「못 놓겠다! 이 나쁜 계집애야!」

「아악!」

허리 아래까지 내려오는 긴 머리카락을 한줌에 붙들었으

니 얼마나 아팠을까? 빛나는 눈물범벅이 된 얼굴로 비명을 질렀고, 나는 그 머리카락을 모두 뽑아버릴 심산이었다.

「그만 하지 못해!」

쩌렁거리는 고함 소리에 흠칫 몸을 떨었지만 이미 늦은 뒤였다. 민우가 달려와 쓰러지는 빛나를 부축했고, 정신없이 발악하는 나를 사내 여럿이 달려들어 말려야 했다.

「도대체 무슨 일이야?」

「오빠아!」

산발이 되어버린 빛나의 머리카락을 정리하던 민우의 얼굴에 분노가 떠올랐다. 한 움큼 빠져버린 머리카락을 보고 놀라기는 나 역시 마찬가지였다.

「이게 무슨 짓이야?」

「……」

「내 말 안 들려?」

다시 민우가 고함을 질렀다. 나는 아무 말도 할 수 없었고, 빛나는 그저 울기만 했다.

「오빠아! 소영이 언니 미쳤나봐!」

「울지 말고 얘기해. 무슨 일이야?」

「자기가 오빠를 더 좋아하는데, 내가 끼어들었다고…!」

「…!」

저 구미호 같은 계집애가 끝까지 여우같은 짓만 골라 한다. 그게 아니라고 반박하고 싶었으나 이미 때는 늦어버렸다. 분노로 이글거리는 민우의 눈빛, 그간 한 번도 본 적 없던 것이었다. 차라리 따귀라도 올려 치면 좋으련만…. 민우는 묵묵히 빛나를 데리고 병원으로 향했다. 그리고 다음날, 빛나의 소속사에선 난리가 났다. 잡혀 있던 촬영 스케줄을 취소했고, 그간 몰랐던 민우와의 연애 사실까지 파악되었다. 흑기사라도 되는 양 민우는 함께 놀다 실수로 다쳤다며 모든 책임을 자신에게 돌렸고, 그 순간 두 사람 사이에 나란 인간은 존재하지 않았다. 빛나의 소속사에서 가혹한 형벌을 내렸다. 당장 헤어지라는 선고였다. 나는 나대로 축구부에서 매니저로서의 역할에 대해 문제 삼았다. 경질할 것인지 말 것인지를 두고 마라톤 회의가 이어졌지만 내 능력을 높이 산 감독님에 의해 살아남았다. 그리고 나는 민우에게 사과하고 싶었다. 혹여 오해가 있었다면 풀자고, 어쩌면 내가 널 많이 좋아해서 그런 걸지도 모른다고, 나 때문에 많은 일이 벌어져 미안하다고…. 하지만 민우는 내게 오지 않았으며, 빛나와도 완전히 헤어졌다. 그뿐이었다.

  서로 마주보고 선 두 사람 오랜만에 만났지만 반가운 기색이라곤 눈곱만큼도 찾아볼 수 없다. 중호와 하나에게는 가까이 오지 말라며 단호히 경고하고, 한참 전부터 저렇게 서로를 응시하고만 있으니 불안하다. 예전에 그랬듯 한바탕 몸싸움을 벌이는 건 아닐지…! 남자로서 여자들끼리의 문제는 모르는 척 하는 게 인지상정이라지만 저 두 여자의 관계는 그냥 두고 볼만큼 결코 예사롭지 않기에 중호는 누구보다 놀랐을 민우를 걱정하면서도 쉽게 자리를 뜨지 못한다. 혹사나 벌어질 사태에 대비하여 묵묵히 지켜볼 따름이다.

"자기, 도대체 왜들 저래? 무슨 일이야?"

"……."

하나가 팔에 매달리며 물었지만 중호는 대꾸하지 않는다. 그녀에게 늘 푸근한 미소만 보여주던 예전의 중호가 아니었다. 불편하고, 불안해하며, 근심과 걱정으로 어찌할 바 모르는 기색이다. 그러나 하나는 이 상황을 도무지 이해할 수 없다.

"자기, 뭐라고 말 좀 해봐. 저 두 사람 서로 아는 사이야?"

"자기도 우리 학교 출신이면서 저 두 사람들의 관계를 전혀 모른다는 거야?"

"응. 모르겠는데?"

"······."

중호는 도로 입을 다물었다. 동생을 닮아 커다란 눈을 껌뻑이는 그녀, 도대체 무슨 생각을 하는지 궁금하다. 한 마디로 포커페이스, 제 속마음을 숨긴 채 다른 이의 의중을 캐려는 사람 말이다. 중호가 생각하기에 그녀가 바로 그런 것 같다. 마치 다 알면서도 모르는 척, 제 속내를 감추고서 순진무구한 표정으로 다가와 말을 거는 그녀, 그래서 중호는 살의 가득한 저들처럼 그녀의 또랑또랑한 눈빛이 불편하다.

"자기야, 왜 대답이 없어? 말 좀 해봐. 응?"

"자기는 저 두 여자가 왜 저러는지 정말 몰라?"

"응. 몰라. 왜 저러는데?"

순간, 하나는 당황스런 얼굴이었다. 중호의 정색하는 표정을 처음 봤기 때문일까?

"자기, 도대체 우리 학교 출신 맞아?"

"···?"

"전교생이 다 아는 사실을 혼자만 모른다는 게 말이 돼? 그것도 가족이라는 사람이?"

"뭘 말하는 거야? 알아듣게 설명해줘!"

하나의 얼굴에서 그나마 남아있던 웃음기가 사라져 버렸다. 하지만 이해하지 못해 답답한 낯은 여전하다.

"빛나가 민우와 사귄다는 사실을 전교생이 다 알았어. 두 사람은 각자의 분야에서 유명한 인물이거든."

"그래서?"

"우리 학교 출신이면서 그 두 사람을 모른다는 게 말이 안 된다는 거야."

"……."

"민우와 나 때문에 우리 축구부가 유명했고, 그래서 매니저인 소영 씨도 유명했지. 특히 소영 씨와 빛나 사이에 있었던 문제들은 거의 전설처럼 남아있어."

"그래서? 그걸 나도 알아야 해?"

"뭐?"

중호의 얼굴에 떠오른 황당한 표정을 보았지만 빛나는 모르는 척 했다. 아마 그녀도 제 나름의 변명을 하고 싶어서였을 거다.

"도대체 내가 그걸 왜 알아야 해?"

"……."

"자기도 알다시피 나는 간호학과 학생이었어. 우린 다른 학생들처럼 책상 앞에 앉아 책만 보는 애들이 아니야. 현장에 나가 실습하는 날이 많았다고."

"그래서? 학교에서 무슨 일이 있었는지 전혀 몰라? 다른 사람도 아닌 동생의 일을?"

"모른다니까! 빛나가 축구 선수와 사귀다가 헤어졌더란 얘기는 들었지만 상대가 민우 씨인 줄은 몰랐어!"

"그럼 집에서는?"

"빛나도 나도 집에 있는 시간보다 나가 있는 시간이 더 많았어! 자매가 집구석에 앉아서 수다만 떠는 줄 알아?"

하지만 중호는 더 이상 듣는 둥 마는 둥 두 여자에게로 시선을 돌릴 따름이다. 그 말이 사실이든 아니든 분명한 건 빛나는 하나의 동생이고, 학교를 함께 다녔다는 사실 만으로도 충분히 그녀를 경계할만하다. 빛나가 성재의 블로그에 며칠 간격으로 달아놓은 댓글 하며, 오늘은 아예 병원까지 찾아왔으니 이는 혹시 아직까지 민우에게 마음을 둔 빛나가 언니의 도움으로 재회를 꿈꾼 건 아닌지 의심스러운 거였다. 미소 뒤에 숨긴 칼날, 소영이 툭하면 얘기하는 여자의 여우 짓이라는 게 혹시 이런 걸까? 남자가 모르는 여자의 또 다른 모습 말이다. 하나와 함께 하는 동안 그녀가 어떤 모습을 보여 주었는지 다시 한 번 생각해 봐야 할 것 같다.

"자기가 일하는 병원에 민우가 입원했더라는 말, 혹시 빛나에게 해준 적 있어?"

"아니! 그런 적 없어!"

"그럼 빛나가 여길 어떻게 알고 와?"

"얘기했잖아! 형부 소개 시켜 준다고! 그게 다야!"

하지만 중호의 굳은 표정은 누그러지지 않는다. 자의든 타의든 어쨌거나 이미 헤어진 커플이 지금에 이르러 다시 만나게 되었다는 사실은 누가 봐도 달갑지 않을 테니까.

"나중에 얘기하자. 지금은 그게 중요한 게 아닌 것 같다."

"그럼 뭐가 중요한데? 자기 지금 날 못 믿는 거야? 내가 빛나를 병원으로 끌어 들였다고 생각해? 나는 도대체 어떻게 된 상황인지 도저히…!"

"나중에 얘기하자니까!"

중호가 벌컥 고함을 질렀다. 놀랍고 기막힌 표정이 얼굴 가득 드러났지만 그는 더 이상 하나를 보지 않는다. 지금 당장 중호에게 중요한 건 친구와 친구의 여자 친구이기 때문이다. 오늘 이후 그들에게 무슨 일이 벌어질지 걱정된다. 추억은 추억으로 남겨두는 게 가장 아름답다는 사실, 부디 빛나도 알았으면 좋겠다.

"어쩐 일이니?"

한참 만에 소영이 빛나에게 물었다.

"어쩐 일은요? 민우 오빠 보러 왔죠."

빛나가 웃었다. 소영은 무표정하다.

"우리가 이 병원에 있는 건 어떻게 알았지?"

"하나 언니한테 들었어요."

"하나가 민우 얘길 많이 했나 보지?"

"아뇨. 축구 선수 출신 환자가 있다기에 혹시나 해서 이 병원 홈페이지를 뒤져 봤거든요. 블로그에 올라온 사진과 일치하는 데가 있더라고요."

일을 마치고 숙소로 돌아온 어느 날, 빛나는 오랜만에 언니와 전화 통화를 하게 되었다고 한다. 떨어져 사는 동생이 그리워 하나는 이러쿵저러쿵 묻지도 않은 말을 쏟아냈고, 그러다 축구 선수 출신 남자 친구를 사귀게 되었다고 고백했다. 전화통에 불이 나도록 수다를 떠는 과정에서 빛나는 기연가미연가 확실하지 않은 사실에 집착하게 되었는데, 마침 제 언니가 그 축구 선수 출신이라는 형부를 소개해 주겠다고 하니 그렇게 반가울 수가 없더란다. 형부의 이름을 듣는 순간 예감은 확신으로 바뀌었고, 민우를 다시 만나야겠다는 생각에 앞 뒤 잴 것 없이 병원에 놀러가고 싶다는 의중을 내보였다 하필이면 며칠 전부터 프랑스로의 스케줄이 잡혀 있던 터라 그리운 마음을 꾹 눌러 참아야 했고, 귀국하자마자 언니가 보고 싶다는 핑계로 담양까지 내려온 거란다.

"그래. 여기까지 내려오느라 수고했어. 그런데 어떡하니?"

"왜요?"

"민우는 1년째 입원해 있는 환자거든. 네가 알던 예전의 모습을 찾기 어려울 거야."

"알아요. 블로그에서 봤어요."

"그렇구나. 민우의 병명이 뭔지는 알고?"

"지대형 근이영양증. 근육이 점점 사라지는 병. 그 정도는 당연히 알죠. 공부하고 왔거든요."

예전에 그랬듯 언제나 당당한 빛나였다. 이상하게 그녀와 마주치기만 하면 초장부터 지고 들어가는 기분이었는데, 아무래도 그녀의 당돌한 성격 때문인가 보다. 지금도 소영은 지치는 듯 온몸에 힘이 없다. 아무래도 유빛나라는 존재 자체가 그녀를 고달프게 하는 것 같다.

"그나저나 성재 씨 블로그에 올린 댓글들은 다 뭐니? 그 블로그가 무슨 목적으로 운영되는지 몰라?"

"알아야 해요?"

"……."

"무슨 대단한 정보라도 있나 보죠? 댓글도 허락 받고 달아야 해요?"

빛나의 말끝마다 가시가 느껴진다. 어찌나 사납게 찔러

대는지 관자놀이가 지끈거리고 있었다. 생각 같아선 뭐 이런 건방진 계집애가 다 있느냐며 소리치고 싶지만 꾹 눌러 참았다. 여전히 빛나는 웃는 낯이었고, 지금 당장 흥분해서 손해 볼 사람은 그녀뿐이다.

"아직 민우에게 마음이 남아있나 보지? 처음엔 댓글만 보고 그저 팬인 모양이라고 생각했었어."

"그래요. 아직 오빨 좋아해요."

"헤어졌잖니? 너, 여기 온 건 실수야."

"우리가 원해서 헤어진 건 아니라는 걸 언니가 더 잘 알 텐데요?"

"……."

무표정하던 소영이 웃었다. 어쩌나 기가 막힌 지 웃음밖에 나오질 않는다.

"언니만 아니라면 난 오빨 더 사랑할 수 있었어요. 지금이라도 언니가 비켜준다면…."

"말도 안 되는 소리 하지 마. 그건 네 생각일 뿐이야. 지금 민우가 어떤 상황인지 알면서 그런 소릴 하니?"

"그럼 민우 오빠에게 물어볼까요? 아직도 날 사랑하는지? 몸이 안 좋다고 말까지 못하는 건 아니잖아요. 그렇죠?"

"너 참 못 됐구나. 다른 사람 입장은 전혀 생각하지 않고 네 욕심만 차리려고 한다니…."

"그건 언니도 마찬가지 아닌가요?"

"내가 뭘?"

"언니는 지금 성재 오빠랑 바람피우고 있으면서 누구한
테 뭐라고 해요?"

"뭐?"

잘못 들었다고 생각했다. 처녀 귀신의 날 선 표정처럼 하
얀 치아를 드러내며 웃는 빛나, 약점이라도 잡았다고 생각
하는가 보다.

"내가 바람을 피운다고?"

"왜요? 아니라고 발뺌하실 건가요? 성재 오빠랑 대나무
숲에서 즐겁지 않았어요?"

"…!"

반박하고 싶었지만 소영은 그러지 못했다. 그간 민우와
트러블이 있었고, 스트레스를 참을 수가 없었으며, 그래
서 성재의 제의로 잠시 외출에 나섰다. 소영은 너무나 즐
거워 비명을 질렀고, 성재는 그런 소영을 배려할 생각으로
더 많은 풍경들을 찾아다녔다. 그러나 사정을 모르는 사람
의 눈엔 바람피우는 것처럼 보일 것이다. 억울하지만 그렇
다고 사정을 모두 밝히는 건 곤란하다. 민우와의 트러블은
빛나가 잡고 흔들 최대의 약점일 게 분명하니까.

"난 이제 더 이상 언니 얘기는 듣지 않을 거예요. 더 떠들어봤자 핑계나 변명 밖에 더 되겠어요?"

"……"

"제자리를 찾은 것 같아 다행이에요. 오빠의 몸 상태가 요즘 자꾸만 나빠지고 있다죠? 마침 잘 됐네요. 앞으로 제가 오빠 곁을 지킬 테니 언니는 이제 병원에서 나가주세요."

"뭐, 뭐라고?"

이 계집애가 방금 뭐라고 지껄인 걸까? 가만히 들어주고만 있었더니 못하는 소리가 없다.

"너 지금 무슨 소릴 하는 거야? 병원에서 나가라니?"

"말귀 못 알아들어요? 이제 민우 오빠는 제가 지키겠다고요! 언니한테 빼앗긴 우리 사랑을 되찾겠다고요!"

"아니 뭐 이런 게 다 있어? 야! 너 말 다 했니?!"

더 참지 못하고 소영이 울컥 고함을 질렀다. 하지만 빛나는 여전히 웃는 낯이다. 저 얼굴 표정이 사람을 자꾸 화나게 한다. 예전에 그랬듯 다시 따귀를 후려 치고 싶은 충동이 인다.

"참 이상하네요. 저는 제자리로 돌아왔을 뿐이고, 이러나저러나 언니는 아쉬울 게 없을 텐데, 왜 그렇게 화를 내요?"

"그게 무슨 소리야? 아쉬울 게 없다니?"

"언니한테는 성재 오빠가 있잖아요. 왜 그렇게 민우 오빠한테 집착하세요? 보험이라도 들었나 보죠?"

"…!"

기가 막히고 어처구니가 없어서 무슨 말을 해야 할지 모르겠다. 어쩜 이렇게 제 멋대로 구는지…! 승기를 잡았다고 생각한 듯 빛나는 소영의 어깨를 거칠게 부딪치고, 뚜벅뚜벅 복도를 지나 병실로 사라졌다.

"빛나야!"

지켜보던 하나가 빛나의 뒤꽁무니를 좇으려다 슬쩍 중호에게 시선을 돌렸다. 무슨 생각을 하는지 중호는 무표정하다. 이쪽을 돌아볼 생각도 없어 보인다. 두 여자가 병실로 모습을 감추고, 복도에 홀로 남은 소영을 중호는 묵묵히 보고만 있다. 그녀의 허탈한 표정이 모든 걸 말해주는 것 같다. 다시 벌어진 빛나와의 한 판 승부에서 재차 패배했으니 그럴 수밖에. 멍하니 창밖 푸른 하늘을 내다보는 그녀, 중호는 그녀를 어떻게 도와야 할지 고민하고 또 고민했다.

고요하다. 비바람에 흔들리는 창문의 신음소리를 제외하

면 오늘밤의 병실은 쥐죽은 듯 고요하다. 평소 밤늦게까지 저 홀로 떠들던 벽걸이 TV는 한참 전부터 꺼져 있었고, 하루가 멀다 하고 자정이 다 되도록 곁에 앉아 주저리주저리 잡담을 늘어놓던 중호는 하나를 데려다주고 오겠다며 일찍 자리에서 일어났다. 밤만 되면 왁자하게 떠들던 간호사들의 목소리도 출입문을 닫아놓았기 때문인지 아예 들려오지 않는다. 모두 잠든 이 시각, 그러나 홀로 불 밝힌 병실에서 두 사람은 낯선 환경에 불시착한 우주인처럼 멍청한 표정으로 그저 텅 빈 허공만을 응시할 따름이다.

"후우…!"

낮게 흘러드는 한숨소리, 하지만 너무나 고요하고 고요해서 무너질 듯 거대한 소음으로 변질되었다. 늘 그랬듯 민우의 환자복을 갈아입힐 뿐인데, 어째서 이런 깊은 한숨이 쏟아지는지 모르겠다.

"아파?"

하의를 벗기다 말고 소영이 물었다. 얼마 전 생긴 욕창 상처가 아직 아물지 않았던가 보다. 잠깐 신경 쓰지 않은 사이에 진물이 그대로 굳은 건지 엉덩이 부근에 달라붙은 환자복이 떨어지지 않는다. 살그머니 건드려 떼어내지만 민우의 입에서 새어나오는 신음을 막을 순 없다.

"괜찮아."

민우가 짧게 대꾸하고 고개를 돌렸다. 소영은 토를 달지 않았고, 그래서 한밤중의 병실은 다시 고요해졌다.

"누울래?"

들릴 듯 말 듯 소영이 또 물었다. 민우는 대답 대신 고개를 끄덕였고, 두 사람은 마치 기계처럼 움직였다. 시계를 보니 벌써 12시가 넘었다. 자야 할 시간이지만 두 사람 모두 자고 싶은 생각이 없다. 소영은 도로 의자에 앉았고, 민우는 급격한 피로감을 느끼면서도 잠을 이루지 못했다.

"아까 빛나가 뭐래?"

"……."

민우가 눈만 굴려 소영을 힐끔거린다. 먼저 말을 걸었으면서도 소영은 대답 따윈 듣고 싶지 않은 표정이었다. 지금껏 빛나의 문제에 대해 상당히 예민하게 굴어온 그녀, 그런데도 불구하고 저렇게 딴청을 부리는 건 민우의 대꾸를 듣지 않으려는 것이 아니라 예민한 제 모습을 보여주고 싶지 않기 때문일 테다. 예전에 한 번 겪은 일이었고, 다시 반복되었다가는 가뜩이나 애매한 둘의 사이가 더 벌어질 거라는 생각이 그녀는 두려웠을지 모른다.

"그냥…. 보고 싶었대."

"그리고 또 무슨 다른 말은 없었어?"

"자주 오겠다고…. 앞으로 나를, 지켜주겠대."

소영은 더 이상 대꾸가 없다. 그래서 민우도 입을 열지 않았고, 병실은 다시 고요해졌다.

"빛나가 나더러 병원에서 나가래."

"그래. 너희, 하는 얘기, 다 들었어."

하고는 민우가 고개를 돌렸다. 그녀 역시 민우를 보지 않는다. 민우는 면목이 없어서였지만 소영은 상처로 얼룩진 제 마음을 숨기고 싶어서였다. 어떤 이유였든지 두 사람은 그렇게 서로를 외면했고, 다시 한숨 소리가 들려왔다. 그러다 문득 그녀는 창문을 열고 싶은 충동이 일었다. 비바람이 들이치더라도 한바탕 시원하게 쏟아지는 비를 얻어맞고 싶다. 그렇게 해서라도 답답한 가슴이 풀릴 수만 있다면.

"빛나, 내일 다시, 촬영 스케줄이 있대. 모레에, 다시 오겠대."

"……"

"오면, 내가 잘, 얘기해볼게."

"무슨 얘기를?"

"이제, 오지 말라고…."

"왜 오지 말라고 할 건데?"

"나한테는 이제, 너 뿐이니까."

"그게 네 진심이야? 그따위 입에 발린 말 말고 다른 건 없어?"

시선이 마주쳤을 때, 민우는 잠시 얼굴을 찌푸렸다. 그녀가 웃고 있다. 지금껏 보았던 환한 미소가 아니다. 한쪽 입술만 비틀어서 마치 비웃어주겠다는 듯, 대화를 나누는 상대의 기분은 뭉개버릴 작정으로 그녀가 웃고 있다. 내가 어릴 때 저렇게 웃었던가? 민우는 새삼 의문스러웠다. 나보다 못난 인간들을 향해 쏟아 붓던 비웃음 말이다. 한참 잘 나가던 시절에 나는 그들을 멸시하고 외면했다. 잘난 날 위해 존재하는 것만 같던 그들, 그때 그들의 기분이 이러했던가 보다. 울컥 욕지기가 솟아오른다.

"얘기해봐. 무슨 얘기를 어떻게 하겠다는 거야?"

"……."

"너한테 나밖에 없다는 말, 진심이 아니라는 걸 내가 모를 것 같니?"

"……."

민우는 입을 다물었다. 어쩌면 소영의 말이 옳은지도 모르겠다. 진실로 나에게 오로지 그녀뿐이라고 생각한다면 빛나와 마주치자마자 거부반응을 보였어야 했다. 하지만 나는 그러지 않았고, 도리어 반가운 마음이 앞섰다. 그런 내가 무슨 말을 하겠다는 걸까? 당돌하고 드센 그녀를 설득한 능력도 없는 주제에 도대체 무슨 말을 하겠다는 걸까?

"무슨 말을 하든…. 그냥 나에게, 맡겨주면 안 돼?"

기운 없는 목소리로 민우가 외쳤다. 만일 정상인의 목소리였다면, '지켜보라면 지켜볼 것이지, 무슨 잔소리가 많아!' 하고 소리쳤을 것이다. 아니, 정상인의 몸이었다면 오늘 같은 일은 아예 벌어지지 않았을 거다. 두 사람이 한 자리에 앉아 대화하는 그림 자체가 불가능했을 거였다.

"미안하다."

"……."

한참 만에 들려오는 민우의 목소리, 소영은 의아한 표정이었다.

"뭐가?"

"……."

"뭐가 미안한데?"

"그냥…. 전부 미안해."

민우는 사과부터 하는 게 옳다고 생각했다. 어떤 문제였건 간에 본의 아닌 실수로 그녀의 머릿속을 온통 헤집어 놓았으니 무조건 사과해야 한다고, 민우는 그렇게 생각했다. 하지만 소영의 굳은 표정은 풀어지지 않았다.

"오늘 빛나가 병원에 찾아온 건 네 잘못이 아니니까 사과할 필요 없어. 네가 따로 불렀다면 몰라도…."

"……."

"빛나는 나만 아니면 너와 더 사랑할 수 있었다고 하는데, 그런 말도 안 되는 소리에 사과하겠다면 받아들이지 않겠어. 두 사람은 어쨌거나 이미 끝난 사이 아니야?"

"……."

"만일 너와 나 사이에 있었던 최근의 문제들을 사과하려는 거라면 받아들일게. 여태 우린 그 문제로 사이가 안 좋았잖아. 그렇지?"

"재미있네…."

허공으로 시선을 돌리며 민우가 중얼거렸다. 다시 의아한 표정으로 그녀, 그게 무슨 소리냐고 되물었다.

"너 지금, 나만 무조건, 잘못한 것처럼, 말하고 있잖아. 그게 재미있어."

"그래? 그럼 내가 뭘 잘못했는데? 얘기해봐."

"성재 형님이랑, 대나무 숲, 갔다 왔잖아. 자전거도 타고…. 그렇지?"

"……."

"여자 친구가, 바람피우는데. 왜 가만히 있느냐고, 빛나가 따지더라. 그래서 내가 널, 이제 어떻게 생각해야, 좋을지 고민을…."

"너 지금 나한테 시비 거는 거야?"

소영의 목소리가 표독스러워졌다. 이게 아닌데, 민우는 순간 후회했다. 오늘 그의 계획은 분명 이게 아니었다. 잘나고 잘난 과거의 서민우를 버리고, 배소영의 마음으로 들어가 그녀를 더 이상 아프지 않게 해주겠노라며 다짐했었단 말이다. 어떻게 하면 그녀가 좋아할지, 무슨 말을 해주면 그녀가 와락 안겨들지 고민하고 또 고민했는데…! 빛나의 이간질이 슬금슬금 효과를 발휘하는 게 눈에 보였지만 민우로선 막을 도리가 없다.

"빛나가 블로그를, 보여주더라고. 재미있었었을 거라던데?"

"……."

"성재 형님은 돌아다니는 게, 취미인 사람이라, 아는 데가 많아. 같이 다니면, 정말 재미있을 거야."

"그게 너의 진심이야?"

"그래."

가슴 속 깊은 곳에서부터 민우는 비명을 지르고 있었다. 소영이 어째서 외도를 하는지, 사실 그건 외도가 아니라 답답한 그녀의 숨통을 풀어줄 목적이라는 성재의 메시지까지 받았지만 민우는 정작 그녀 앞에선 모르는 척 해왔다. 그렇게 하는 것이 그녀를 위한 일이라 생각했단 말이다. 하지만 입 밖으로는 자꾸만 엉뚱한 말이 튀어나온다.

어떻게 하면 좋을까? 잘나게만 살아온 남자의 그 알량한 자존심이 사태를 더욱 악화시키고 있다. 이제 앞으로 그녀에게 다가갈 길을 잃고 말겠지. 이러다 내가 죽고 나면 결국 아무도 내 곁을 지켜주지 않을지도 모른다. 마냥 자책만 하고 있던 민우, 문득 유빛나라는 존재가 두 사람에게 얼마나 막강한 영향력을 행사하는지 재삼 깨달았다. 이미 오래 전에 느꼈지만 역시 무서운 계집애였다.

7장

강직한
대나무

사랑에 의해 행해지는 것은
언제나 선악을 초월한다.

－프레드리히 니체

박성재의 두 번째 기사.

그때에 필자는 대학 4학년 졸업반이었다. 학생 기자 4년 차는 사회로 따지면 입사 10년차 쯤 되는 베테랑 기자에 해당하겠고, 이제 막 학생 기자 꼬리표를 달게 된 후배들 은 감히 얼굴도 올려다 볼 수 없는 대 선배였다. 한 마디로 저 하늘의 태양, 하느님 또는 부처님과 동급이니 그때에 필자는 선배님처럼 되고 싶다며 졸졸 따라다니는 새카만 후배들이 귀찮아 마치 투명인간인 양 취급했다. 이를 테면 높으신 선배님 목마르실까 커피 전문점에서 거금을 들여 고급 커피를 사다 주면 고맙다는 소리를 한 번 하나, 얼굴 이라도 힐끔 쳐다보길 하나, 갖다 바친 커피 한 잔 달랑 마 신 뒤 자리를 뜨는 진상 선배의 면모만 보여주었다. 그러 고도 오랫동안 멋지신 우리 선배님 풍채에 반하여 무작정 뒤를 따르는 후배들이 꽤 많았던 걸 보면 필자는 자타공안 잘나고 잘난 인물임이 분명했다.

「야, 우리는 말이야. 사회의 부조리를 고발하고, 아름다 운 세상을 가꾸는 데에 일조하는 인물들이다. 자부심을 가 져야 해. 알겠어?」

학보사의 학생 기자들이 MT를 떠난 어느 날 밤, 모여 앉 은 술자리에서 유일하게 4학년이던 필자는 후배들의 간절한 요청을 이기지 못하고 그렇게 조언 한 마디를 남겨주었다. 누구나 내뱉을 수 있는, 뻔하디뻔한, 그저 그런 말장난에 불과했으나 하늘같은 선배님의 경험에서 비롯되었고, 다른 이도 아닌 박성재의, 비록 2년 후배 서민우에게 밀려 2년 연속으로 킹카 자리를 놓쳤으나 1위 못지않은 미모로 많은 여학생들을 홀린 사내의 입에서 흘러나온 말이었으니 알싸하게 취한 후배들은 경건한 마음으로 받아들일 수밖에 없었을 것이다. 그날 밤, 감격에 겨운 남 학우들은 저희들끼리 부어라 마셔라 미친 듯이 술잔을 기울였지만 여학우들만큼은 초롱거리는 눈망울로 필자에게 더 많은 조언을 부탁했다. 그들의 눈빛은 마치 서른세 명의 독립운동가 대신 연단 위에 올라 독립 선언서를 낭독한 어느 청년을 바라보는 민중들처럼 강렬했는데, 그들 대부분은 학기 초부터 필자에게 연정을 품던 와중이었다. 그러나 지난 4년간 뭇 여인들의 추파를 견뎌온 베테랑 중에서도 최고의 베테랑이었기에 필자는 저들의 부담스러운 눈길을 피하지 않고 정면으로 맞서 주었다. 팬 서비스에 일가견이 있는 아이돌 그룹의 스킨십처럼 따뜻한 눈빛으로, 따스한 손길로 여 후배들의 사랑을 다독여준 것이다. 필자의 마음은 모두에게 공평했지만 그렇다는 사실을 눈치 채지 못한 몇몇 어린 학생들은 순진하게도 그 사랑이 이루어지리라는 믿음이 있었던가 보다. 아무도 모르게 다가와 제 마음을 받아주길 간곡히 요청하니 필자는 '죽느냐 사느냐 그것이 문제로다!'하고 외치는 햄릿인 양 그들 앞에선 고민에 고민을 거듭하는 듯 괴로워했지만 사실 필자에겐 그 사랑을 모두 받아줄 여유가 없었다. 해야 할 일이 산더미처럼 쌓인 졸업반이었고, 학생 기자로서의 활약에 감복한 모 유명 신문사의 스카우트 제의까지 들어와 어떻게 해야 할까 고민하던 와중이었으니 말이다. 연애는 당장 중요하지 않았기에 여 학우들의 안타까운 마음을 뒤로 하고 필자는 늘 그랬듯 홀로 정의롭지 못한 사회와 맞섰다. 예컨대 나이 지긋한 할아버지 교수가 여학생을 개인의 연구실에 끌어들여 몹쓸 짓을 벌이거나 학비를 착복하여 학생들에게 피해를 입히는 등 비록 교내에서 벌어지는 일이라지만 이것이 바로 사회의 오염원이라고 생각했기에 필자는 어디선가 누군가에게 무슨 일이 생기면 앞뒤 잴 것 없이 달려가는 짱가처럼 열정적으로 취재에 임했다. 이제와 대학 시절을 돌이켜 보면 필자는 제멋에 겨워 살던 양아치가 아니었을까 짐작해본다. 한때 모델 활동을 했더란 사실은 둘째 치고, 주변의 친구들이 수험생 신분을 벗어난 이후 유흥에 빠져 있을 때 필자는 옳고 그른 것만 따지는, 앞뒤 꽉 막힌 애늙은이처럼 행동했다. 헌데 친구들의 눈엔 그런 필자가 마치 세월 가는 줄 모르고 뒷북치는 민주투사인 양 보였던 가 보다.

「야, 지금이 어느 시대냐? 이래도 흥, 저래도 흥, 하는 것들이 요즘 대학생 아니냐? 빡빡하게 굴지 말고 너도 한 번 놀아보라니까!」

하지만 필자는 단칼에 거절했다. 아닌 밤중의 휘황한 놀이가 필자에게 어울리지도 않거니와 이리저리 생각 없이 굴러다니기에 세상은 너무나 더럽고 험악했으니 말이다. 누구도 나의 고집을 꺾을 수 없으리라는 확신으로 살던 필자, 어지간한 유혹엔 절대 굴하지 않던 필자가 어느 날 이유를 알 수 없는 열병으로 휘청거리는 사건이 벌어졌다. 그녀, 바로 그녀 때문이다.

「야! 서민우! 너 연습 안 하고 뭐해?! 또 쓸데없이 노닥거리는 거야?!」

취재차 찾아갔던 교내 축구장에서 필자는 소위 말해 장군감이라 할 만한 여성의 목소리를 듣게 되었다. 우렁우렁한 목소리에 똑 부러진 말투, 덩치 한 번 곰 같은 사내들을 단박에 사로잡는 카리스마까지…! 어찌나 재미있었던지 필자는 그녀를 한참이고 들여다보았다.

「야! 까라면 까는 거지, 무슨 잔소리가 그렇게 많아? 똑같이 말하는데, 감독님 앞에서는 가만히 있고, 내 앞에선

발악하는 이유가 도대체 뭐야? 성차별 하는 거야? 죽을
래?!」

　그리고 필자는 그녀에게 홀라당 빠져버렸다. 열정적인
그녀, 씩씩하고 활발하면서 한편으로는 말괄량이 같은 그
녀, 제 일에 푹 빠져 뭐든 열심히 하는 그녀를 보자마자 필
자는 저 여자가 나와 동류(同類)의 인간이라고 생각했다.
이토록 멋지고 아름다운 인간이 세상에 나 말고 또 있었다
니…! 아, 오해는 마시라! 그녀가 예뻐서 반했다는 게 아니
라 씩씩하고 당찬 기세에 반했다는 뜻이다. 사실 외모로만
따지면 그리 썩 마음에 들진 않았는데, 이는 필자의 눈이
높았기 때문이지, 그녀가 못생긴 여자라서가 절대 아니다.
그럼에도 불구하고 완벽하지 않으면 견딜 수 없는 필자를
단번에 사로잡았다는 건 그만큼 그녀의 능력이 뛰어나다
는 뜻이었다. 그녀라면 그 유명한 서민우와 최중호의 황소
고집을 단박에 꺾어버릴 것이며, 바로 그 능력이 두 사람
을 좀 더 특별한 인물로 바꿔 주리라고 필자는 장담했다.

　「실례합니다. 축구부 매니저 맞으시죠?」

　「네. 그런데요?」

　「성함이 어떻게 되세요?」

　「배소영이요.」

　「바쁘지 않으시면 잠깐 인터뷰 좀….」

「지금은 결승전 앞두고 비공개 훈련 중이라 자리를 지켜야 해서요. 나중으로 미루면 안 될까요?」

「잠깐이면 되는데….」

「비공개 훈련 중이라고 말씀 드렸을 텐데요. 미안하지만 나가주세요.」

단호하게 제 의사를 밝히는 그녀, 필자는 더 이상의 말 한 마디 붙이지 못한 채 그라운드에서 쫓겨났다. 뒤늦게 소식을 접한 학생 기자들은 경악했다. 어떻게 기자를 구걸하는 거지 내쫓듯 박대할 수 있느냐고 야단이 난 것이다. 별 일 아니었으니 참으라며 그들의 분노를 잠재우고 필자는 잠시 생각해 보았다. 무뚝뚝하고, 까다로운 그 모습이 바로 배소영의 강점이 아닐까 하고 말이다. 갈수록 궁금해지는 그녀, 사실 그녀에 대해 아는 정보라곤 서민우의 여자 친구 유빛나와 트러블이 있었다는 정도뿐이었다. 축구부의 모든 멤버들을 구슬려서라도 그녀의 뒤를 캐는 방법도 생각해 보았으나 그러기엔 필자에게 주어진 시간이 너무나 부족했다. 졸업이 얼마 남지 않았고, 학교를 떠나자마자 바로 신입 사원이 될 예정이니 말이다. 필자는 남은 시간을 적절히 활용하는 방법을 선택했다. 작년에 이어 올해 또다시 정상에 도전하는 축구부의 과거에서 현재까지의 모든 역사를 알아보기로 결심한 것이다. 학교에 그들의 기록이 아주 자세하게 남아있으니 과거로부터 거슬러 오르다 보면 궁금증도 풀릴 거라 믿었다. 처음부터 새로운 기록을 찾느라 시간을 허비하는 것보단 나을 것이었다.

「서민우 파이팅! 최중호 파이팅! 야! 다 죽여 버려!」

마침내 결승전을 치르는 그날이 다가왔다. 역시 전반전 45분이 다 지나도록 한 번도 자리에 앉지 않는 그녀, 매니저에 불과하다더니 축구를 향한 열정은 남미의, 자책골을 넣은 선수를 총살해버린 훌리건만큼이나 과격했다. 그녀는 여자이지만 여자가 아니라고 했던가? 스포츠에 관해서라면 미친 듯이 달려드는 그녀를 어떻게 조신한 여자라고할 수 있겠느냐며 축구부의 멤버들이 모두 입을 모았다. 오죽했으면 여장 남자가 아닌지 의심할 정도라고 했을까. 하여간 그녀는 옛 어른들의 표현대로 기차 화통을 삶아 먹은 듯 큰 목소리를 가졌기 때문에 그런 열광적인 응원이 가능했다고 필자는 멋대로 분석했다. 그러나 후반전이 시작되었을 때, 필자는 기자로서 그녀의 열정보다 더 멋진 결과물을 손에 넣는데 성공했다. 단순히 열정만으론 표현할 수 없는 그것, 필자가 어때서 다짜고짜 축구부로 찾아가 막무가내로 인터뷰 요청을 했는지, 필자 자신도 이해할 수 없었던 진짜 이유를 만나게 된 것이다. 그것을 설명하려면 그날의 치열했던 후반전 경기로 돌아가야 한다.

「휘리리리릭!」

선수들의 몸싸움을 지켜보던 주심이 휘슬을 불며 허겁지겁 달려간다. 아군 선수의 파울이 꽤 거칠었던가 보다. 동료 선수들이 우르르 달려가 노란 카드를 꺼내려는 주심의 손을 붙잡는다. 당장 비키라며 소리치는 주심의 사나운 눈초리에 선수들은 우물쭈물 물러나고, 상대 선수는 골대로부터 그리 멀지 않은 거리에서 프리킥 찬스를 얻었다. 서민우와 최중호, 그리고 두 명의 선수들이 더 달려와 벽을 쌓았다. 벽 뒤에 무리 지은 선수들의 눈치 싸움이 대단하다. 벤치에서도 전략을 설명하랴, 위치를 잡아주랴, 온통 시끄럽다. 골키퍼는 시야를 가린 선수들에게 비키라고 소리치지만 관중석의 응원가가 하늘을 찌를 듯 사방으로 퍼지는 탓에 잘 들리지 않는다.

「휘리리리릭!」

어느 정도 질서가 잡혔을 때, 주심이 또 휘슬을 불었다. 공은 벽을 넘기며 멋지게 휘어들었지만 온몸을 던진 골키퍼의 손에 막혀버렸다. 잔디밭에 추락하면서 충격을 느낀 듯 잠시 인상을 찌푸리던 골키퍼, 하지만 신경 쓸 겨를이 없다. 얼른 공을 멀리 차 보냈고, 상대편 진영의 최종 수비수와 아군 편의 공격수가 몸싸움을 펼치는 지역으로 날아간다. 최중호는 상대선수의 가슴을 팔꿈치로 밀어내며 슬쩍 심판들의 눈치를 살폈지만 휘슬은 울리지 않았고, 덕분에 오프사이드 반칙을 피할 수 있었다. 그 순간이 바로 찬스였다. 골대로부터 그리 멀지 않은 지역에서 서민우가 무지막지하게 들이대던 상대 선수를 뿌리치는 게 보인다. 최중호의 기막힌 크로스, 공은 정확히 서민우의 가슴으로 안착한다.

「슈웃!」

벤치의 모두가 소리쳤지만 불발이다. 골키퍼의 주먹에 얻어맞은 공이 킥 오프라인까지 날아간다. 다행히 아군 편의 선수가 공을 잡았고, 잠깐의 패스 게임을 거쳐 전방에서 대기하던 최중호에게 다시 기회가 주어졌다. 그런데 바로 그때였다.

「으아악!」

느닷없이 들려오는 비명 소리, 잠자코 벤치에 앉아있던 감독이 놀란 얼굴로 자리에서 일어났다. 교체된 선수에게 이온음료를 챙겨주던 배소영도 얼굴이 하얗게 질리고 만다. 상대 선수의 거친 태클로 최중호의 몸뚱이가 허공으로 붕 떠올랐다가 고꾸라진 것이다

「휘리리리릭!」

주심이 달려오더니 빨간 카드를 내밀었다. 상대 선수들은 난리가 났다. 별 것 아닌 태클인데, 레드카드는 너무 한

다는 항의였다. 하지만 누가 봐도 최중호를 견제하려는 의도적인 행위였으며, 그 결과 최중호는 일어나지 못한 채 비명만 질렀다. 도대체 무릎이 어떻게 됐기에 씩씩한 최중호가 저런단 말일까? 들것이 투입되었고, 최중호는 경기장 밖으로 실려 나갔다. 그리고 필자는 앰뷸런스에 따라 오르는 배소영과 함께 병원으로 향했다. 병원에서 응급 수술을 받았지만 담당의는 수술 결과에 대해 회의적이었다.

「십자 인대가 파열됐습니다. 연골의 손상도 심각해요. 치료하는 데에 상당한 시간이 걸리겠습니다.」

「그럼 축구는요?」

「지금 축구가 문제가 아닙니다. 일단 좀 더 지켜봐야겠지만 최악의 경우 정상적인 생활이 불가능할 수도 있어요.」

말도 안 된다며 배소영이 소리쳤으나 담당의는 고개를 저었다. 급박하게 돌아가는 와중이었지만 일단 필자는 그 자리에서 기사를 작성하기 시작했다. 그러나 학생 기자 따위에 불과한 필자는 산전수전 공중전까지 모두 겪었다는 스포츠 신문 기자들을 이기지 못했다.

「최중호의 위기, 대학 축구계 발칵 뒤집혀…!」

「축구계의 학생 거물이 쓰러졌다! 앞날을 장담할 수 없는 상황…!」

그리고 며칠 뒤, 기자회견에서 축구부 감독이 이렇게 말했다.

「최중호 선수는 더 이상 축구를 할 수 없게 되었습니다.」

모두는 경악했다. 최중호에게 눈독들이던 축구계의 많은 인물들도 절망하는 표정이었다. 청소년 대표팀에서 활약하며 성인 선수도 감히 해낼 수 없는 대기록을 남긴 최중호, 새로 부임했다는 월드컵 대표 팀 감독이 손을 내밀려던 찰나에 벌어진 사건이어서 축구 팬들은 안타까운 마음을 감추지 못했다. 그런데 며칠 후, 정신없는 축구계를 발칵 뒤집은 사건 하나가 다시 발생했다.

「저 서민우는 오늘부로 축구를 그만 두겠습니다. 그간 도움을 주신 관계자 여러분께 깊은 감사의 말씀을 드립니다.」

이건 또 무슨 소리인가! 최중호를 잃고, 서민우에게 기대려던 축구계는 충격에 비틀거렸다. 서민우의 은퇴, 이유는 단 한 가지였다.

「농구를 그만 두고 축구로 전향한 건 친구가 있었기 때문입니다. 함께 운동할 친구를 잃었으니 저는 더 이상 축구를 할 이유가 없습니다.」

사람들은 둘의 우정에 탄복하면서도 한편으론 그 못난 우정을 비난했다. 어떻게 우정 때문에 화려한 미래를 버릴 수 있느냐는 것이다. 하지만 필자는 개인적으로 그들의 우정을 응원한다. 누구도 비난해선 안 될 위대한 우정, 친구를 위해서라면 자신의 모든 것을 버릴 수도 있다는 서민우의 생각이 너무나 아름다웠던 것이다.

「네? 소영이요? 얘 얼마 전에 휴학했는데?」

「…?」

다시 찾아간 그녀는 어쩐 일인지 학교에 남아 있지 않았다. 남학생이라면 그 나이 때 쯤 군 입대를 해야 하니 그럴 수 있다지만 그녀는 도대체 무슨 일일까? 그녀를 찾는 데에는 그리 오랜 시간이 걸리지 않았다. 입원한 최중호의 병실에서 서민우와 함께 병수발을 들고 있었으니까.

「저 두 녀석은 저에게 가장 많은 잔소리를 얻어먹었지만 한편으론 제가 가장 아끼는 친구들이에요. 친구들을 버리고 축구부에 남아있기가 미안하더라고요. 그래서 휴학했어요. 복학도 아마 함께 하지 않을까 싶은데….」

키들키들 웃어대는 세 사람의 표정이 그렇게 아름다워 보일 수가 없었다. 그간 서로 지지고 볶고 싸우느라 꼴도 보기 싫을 만큼 미워하는 날도 많았던 그들, 하지만 그러는 사이 서로를 아끼고 사랑하는 마음이 생겼던가 보다. 시간이 흐른 후에 애정으로 뒤바뀔 줄은 미처 예상하지 못했을 그들의 멋진 우정에 필자는 박수를 보내야 했다. 내

내 잘난 척만 하고 사느라 제대로 된 친구를 가져보지 못한 필자로서는 마냥 부럽기만 하다. 필자에겐 존재하지 않는 눈물겨운 우정, 그것이 진정 필자가 기자로서 꿈꿔온 아름다운 삶이었다.

「민우 오빠! 여기는 촬영장이야! 내가 이번에 신인 가수 뮤직비디오에 출연하게 됐어! 앞으로 돈 많이 벌어서 오빠 병 고쳐줄게! 민우 오빠! 사랑해!」

두 손을 들어 머리 위로 하트를 그리는 빛나, 느닷없이 날아든 이 영상 메시지가 바로 사건의 발단이었다. 불안하게 이어지던 두 사람의 관계가 기어이 폭발해버린 것이다.

「걔가 그렇게 좋니?」

「…?」

스마트폰만 들여다보던 민우는 뒤늦게 소영의 시선을 느끼고 흠칫 몸을 떨었다. 차갑다. 민우는 아마 그렇게 느꼈을 것이다.

「뭐라고?」

「못 들었니? 빛나가 그렇게 좋으냐고 물었잖아.」

「갑자기, 왜 그래?」

「갑자기? 갑자기라고?」

지끈거리는 관자놀이를 짚으며 소영이 물었다. 어찌나 기가 막힌 지 웃음밖에 나오질 않았다. 돈을 많이 벌어 병을 고쳐 주겠다니, 그동안 돈이 없어서 병을 못 고친 게 아니라는 사실을 빛나 이 계집애는 알까? 아니, 빛나는 둘째 치고, 민우는 뭐가 그렇게 좋아서 영상을 보는 내내 헤벌쭉 웃었던 걸까?

「너 지금 날 약 올리는 거니? 내가 뻔히 보고 있는데, 그런 메시지를 열어보고 싶어?」

「그럼 내가, 이 몸으로, 어디 가서, 이걸 열어봐? 네가 이해해야지.」

「야! 남자 친구가 다른 여자와 메시지를 주고받는데, 가만히 있을 여자가 어디 있니? 뭐? 이해하라고?」

병실을 쩌렁쩌렁 울리는 소영의 고함 소리에 민우는 온 인상을 찌푸렸다. 예나 지금이나 변함없는 잔소리가 그는 지긋지긋했을 거다.

「내가 그동안 모르는 척 가만히 있었는데, 요즘은 아예 대놓고 메시지를 주고받더라? 내 눈치는 이제 안 보겠다는 거지?」

「무슨 소릴, 하는 거야? 한두 번 안부인사, 주고받았을, 뿐이야. 말도 안 되는, 소리 그만 해.」

「'카톡' 소리가 요란하게 들리는데, 한두 번이라고? 그걸 핑계라고 대니?」

「말꼬리 잡지 마. 어지러워, 제발 그만해」

민우가 환자라는 사실을 잊은 사람처럼 소영은 새벽이
다 가도로고 고함을 지르고 분통을 터뜨리는 등 좀처럼
흥분을 가라앉히질 못했다. 지난 며칠 동안 두 사람 사이
를 오간 메시지는 안부 인사로만 보기엔 다소 무리가 있었
던 거다. 사실 소영은 그간 빛나의 걱정하는 마음까지 차
마 뿌리칠 수 없어 모르는 척 애써 외면해왔단 말이다. 그
런데 그 안부 인사라는 게 갈수록 대범해지면서 정도를 넘
어서는 모양이었다. 이를 테면 사랑한다는 둥, 옛날로 돌아
가자는 둥 하는 이야기들 말이다. 돈 벌어서 병을 고쳐주
겠다는 오늘의 영상 메시지는 말할 것도 없다. 그래서 쉬
지 않고 울리는 메시지 도착 알림 음이, 빛나의 짧은 영상
을 반복적으로 돌려보며 히죽거리는 민우의 표정이 그녀
는 불편했다.

「넌 어쩜 그렇게 생각이 짧니? 지금 누구 때문에 우리 사
이가 이렇게 됐는지 잘 알잖아? 그러면 적어도 내 눈치는
봐야 하지 않아? 어쩜 그렇게 당당해?」

「이깟 메시지, 몇 개 주고 받았다고, 민감하게, 받아들이
지 마.」

「내가 어떻게 민감하지 않을 수가 있어? 다른 사람도 아

닌 빛나인데?」

「제발 쓸데없이, 질투하지 마. 나, 견디기 힘들어.」

「내가 어떻게 질투하지 않을 수가 있느냐니까?!」

다시 고함을 내지르는 그녀와 더 이상 듣고 싶지 않은 민우, 역시 빛나였다. 존재만으로도 두 사람을 분노케 하는 그녀 말이다. 말싸움을 하는 와중에도 쉴 새 없이 메시지를 보내며 신경을 건드리는 게 아무래도 일부러 그러는 것 같다. 고도의 심리전으로 둘 사이를 갈라놓으려는 계략이랄까? 설마 하겠지만 빛나는 충분히 그러고도 남을 아이였다.

「그렇게 빛나가 좋니?」

「…….」

「대답해봐. 내가 정말 빛나에게 병실을 넘겼으면 좋겠어?」

「바보 같은 소리, 하지 마. 귀여워서 웃었을, 뿐이야. 옛날 같은 사이가, 아니라는 거, 옛날로 돌아갈, 수 없다는 걸, 네가 더 잘, 알면서….」

심장이 격하게 박동하는 모양이었다. 제 가슴을 싸쥔 채 가쁜 숨을 몰아쉬는 민우의 얼굴을 봤지만 소영은 모르는 척 했다. 두 번 다시 돌이킬 수 없는 옛사랑, 그 사랑이 반복될 수 없다는 걸 알면서도 소영은 질투심으로 몸 둘 바를 몰라 하고 있다.

「옛날로 돌아갈 수 없을 거라고? 내가 볼 땐 그렇지 않은 것 같은데?」

「…….」

「넌 지금 옛 시절을 그리워하고 있어. 빛나가 네 곁에서 웃던 그 시절을 그리워하는 거야. 그렇지?」

「……..」

민우는 억지 부리지 말라는 말을 하고 싶었을 거다. 절대 말도 안 된다는 말을, 그간 몸 상태가 좋지 않아 할 수 없었던 말들을 차근차근 꺼내고 싶었을 거다. 하지만 소영은 제 감정에 치우쳐 이미 자신을 통제할 수 없는 지경이었고, 그래서 아무런 이야기도 귀에 들어오지 않았다.

「그래. 맞아. 너희는 결국 돌아가고 말 거야. 요즘 너희 하는 꼴을 보니 정말 그럴 것 같아.」

「…….」

「내가 그동안 너 때문에 얼마나 고생을 했는데, 어쩜 이럴 수가 있니?」

「소영아…!」

한참 만에 민우가 울컥 소리쳤다. 다시 바닥으로 떨어진 체력, 오래 견딜 수 없는 제 몸뚱이를 간신히 싸쥐고서 그가 힘겹게 말을 이었다.

「그럼 내가, 어떻게 하면, 되겠니?」

「……」

「얘기해봐. 네가 원하는, 대로 해줄게.」

「……」

소영에게서 눈물이 툭 굴러 떨어졌다. 묵묵히 지켜만 보는 민우, 그녀가 무슨 말을 해도 다 들어줄 표정이었다.

「민우야, 나 있지. 내 삶이 후회 돼.」

「……」

「팀 매니저랍시고 십 몇 년이나 네 곁을 지켜온 걸 후회해! 그동안 내가 널 왜 좋아했는지 모르겠어!」

「……」

「난 지금껏 한 번도 내 삶을 내 마음대로 살아본 적이 없어 나는 그동안 내 모든 시간을 너에게 바쳐왔는데…. 너는 끝까지 이런 식이구나?」

「그렇게 후회되고, 싫으면 지금이라도, 가.」

「뭐라고?」

소영이 빽 소리쳤다. 잘못 들었다고 생각했지만 그게 아니었다. 곧 쓰러질 듯 말 듯 힘겨운 표정이면서도 단호한 눈빛, 소영은 민우의 그 눈빛이 실망스러웠다.

「그동안 정말로, 나한테 얽매여, 살았다고 생각한다면, 지금이라도 가. 내가 이제 널, 놓아줄게.」

「너…. 진심이니?」

「나 때문에 많이, 고달팠잖아. 그러니까….」

「너, 정말 못됐구나. 어떻게 그런 말을 쉽게 하니?」

「네가 원한 게, 이거 아니었어? 나 때문에, 많이 후회된
다며?」

「…….」

「혹시라도 날, 지켜야 한다는, 책임감이 아직, 남아있다
면 더 이상 신경 쓰지 마. 간병인은 얼마든지, 구할 수 있
어. 빛나도 있고…. 너도 어차피, 성재 형님이 있으니, 아쉽
지 않을 거야.」

그리고 소영은 아침이 되자마자 병실을 뛰쳐나왔다. 죽
은 듯 잠들어 있는 민우에게 작별 인사 한 마디 전하지 못
했다. 미안하단 말 한 마디 정도는 할 줄 알았다. 드라마나
영화 속의 흔한 연인들처럼 따뜻한 사랑의 세레나데 따위
는 애초에 바라지 않았다. 불청객의 느닷없는 등장에 당황
해하는 발연기라도 보여주었다면 기가 막히고 어처구니가
없어서라도 그냥 넘어갔을지 모른다. 빛나의 말장난 따위
야 차후의 문제일 뿐이고, 무시해 버리면 그만이다. 그런데
민우는 소영의 생각과는 관계없이 찬란했던 지난 시절의
영광을 아직 놓고 싶지 않은 모양이었다. 과거를 되새기려
는 민우와 빛나, 하지만 과거보다 중요한 건 현재이며 미

래이기에 소영은 그를 이해할 수 없다. 아무래도 민우와는 애초부터 서로 맞지 않는 사이였던가 보다.

"…?"

무작정 잡아탔던 버스에서 내렸을 때, 그제야 소영은 알 수 없는 길 한복판에 덩그러니 버려진 제 모습을 발견했다.

"충파? 충파라고?"

사람과 자동차가 빽빽한 거리에서 그녀는 튀어나올 듯 휘둥그레진 눈으로 표지판을 읽고 또 읽었다. 광주 충장로, 서울 도심 한복판이나 다름없이 혼자서는 마음대로 돌아다닐 수 없겠다고 느꼈던 곳, 도대체 무슨 생각으로 여길 찾아온 걸까?

"그리웠나 보지…."

성재와 함께한 그날의 나들이가 즐거운 기억으로 남아 있었던 모양이다. 미로처럼 뻗은 충장로 골목 한 구석에서 소영은 웃어야 할지 울어야 할지 알 수 없는 표정이었다.

「카톡!」

"…?"

누군가의 메시지가 도착했다. 스마트폰 액정을 살피던 그녀, 성재의 이름을 발견하자마자 피식 웃음을 터뜨렸다. 호랑이도 제 말 하면 온다더니, 생각만으로도 나타나는 걸 보면 그는 역시 재미있는 친구였다.

「병원에 빛나가 찾아왔었다면서요?」

「어떻게 알았어요?」

「중호한테서 들었어요. 어떻게 하면 좋을지 모르겠다는 군요.」

쉽게 해결될 것 같지 않은 이 상황이 중호도 걱정이었던가 보다. 무어라고 대꾸하면 좋을까. 소영은 마침 곁을 지나는 배달 오토바이로부터 비켜서며 고민에 휩싸였다. 그때 다시 '카톡!' 하고 성재의 메시지가 날아왔다.

「소영 씨, 괜찮아요? 지금은 별 일 없는 거죠?」

「네. 없어요.」

예쁘게 웃는 캐릭터를 보여줬지만 성재는 영 믿지 못하는 눈치다. 제 가슴 앞에 팔짱을 끼운 성재의 캐릭터가 그녀를 흘겨본다. 키득거리던 소영에게서 눈물이 툭 떨어졌다.

「진짜 괜찮아요. 걱정하지 마세요.」

「빛나가 병실에서 나가라고 했다던데, 이제 어쩔 작정이에요?」

「글쎄요. 어떻게든 되겠죠.」

「그렇게 생각하면 안 돼요. 빛나는 보통 내기가 아니라고요. 소영 씨도 알잖아요.」

"후우…!"

아무래도 그가 복잡한 소영의 머릿속을 들여다보는 모양이었다. 어떻게 대꾸할지 다시 고민하던 그녀, 결국 소영은 지난밤에 벌어졌던 사건을 남김없이 성재에게 늘어놓고 말았다. 빛나에게서 날아온 영상 메시지를 전할 때에는 화가 나서 오타가 수두룩했고, 잘난 서민우에게서 벗어나 새 삶을 살게 되었다는 대목에선 어찌나 즐겁고 행복한지 자판을 쓰는 손가락의 움직임이 빨라졌다. 기가 막힌 성재의 캐릭터가 떠억 입을 벌리고 만다.

「그래도 환자인데, 제가 너무하기는 했죠. 쓸데없는 투정을 부렸으니까요. 받아줄 거라고 생각한 내가 바보였어요.」

「그렇다고 정말 나오면 어떡해요? 그러면 빛나한테 지는 거예요!」

「몰라요. 이제는 자유를 얻었으니 내가 하고 싶은 대로 할래요.」

「자유라뇨? 그게 정말 자유라고 생각해요?」

「글쎄요. 더 생각하지 않을래요.」

어린 시절을 바쳐 가며 지켜낸 그에게서 벗어나니 즐거운가? 소영은 스스로에게 되물었다. 그래. 마침내 잘난 서민우에게서 벗어나 진심으로 즐겁고 행복하다. 그런데 속상한 이 기분은 대체 뭐란 말일까? 삶의 모든 것을 잃은 듯 말로는 도저히 표현하기 어려운 상실감이 그녀의 가슴 속을 온통 헤집어댄다. 사실은 그렇지 않다고 부정해야 옳을까? 그녀는 마음 한 구석이 괴로웠다.

「소영 씨, 그래서 지금 어디에 있어요?」

「충장로에 있어요.」

「위험하게 혼자 간 거예요? 이런 바보가 있나…!」

화가 났는지 성재의 캐릭터가 땅바닥을 뒹굴며 발악한다. 다시 눈물이 그렁그렁한 채로 키득거리는 그녀, 자꾸만 솟아오르는 눈물 때문에 성재의 메시지를 읽을 수 없다.

「충장로 어디에 있어요? 제가 당장 갈게요.」

「오지 마세요. 근처에 언니가 산다고 얘기한 적 있죠?」

「언니요? 언니한테 갈 거예요?」

「네.」

「좋아요. 그럼 무슨 일 있으면 연락해요. 아무리 멀어도 내가 득달같이 달려갈 테니까.」

이모티콘으로 대답을 대신 하는 그녀, 스마트폰을 주머니에 욱여넣고 이제 언니가 산다는 예술의 거리로 터벅터벅 걸음을 옮겼다. 이기적인 사랑으로부터 해방되어 마침내 자유를 얻었건만 왜 자꾸 눈물이 쏟아지는지 모르겠다. 아무래도 오늘 밤은 언니를 끌어안고 잠들어야 할까보다.

"자! 웃으세요! 김치!"

「찰칵!」

셔터 누르는 소리가 들려오고, 호기심 가득한 얼굴로 액정을 살피던 빛나가 까르르 웃음을 터뜨렸다.

"오빠! 눈 한 쪽이 감겼어! 윙크하는 것 같아!"

"그래? 그럼 다시, 찍어."

제 눈으로 보기에도 괴상했던지 당장 삭제하라며 민우가 손짓한다. 빛나의 최신 휴대 전화가 허공에서 '얼짱 각도'를 찾느라 도로 분주해졌다.

「찰칵, 찰칵, 찰칵…!」

누가 모델 아니랄까봐 비슷한 포즈의 사진을 여러 번 찍어대는 그녀였다. 다시 만난 기념으로 찍을 뿐인데, 뭐 그리 따지는 게 많은지…. 오늘따라 컨디션이 좋지 않은 민우로선 빛나와의 쉼 없는 '얼짱 포즈'가 영 귀찮기만 하다. 아까도 허여멀건 한 형광등보다 운치 있는 화장실 조명이 '셀카 사진' 찍기에 적하바다며 그를 휠체어에 태워 옮기려다 포기한 그녀였다. 귀찮다는 핑계로 슬쩍 넘어갔지만 시간이 흐를수록 곪아가는 민우의 병이 얼마나 무서운 힘을 가졌는지 빛나는 꿈에도 모를 것이었다.

"오빠, 이 사진 어때? 좀 이상해 보여도 '뽀샵' 처리 하면 돼."

"그래. 네가, 알아서 해."

더할 나위 없이 밝은 두 사람의 표정이 휴대폰 가득 저장되어 있다. 수십 컷의 같은 사진 중 미세하게 다른 하나를 골라낸 그녀, 스마트폰에 내장된 기능을 사용하면 화보보다 멋진 사진으로 변신하고 말 것이다.

"오빠, 사과 먹을래?"

조그맣게 썰어낸 사과 조각을 내미는 빛나, 군소리 없이 받아먹는 그가 귀엽다며 또 한 번 휴대폰 카메라를 들이댄다. 아무래도 오늘 빛나의 SNS가 시끌벅적 어수선할 것 같다.

"희한하네. 오빤 어쩜 그대로야? 옛날하고 달라진 게 하나도 없어."

"뭐가?"

"얼굴 말이야. 살이 조금 빠졌을 뿐이지, 여전히 잘생겼어. 사랑스러워서 깨물어주고 싶어."

조용히 다가와 입 맞추는 그녀, 예전에 그랬듯 적극적으로 사랑을 표현한다. 이름처럼 반짝이는 저 눈빛을 보라! 호수처럼 맑고 투명하다는 구닥다리 표현이 괜히 만들어진 게 아니다. 정말 민우는 한동안 빛나의 눈망울에 빠져 헤어 나오지 못했다. 소영과의 트러블로 더 이상 만나지 못했을 때에도 꿈에서조차 그리워했을 만큼 빛나의 눈은

매력적이다. 그래서 옛 시절과 다름없이 너도 예쁘고 귀엽다고, 인사치레 한 마디쯤은 해주고 싶은데…. 민우는 도저히 그럴 수가 없다. 빛나와의 달콤한 시간은 이제 시작했거늘, 체력이 받쳐주질 않으니 벌써부터 지치는 거다. 아직 오전 시각이지만 도로 잠들고 싶을 만큼 피곤하다. 혼자 중얼중얼 떠들어도 좋으니 함께 사진 찍자는 말은 하지 말았으면 좋겠다.

"오빠, 내가 요즘 연기를 배우거든."

"무슨 연기?"

"흥! 오빠는 바보야! 연기가 연기지, 무슨 연기가 어디 있어?"

"……."

"영화나 드라마에 출연하는 배우처럼 될 거야. 이대로라면 내년엔 가능하겠지."

연습용 대본이라며 빛나가 가방에서 종이 뭉치를 꺼내들었다. 비련의 여주인공이 되어 슬픈 목소리로 대사를 읊조리는 그녀, 내년이면 가능할 거라고 했지만 그건 아마 그녀만의 희망사항일 것이다. 부정확한 발음 하며, 억양 또한 어색하다. 재미없는 코미디 프로그램을 보는 기분이다.

"그럼 모델일은, 안 해?"

"자꾸 후배들한테 내 자리를 뺏기고 있어. 스물네 살밖에 안 됐는데, 다들 날 노인네 취급하는 거 있지!"

"너무, 신경 쓰지 마. 유명해지면, 그럴 일, 없을 거야."

"흥! 남 얘기라고 쉽게 생각하네! 지금보다 더 유명해지는 게 어디 쉬운 줄 알아?"

신경질적으로 사과 조각을 오물거리는 그녀, 뾰로통한 표정으로 민우를 흘겨보는 게 아무래도 그가 달래주길 바라는 모양이었다. 예전부터 빛나의 화풀이 대상은 늘 민우였다. 이유 없이 화를 내거나 때리면 민우는 잘못한 것도 없으면서 우선 사과부터 했다. 온실 속의 화초처럼 곱게 자라온 여왕에게 제 목숨을 맡겨야 하는 전쟁 포로인 양 온갖 응석을 부리고, 알랑방귀를 뀌어야 겨우 용서의 손을 내미는 것이다. 하지만 그녀, 더 이상 민우가 예전처럼 투정을 받아줄 수 없는 몸이라는 걸 아직 모르나 보다. 기운 없는 민우의 표정을 한심한 듯이 바라보고 있다.

"우리 민우 오빠, 아무래도 안 되겠어."

"…?"

"내가 어제 보낸 메시지 봤지? 돈 많이 벌어서 병 고쳐주겠다고…?"

"그래. 봤어."

"돈 좀 모이면 미국으로 보내줄게. 거긴 한국처럼 수준 낮은 나라가 아니야. 가면 수술 잘해줄지도 몰라. 다시 축구해야지. 안 그래?"

"……."

"오빠의 멋진 목소리를 좋아했는데…. 바보같이 이게 뭐야? 겨우 숨소리만 내고…."

"……."

끊이지 않는 그녀의 수다를 민우는 그저 듣고만 있었다. 여전히 철들지 않은 그녀, 예전과 다름없이 마냥 어리기만 하다. 아무 것도 변하지 않은 그녀에게 민우는 제 몸뚱이를 갉아먹는 병의 정체가 무엇인지 밝히지 않을 생각이다. 말해봤자 이해하지 못한 뿐더러 감기처럼 가볍게 생각하고 말 거였다.

"오빠, 혹시 예전에 처음으로 내 프로필 사진 찍어준 작가 오빠 누군지 알아?"

"그게 누구야?"

"뚱뚱하고 머리 긴 오빠 말이야. 오빠도 몇 번 본 적 있어."

"양 갈래 머리? 변태?"

"그래. 맞아. 변태!"

"그 변태가 왜? 무슨 일, 있어?"

"응! 있어! 지난달에 결혼했거든!"

"남자랑?"

"아니, 여자랑!"

"…?"

"하하하하…!"

뭐가 그리도 재미나다는 걸까? 마냥 즐거운 빛나, 하지만 민우는 그녀에게 의무적으로 대꾸해야 한다는 사실이 괴롭다. 피곤하다. 이제 그만 잠들고 싶다.

"그 오빠가 커밍아웃했던 건 오빠도 알 거야."

"……."

"그런데 그 오빠가 동성애자가 아니라 양성애자였던 거야! 웃기지? 어머, 어머, 웬일이니? 내가 사진 보여줄게!"

결혼식장에서 찍은 사진이 아직 남아있다며 다시 휴대폰을 뒤지는 빛나, 얼마나 많은 사진이 저장되어 있는지 원하는 것을 쉽게 찾지 못하고 있다. 그 틈을 타 민우는 슬쩍 제 휴대폰으로 시선을 돌렸다. 아무리 기다려도 소영에게서는 연락이 없다. 아침부터 보이지 않던 그녀, 곁을 떠나겠다고 으름장을 놓더니 정말 어디론가 사라져 버렸다. 메시지라도 보내야 할 텐데…. 빛나 이 계집애가 끊임없이 말을 거는 통에 아무 것도 할 수 없다.

"오빠, 이것 좀 봐. 신부 웨딩드레스가 미니스커트야. 변태 오빠가 직접 골랐대! 웃기지? 누가 변태 아니랄까봐…!"

다시 까르르 웃으며 그녀, 액정 위의 손가락을 움직여 다른 사진을 보여준다. 휴대폰에 저장된 모든 사진들을 일일이 설명할 작정인가 보다.

"어? 성재 오빠!"

"…?"

달깍, 출입문이 열리더니 성재가 나타났다. 뒤늦게 고개를 돌리던 민우의 얼굴에 반가운 표정이 묻어난다.

"성재 오빠! 오랜만이에요! 오늘은 안 바쁜가봐!"

"너 여기 있다기에 들렀다."

"정말? 와! 오빠도 내가 보고 싶었어요?"

어린 아이처럼 달려가 폴짝 안기는 빛나, 하지만 성재는 그녀가 무슨 짓을 하든 말든 관심이 없다. 힘없이 미소 짓는 민우를 무섭게 노려볼 따름이다.

"형님, 어쩐 일이세요?"

"민우야, 소영 씨는 어디에 있니?"

"……"

민우는 대꾸하지 않았다. 성재의 심상치 않은 표정을 이제야 깨달아서다. 올 것이 왔다고, 민우는 그렇게 생각했다.

"대답해. 소영 씨 지금 어디 있어?"

"몰라요."

"몰라? 왜? 이젠 관심이 없는 모양이지?"

"……."

"빛나가 있으니 신경 쓸 필요가 없어진 거야?"

"성재 오빠!"

뒤늦게 성재의 표정을 발견하고 빛나가 소리쳤다. 느닷없이 나타나서 시비라니, 하지만 그녀는 일단 지켜보겠다는 심산이다. 성재의 시선이 아직 민우에게 고정되어 있으므로.

"어차피 네가 얘기해주지 않아도 소영 씨에게 들어서 이미 알고 있다. 어젯밤에 말다툼을 했다지?"

"……."

"그래서 소영 씨가 병원에서 나간 거라는구나. 왜 잡지 않았니?"

"……."

일이 없으면 만들어서라도 해야 하는 프리랜서 기자 신분이라 인터뷰가 아닌 이상 만나기 쉽지 않은 성재, 그런 성재가 제 시간을 쪼개 찾아왔다는 건 그만큼 심각한 문제가 벌어졌다는 뜻이다. 그걸 알면서도 민우는 말하지 않는다. 뭐라고 대꾸해야 할지 아직 모르겠다.

"정도를 넘어선 소영 씨의 잘못이 크지만 너에게도 문제는 있다. 지금까지 네가 소영 씨한테 보여준 걸 생각하면 이건 그냥 넘어갈 수 없는 문제야."

"형님, 소영이 지금, 어디에, 있습니까?"

"알아서 뭐하게?!"

분노를 참는 듯 중얼중얼 소리치던 성재가 기어이 고함을 내질렀다. 빛나는 불쾌한 표정이었고, 민우는 도로 입을 다물었다. 어떻게 말해야 그가 내 입장을 이해해줄까? 민우는 고민하고 또 고민했다. 성재의 분노를 민우는 충분히 이해한다.

"아무리 생각해도 너 참 못 됐다. 알고는 있니?"

"······."

"소영 씨를 쫓아낸 건 빛나가 아니라 너야. 그간 소영 씨가 너 때문에 얼마나 고생했는지 알잖아?"

"······."

"아, 빛나가 있으니 이제 상관하지 않겠다는 뜻이구나. 아파도 어린 계집애 품에서 아프겠다는 거야?"

"오빠!"

다시 빛나가 소리쳤다. 고함을 지른 그녀를 성재가 천천히 돌아본다. 그와 시선이 마주쳤을 때, 빛나는 멈칫하는 표정이었다. 지금 그의 눈빛은 한 겨울 바깥 날씨보다 싸늘하다.

"성재 오빠! 오자마자 인사도 없이 이게 무슨 짓이에요?

민우 오빠가 뭘 잘못했는지는 모르겠지만 아무리 그래도 환자잖아요! 환자한테 왜 이러는 거예요?"

"그런 너는 환자한테 왜 이러니?"

"…?"

빛나는 무슨 소리인지 전혀 모르는 얼굴이었다. 이간질로서 연인을 갈라놓은 것으로 모자라 중환자나 다름없는 그를 제 손에 두고 흔든 그녀, 오로지 제게는 가슴 벅찬 사랑만 있으면 된다고 생각하겠지. 성재는 철모르는 빛나가 한심스러웠다.

"형님, 무슨 말씀인지, 알아요. 소영이 지금, 어디 있는지, 그것만 알려주세요."

"그렇게 못하겠다면?"

"……."

황망해진 기분으로 다시 민우가 입을 다물었다. 답답하고 속상해서 그는 저도 모르게 제 가슴을 움켜쥔다. 한 번 놓친 기회가 이런 결과를 낳게 되리라고는 전혀 예상하지 못했다.

"지난 며칠 소영 씨가 나와 밖에 다니면서 얼마나 좋아했는지 알아? 어릴 때부터 너만 지키고 사느라 단 한 번도 세상 밖에 나와 보지 못한 여자야! 그리고 지금의 너는 네 아픈 몸을 핑계로 소영 씨를 단 한 번도 보듬어주지 않았어!"

"……."

"하고 싶은 대로 하라고 했다며? 소영 씨가 아무리 투정을 부리기로 어떻게 그럴 수가 잇니? 왜 말을 그렇게 해? 표현을 그따위로 밖에 못 하겠어?!"

"오빠! 그만 하시라니까요!"

빛나가 다시 두 사람 사이에 끼어들었다. 이제는 도저히 참을 수 없다는 표정으로 빛나, 제 두 손을 척 얹은 모양새가 본격적으로 따지겠다는 태세인 것 같다.

"도대체 민우 오빠가 무슨 잘못을 했어요? 소영이 언니요? 그 언니는 오빠랑 바람났잖아요! 상황을 이렇게 만든 사람이 누군데, 누가 누구한테 뭐라고 해요? 내 눈에는 오빠가 더 나빠 보여요! 어떻게 소영이 언니랑 바람피울 생각을…!"

"닥치지 못해?!"

철썩, 빛나의 따귀를 내려치고 마는 성재, 놀란 빛나가 민우의 눈치를 살피지만 정작 그는 반응이 없다. 지금 민우에게 빛나의 실언 따위는 당장 중요하지 않았다.

"민우야, 너 정말 소영 씨가 바람피웠다고 생각해? 내가 보낸 문자 메시지를 보고도 그렇다면 넌 정말 나쁜 놈이야."

"……."

「소영 씨에겐 자유로이 날아다닐 날개가 필요해.」

성재는 소영과 나들이를 떠날 때마다 그런 메시지를 보냈다. 민우의 답장 역시 한결 같았다.

「잠깐이라도 내 대신 소영이를 행복하게 해주세요. 소영이는 지금까지 단 한 번도 자기가 하고 싶은 일을 한 번도 해보지 못했어요.」

"그런데 어째서 소영 씨를 자꾸 울게 하니? 네 마음과 다른 행동을 하는 이유가 대체 뭐야?"

"……."

"너 아직도 소영 씨가 네 매니저 따위로 보이니? 사고 치면 뒷수습해주는 사람으로 보여?"

"형님, 그게 아닙니다. 제 말 좀….."

"닥쳐! 너 한 사람만 바라보고 희생한 여자를 나 몰라라 해놓고, 이제 와서 무슨 말이 그렇게 많아?!"

"형님…!"

민우는 가슴 속에 마냥 묻어두었던 사랑을 당장 고백하고 싶었다. 바보처럼 수발만 들어온 그녀에게 감사의 인사를 전하고 싶었다. 미래를 장담할 수 없는 몸이 되고 난 후에야 이 사랑을 깨달았기에, 끝이 보이려는 삶이 두려워 발버둥 치면서까지 그녀의 아픔을 모른 척 할 수 없기에 이제는 툭 터놓고 말해야 한다. 하지만 민우는 아무 것도 할 수 없다. 두근거리는 심장의 박동소리가 두려워서다. 그녀의 사랑을 느끼는 순간마다 아프게 두근거리는 심장의 고동소리가 자꾸만 그를 괴롭혀서다. 그녀가 보지 않을 때면 기어이 붙들고 늘어지던 내 왼쪽 가슴의 통증을 무어라 설명해야 좋을까? 그녀 앞에서 더 이상 아파하는 모습을 보이고 싶지 않아 일부러 눈물로 막아 세운 내 사랑을 어떻게 표현해야 좋을까? 사랑한다는 말, 고맙다는 말, 앞으로도 영원토록 내 곁을 지켜달라는 말을 하려는 때마다 입술이 찐득하게 달라붙고, 심장은 쿵쾅쿵쾅 두방망이질을 친다. 두렵다. 말라버린 몸뚱이를 하고서도 살겠다고 버둥거리는 토악질이 두렵다.

"오빠!"

순간 빛나가 비명을 질렀다.

"민우 오빠! 왜 그래? 오빠!"

"민우야!"

민우가 제 가슴을 싸쥐고 뒤로 넘어가 버렸다. 발작하듯, 당장에라도 죽어버릴 듯 그의 몸뚱이가 숨결마저 잃은 채 침상 위를 뒹군다. 놀라 어찌할 바 몰라서 빛나는 발만 동동 구르고, 성재는 벌컥 출입문을 열었다.

"간호사! 간호사!"

놀란 간호사들이 복도 끝에서부터 달려오는 게 보였다. 그런데 그때,

"어머낫!"

간호사 하나가 누군가와 부딪혀 넘어졌다. 빛나였다! 얼마나 놀랐는지 그녀는 제 정신이 아닌 표정으로 넘어질 때 흘린 겉옷과 소지품을 주섬주섬 챙기더니 뒤도 돌아보지 않고 달려간다. 병실에는 민우 혼자 고통스런 몸짓으로 버둥거리고 있다.

"민우야!"

뒤늦게 명원이 달려와 소리쳤다. 의사인 그가 보기에도 민우의 상태가 이상하다. 지금까지 봐온 상황과 전혀 다른 양상을 보이니 당황스러울 따름이다. 급히 인공호흡기가 투입됐지만 이거로는 안 될 것 같다. 뒤집어진 눈동자를 들여다보던 명원에게서 욕설이 튀어나온다.

"비켜요!"

명청한 얼굴로 지켜보던 성재에게 간호사가 소리쳤다. 미국에서 들여온 장비가 있다는 중환자실로 민우가 침상째 옮겨지기 시작한다. 가만히 지켜보던 성재는 제 머리를 싸쥐고 주저앉았다.

대인 문화 예술 시장, 직사각형의 간판을 올려다보며 소영은 한참을 그렇게 서 있었다. 언니에게 가려면 이 길을

가로지르는 게 가장 빠르다. 어릴 때 이후로 가본 적 없는 골목이어서 낯설지만 별 수 없다. 옛날 식 장터라는 전통시장 구경도 할 겸 소영은 조심스럽게 낯선 골목으로 발을 내밀었다.

"와…!"

도심의 대형 마트에만 의존하며 살아가던 그녀의 눈에 그것은 전혀 생경한 광경이었다. 거미줄처럼 여기저기 뻗은 골목마다 물건을 늘어놓고 파는 상인들을 보라! 누군가는 사람 사는 냄새가 느껴진다 할 것이고, 인간미가 넘친다고도 표현하겠지만 또 누군가는 더럽고 지저분한 바닥에 모두가 저리 뒤엉켜 있으니 불결하다며 몸서리를 칠 것이다. 하지만 소영은 아직 모르겠다. 깎아달라고 투정하는 할머니에게 능구렁이처럼 웃으며 봉지에 사과 하나를 슬쩍 밀어 넣는 과일 가게 젊은 상인의 재빠른 손놀림을 보노라니 대형 마트 직원의 에누리 없는 장사 수완보다 훨씬 나아 보이고, 전대를 허리에 감은 채 손님과 주거니 받거니 수다 떠는 야채 가게 노파의 주름 가득한 웃음소리가 마트 직원의 기계적인 살인미소보다 훨씬 나아 보인다. 저기 저 대낮부터 소주잔을 기울이는 남정네들은 도대체 뭐란 말일까. 서울의 그들이었다면 고성방가라며 당장에 경찰을 불렀을 테지만 이 동네 펑퍼짐한 일 바지 차림의 국밥 집 여 주인은 그들의 술주정을 능숙하게 한 귀로 받고 한 귀로 흘려버린다.

"와하하하…!"

늙은 아낙들의 잡다한 웃음소리가 어쩜 저리도 정겨운지, 도시의 기업형 마트였다면 하릴없이 어슬렁어슬렁 매장을 돌아다니던 사무실 윗사람에게 발각되어 한 소리 들었거나 바르게살기 좋아하는 어느 누리꾼의 인터넷 인증사진을 빌미로 당장에 목이 잘렸을 것이다. 식사 시간마저 교대로 움직이지 않으면 안 되는 도시의 로봇들, 온정 넘치는 시장에선 배달 온 국밥으로 허기를 달래다가도 손님이 오면 이빨 사이에 끼인 고춧가루도 마다하고 헤벌쭉 웃어 보인다. 단순하지만 따뜻하고 정겨운 풍경, 그들의 미소는 언제 일자리에서 쫓겨날까 전전긍긍하는 대형 마트의 차가운 칼바람보다 자유로울 것이었다.

"…?"

골목 끝으로 나왔더니 도로 대로변이 나타났다. 버스와 택시와 사람들이 뒤엉킨 거리, 그리고 등 뒤로 멀어져 가는 시장…! 현재와 공존하는 과거의 한 구석으로부터 벗어나 소영은 다시 복작거리는 인파 사이로 몸을 내맡긴다. 저쪽 사거리에서 횡단보도를 건너편 목적지인 '예술의 거리'가 바로 보일 것이다.

"여기도 오랜만이네…?"

그녀의 입가에 살포시 미소가 떠올랐다. 비록 아주 어릴 때였지만 그녀에게도 민우가 모를 그녀만의 작은 추억이 있다. 방학만 되면 사촌 언니 소희에게 찾아와 시도 때도 없이 함께 들락거리던 이 거리에서의 재미난 풍경들 말이다. 언니의 손을 붙잡고 저들의 작품을 구경하러 다니다가 어느 가마터에서 흙으로 빚었다는 장난감을 선물 받은 기억이 불쑥 떠올라 소영은 저도 모르게 키득거렸다. 인간미 물씬 풍기는 전통 시장만큼이나 활기찬 곳, 예술가들의 거리답게 골목마다 공방, 화방, 표구사, 갤러리 등이 상당히 많다. 그만큼 구경할 공간도 많다는 뜻일 테다. 듣자하니 이 거리에서는 간혹 한 번씩 그들의 재능을 마음껏 펼쳐 보일 축제가 열리는데, 그동안 남몰래 만든 작품을 세상에 꺼내와 길 가는 사람들에게 팔기도 한다. 성행위를 노골적으로 묘사한 조각품에서부터 기하학적이거나 형이상학적인 그림을 그린 엽서, 여느 거리에서나 흔히 볼 수 있는 단순한 장신구까지 가지각색이다. 이 재미난 거리 한복판에 바로 언니 소희의 작업실이 있다. 작업실이면서 전시관이기도 한, 언니의 남은 삶이 송두리째 저장되어 있다는 바로 그곳 말이다.

"언니! 오랜만이야!"

"어서 와! 소영아!"

은은하게 팝송이 흐르는 2층짜리 아담한 갤러리에서 두 여자, 반갑게 서로를 와락 끌어안았다. 민우가 병원에 갓 입원할 즈음 보고 못 봤으니 어언 1년 만이다.

"바빴나 봐? 어수선하네?"

"나야 항상 그렇지, 뭐."

쓰다 버린 종이와 곳곳에 남은 물감 자국, 더러워진 팔 토시가 오늘도 그녀를 웃게 한다. 소희의 보금자리는 난장판 속을 헤매는 것 같으면서도 자세히 들여다보면 나름의 질서가 있다. 언니는 늘 이런 식이다. 바로 열정, 무엇 하나 허투루 지나치지 않았던 어린 날의 호기심이 그 작은 가슴 속에서 또 하나의 열정으로 자라난 모양이었다.

"오느라 고생했어. 춥지? 피부가 엉망이네?"

"응. 겨울이라 그런가봐. 속상해. 어떡하지?"

"유자차 마실래? 유자가 피부에 좋아."

"응! 먹을래!"

소희가 주방으로 달려갔고, 상큼한 양기가 솔솔 피어오를 때 소영은 전시관의 작품들을 구경하고 있었다. 소희의 작품 말이다. 예술의 거리에 들어서자마자 어린 날의 회상하던 그녀처럼 소희의 그림들도 과거 어느 날의 시간에서 멈춰버린 것만 같다. 학교를 마치고 집으로 가는 아이들의 해맑은 표정 하며, 앞서거니 뒤서거니 시장 골목을 활보하는 아이들을 흐뭇하게 바라보는 상인들, 분식집 앞에 모여 핫도그, 김말이, 떡볶이를 집어먹으며 키득거리는 아이들의 장난기 가득한 표정, 친구들과 놀이터에서 흙장난을 하는 아이들의 향기로운 오후 등등 소희의 그림은 우리의 어린 날들을 단순하지만 섬세하고 정갈하게 표현하였다. 역시 언니의 그림 솜씨는 예나 지금이나 한결같다. 다 잊은 줄로만 알았던 추억이 새록새록 떠오르니 웃지 않을 수가 없다.

"대나무를…. 닮은 여자…?"

2층에 전시관이 하나 더 있었다. 1층의 활기찬 분위기와 전혀 다른 공간이었다. 아래층 가득 흐르던 음악조차 이곳에선 전혀 들려오지 않는다. 정적, 아예 시간이 멈춰버린 것 같다. 하지만 아늑하고 따뜻한 이 느낌만은 지울 수 없다. 아까 보았던 제목대로 온통 대나무그림 뿐인 이 전시관, 대나무를 여러 가지 모습으로 표현한 작품들이 여기저기에 보였다. 옛 조상들의 그림처럼 먹으로 표현한 저것은 오래 두고 지켜보고 싶을 만큼 강인한 기품마저 느껴진다. 고개를 돌린 저쪽의 그림 역시 수묵화였다. 바람 부는 대나무 숲, 저것을 과연 무어라 표현하면 좋을지 모르겠다. 기교는 없지만 절제된 아름다움이 느껴진다면 그걸로 충분하지 않을까?

"멋지지?"

머그잔을 두 손에 들고서 소희가 웃었다. 대나무가 아니면 텅 비었을 2층 전시관에 향긋한 유자 향기가 스며든다.

"언니는 왜 이렇게 대나무를 좋아해?"

"응?"

"언니는 옛날부터 대나무를 많이 좋아했어. 직선 두 개만 그려놓고 대나무라고 우긴 적도 있고…."

"내가 그랬어?"

가만히 생각해 보던 그녀, 오래지 않아 피식 웃음을 터뜨리고 만다. 유자차를 머금은 자매의 표정이 상큼하다.

"글쎄, 왜 그랬을까? 의미 때문인가?"

"의미? 무슨 의미?"

"대나무가 상징하는 말들 말이야."

"그런 것도 있어? 그게 뭔데?"

"지조, 인내, 절개. 대나무가 아니면 가질 수 없는 말들인 것 같아."

언니의 답변을 곱씹는 그녀, 천천히 고개를 주억거렸다. 이해될 듯 말 듯 어려운 말이다.

"돌아가신 할아버지 말씀이, 대나무처럼 올곧게 살아야 걱정이 없다고 하셨거든."

"그랬어?"

"어릴 땐 그게 무슨 말인지 몰랐는데, 커갈수록 가슴에 와 닿는 거야. 그래서 책을 뒤져보게 됐거든. 정말 그렇게 살다 가신 분들이 많더라고."

"……."

"그건 어쩌면 누군가를 위해 자신의 모든 것을 바치는 사람들을 상징한다는 뜻인지도 몰라."

강직함과 절개를 상징하여 군자의 인품에도 비유한다는 대나무, 재차 고개를 주억거리지만 소영으로선 깨달음을 얻은 언니의 마음을 이해할 도리가 없다.

"언니, 그러면 대나무 그림을 왜 병실에 걸어줬어? 혹시 그것도 의미가 있어?"

"아, 그거?"

소희가 다시 웃었다. 뭐라고 대꾸할지 생각해보는 듯 유자차를 머금으며 그녀, 또 그렇게 미소 지었다.

"흔하지 않지만 대나무는 가끔 꽃을 피워."

"꽃? 대나무가 꽃을 피운다고?"

"그래. 처음 듣는 얘기지? 나도 처음엔 말도 안 된다고 했었어."

소영에게서 빈 머그컵을 받아들며 소희가 웃었다. 자매는 구석에 놓인 소파로 가서 엉덩이를 묻었다.

"옛날부터 어른들 사이에서는 이 대나무 꽃을 두고 말이 많았던가 봐."

"왜?"

"흉조(凶兆)다. 길조(吉兆)다. 의견 차이를 보였거든."

대나무에 꽃이 피면 주변의 대나무들이 말라 죽기 때문에 흉조라고 주장하는 사람들이 있고, 또한 그들은 대나무 꽃이 피어난 후엔 반드시 나라에 전쟁이나 흉년이 찾아온다는 속설 때문에 흉조일 수밖에 없다고도 말한다. 그러나 중국의 어느 철학자는 대나무 꽃이 피면 성인(聖人)께서 봉황(鳳凰)을 타고 날아와 어수선한 나라를 바로잡는다 하여 길조라고 주장했으며, 또한 누군가는 동양 사상의 음양설에 따라 60년 주기로 새로이 변한다는 인간의 길흉화복처럼 대나무 역시 60년마다 꽃을 피우기에 길조라고 하였다.

"하지만 언니, 그런 건 혹시 미신 아닐까? 모두 사람이 생각하기 나름일 텐데…."

"그래. 언니도 그렇게 생각해. 그래서 내 나름의 의미로 새로 부여했지."

"그게 뭔데?"

"사랑을 위해 희생하는 여자의 눈물."

"…?"

무슨 뜻인지 몰라 갸우뚱거리는 소영을 보고 소희가 웃음을 터뜨렸다.

"아무리 사랑한다고 해도 그 사람을 위해 인내하고 희생하는 게 어디 쉬운 일이니? 하지만 찾아보면 사랑이라는 이름으로 어떻게든 버텨내는 사람이 잇잖아. 그렇게 살아가는 사람이야 말로 대나무에 어울리는 사람이라고 생각해."

"무슨 말인지 모르겠어."

"어렵지?"

다시 웃는 자매, 나름대로 의미를 만들어 보려고 애쓰지만 할아버지들의 고결한 마음까지 이해하기에 그들은 아직 어리다. 그렇다면 아주 간단한 예를 한 가지 들어보자. 오래 전에 춤을 아주 기가 막히게 잘 추는 댄스 가수가 있었다. 그 남자는 국내외로 인기가 하늘을 찌르는 슈퍼스타였고, 그래서 수중에 돈과 여자가 아주 많았다. 그에게는 오래 된 여자 친구가 하나 있었다. 그녀 역시 댄스 가수 출신이지만 남자친구처럼 인기가 많지는 않았다. 남자 친구가 제 잘난 인기를 주체하지 못하고 아무렇게나 살아갈 때, 주변으로 넘쳐흐르는 여색을 거부하지 못하고 밤마다 환성을 지르던 그 순간에도 여자는 제 남자들을 위해 아낌없이 희생하고 기다렸다. 그러던 어느 날, 남자는 교통사고로 더 이상 춤을 출 수 없게 되었다. 죽음의 공포와 맞서고, 눈물로서 형편없는 제 꼬락서니를 통탄할 때, 여자는 언제나 그랬듯 미소로 남자를 품어주었다. 남자는 뒤늦게 여자의 사랑을 깨달았다. 더 이상 가질 수 없는 부와 명예 대신 영원한 사랑을 얻게 된 것이다. 소희는 그 여자의 사랑을 대나무에 비유했다. 누구나 실행할 수 있으나 누구나 실천할 수 없는 사랑, 그 사랑만을 바라보고 사느라 바보가 되어버린 여자의 지조와 인내, 충절…. 그렇기에 대나무는 새로이 피는 꽃을 시샘하여 닥치는 추위에도 아랑곳 않고 제일 먼저 제 미모를 자랑하는 매화, 깊고 깊은 산자락까지 향기를 전한다는 난초, 늦가을 추위도 마다하지 않는다는 국화와 함께 고결한 군자의 인품에 비유되는 사군자라 부르지 않던가!

"내가 생각하는 바대로라면 대나무 꽃은 어쩌면 너처럼 사랑을 완성하고 싶은 여자들을 위해 태어났을 거야. 그럼 그게 길조겠니, 흉조겠니?"

"……"

"내 동생이라서 하는 말이 아니야. 아무리 봐도 너 참 대단해. 나 같으면 민우 녀석이 미워서라도 그렇게는 못하겠다."

"언니…!"

왜 이리도 코끝이 시린지 모르겠다. 대나무 꽃, 한 마디로 오직 한 사람을 위해 헌신하는 여자…! 언니는 지금 그 천사 같은 여자가 바로 나라며 추켜세우고 있다. 그렇지만 정작 나는 그를 버리고 이렇게 뛰쳐나오지 않았던가! 잃어버린 자유를 찾겠다고 나섰지만 얻은 건 아무 것도 없다. 가슴 속 가득히 그리움만 쌓인 채였다. 나는 이제 어찌하면 좋을까. 잔뜩 쌓인 그리움이 내 가슴 안에서 폭발해버릴 것만 같은데, 도대체 나는 어떻게 해야 한단 말일까!

"언니는 바보야."

"응? 왜?"

"내가 어떤 상황에 놓여 있는지 알면서…. 느닷없이 만나자고 한 게 이상하지 않아? 왜 계속 엉뚱한 소리만 해?"

그러자 소희가 미소로 화답하며 동생의 머리를 쓰다듬는다. 우리 언니, 언제나 말보다 미소로 대신하는 여자다. 말에는 이해와 오해가 공존하지만 미소는 오로지 그 뿐이기 때문이란다.

"글쎄, 언니는 별로 궁금하지 않았어. 내 동생이 오죽했으면 혼자 언니를 찾아왔을까 생각했거든. 답은 하나밖에 없더라고."

"언니야…!"

소영이 와락 그녀를 끌어안았다. 하염없이 우는 동생에

게 왜 우느냐고 물을 법도 한데 그녀, 조용히 소영의 어깨만 토닥이고 있다.

"언니, 나 오늘 언니랑 자면 안 돼?"

"저런, 민우는 어쩌고?"

"오늘만큼은 민우 얘기 하지 마. 언니하고만 있으려고 휴대폰도 꺼놨단 말이야."

"그래. 그러자. 저녁 먹어야지? 언니가 맛있는 광주 백반 차려줄게."

눈물을 대롱대롱 매달고서 소영이 픗, 웃음을 터뜨렸다. 순식간에 머릿속에 푸짐한 밥상이 떠올라서다. 그녀, 오늘 하루만 언니의 품에서 대나무가 상징한다는 사랑의 의미를 되새겨 볼 생각이다. 그리고 내일 아침 일찍 민우에게 돌아가 오늘 밤에 깨달을 내 사랑을 전해주고 싶다. 다시 찾은 내 사랑을 부디 민우가 받아주었으면 좋겠다.

8장

사랑 받고 사는 여자, 표현하지 않는 남자

가장 중요한 것은
사랑받는 것이 아니라 사랑을 하는 것이다.

−서머셋 모음

「소영 씨, 전화가 꺼져 있어서 문자 메시지로 보내요. 민우 상태가 안 좋아져서 중환자실로 옮겼어요. 이 메시지 보면 빨리 병원으로 오세요.」

아침아, 그러니까 소희언니에게서 수라상 같은 아침상을 받을 때, 별 생각 없이 휴대폰의 전원을 눌렀던 소영은 한꺼번에 날아든 문자 메시지 알림 음과 카카오 토크 알림 음에 놀라 휴대폰이 고장 난 모양이라고 착각했다. 하지만 열아홉 통의 부재 중 전화와 스물일곱 개의 문자 메시지. 열두 개의 카카오 토크 메시지를 들여다보던 그녀, 순간 튕기듯 언니의 집에서 뛰쳐나왔다. 소희 역시 잘 가라는 인사 한 마디 전하지 못한 채 멍하니 동생의 뒷모습을 바라봐야만 했다.

"아저씨! 담양이요!"

"예? 뭐이라고요?"

"담양이라고요! 담양 XXOO병원!"

택시 기사는 처음에 의아한 얼굴이었다. 기차역도, 터미널도 아닌 광주 시내 한복판에서 담양행 손님을 태우다니…! 들뜬 기분으로 운전하는 택시 기사와 다르게 소영은 얼어붙은 얼굴이었다.

「민우의 상태가 점점 나빠지고 있어요. 느닷없이 호흡곤란 증세가 닥칠 수 있으니 예의주시해야 할 거예요..」

언젠가 명원이 그런 말을 한 적이 있었다. 아무렇지 않게 흘려듣고 싶었던 충고 말이다.

「지금껏 민우는 호흡을 돕는 근육이 약화되어서 제대로 된 의사소통이 불가능했거든요. 그건 알죠?」

「……」

「아직까지는 띄엄띄엄 의사 표현이 가능했지만 나중엔 이마저도 불가능할지 몰라요.」

「그럼 제가, 죽는다는, 건가요?」

「그래.」

그때 소영은 명원의 설명이 꿈속을 헤매는 듯 멀게만 느껴졌다. 도저히 이해할 수 없어서다. 아파도 영원히 내 옆에 있어줄 것만 같던 그가 곧 죽을 거라는 사실이 그땐 정말 막연하게만 느껴졌고, 그래서 도무지 가슴에 와 닿지 않았다.

「21세기가 되면 많은 게 달라질 줄 알았는데…. 근육병은 아직 치료할 방법이 없어요. 미안해요. 제수씨.」

「…….」

아끼는 동생의 병세를 마냥 지켜봐야 하는 의사, 착잡한 그 표정이 어쩐지 비현실적이어서 받아들이고 싶지 않은 그녀…. 하지만 누구보다 속상한 사람은 민우였을 거다. 곧 세상을 버리고 떠나야 한다는 사실에 큰 충격을 받았을지 몰랐다. 그런데도 민우는 도리어 두 사람을 위로했다. 웃을 수 없는 얼굴에 만든 억지 미소, 그날에 보았던 민우의 표정이 새삼 다시 떠올라 소영은 울컥 울음을 터뜨릴 뻔 했다.

「난 괜찮아요. 이미 예상했던, 일이잖아요. 단지 걱정되는 게, 있다면 소영이가, 나 때문에, 또 울까봐….」

옆에 나란히 앉아 기운 없는 손으로 머리카락을 쓰다듬던 민우, 제 몸보다 여자 친구의 눈물을 더 걱정해준 녀석의 마음을 소영은 누구보다 잘 알았다. 그런데 뭐라고? 그 녀석에게 바친 내 삶이 후회 돼? 그 녀석을 왜 사랑했는지 모르겠다고? 잃어버린 내 삶을 되찾겠다며 병원에서 뛰쳐나왔으니 녀석의 가슴은 온통 상처투성이가 되었을 거다. 내가 미쳤지! 아무래도 불여우 같은 그 계집애에게 잠시 홀렸던가보다. 이대로는 안 된다. 아직 기회가 남아있다면 민우에게 진심으로 사과하고 싶다. 아니, 반드시 사과해야만 한다.

"끼이익!"

택시가 멈추자마자 그녀, 나는 듯 병원으로 달려간다. 성재의 문자 메시지를 몇 번이나 곱씹고 보니 이젠 아예 제정신이 아니었다. 설마 지금 당장 무슨 일이 벌어질까 하면서도 한편으로는 그 설마 하던 상황이 눈앞에 벌어질지 모른다는 생각이 두려웠던 거다. 본능이 이끄는 대로 행동하는 양 지나치던 사람과 부딪혀도 돌아볼 여유가 없다. 제 품에 쌓인 서류 뭉치를 들춰보느라 미처 앞을 보지 못한 간호사와 부딪혀 넘어졌을 때조차 미안하다거나 바닥에 흐트러진 서류를 주워주기보다 중환자실의 위치를 묻는 데 급급했다.

"저, 저쪽이요…!"

소영과 마주한 간호사는 부딪힌 제 어깨가 아프다는 말도, 앞을 똑바로 보고 다니라는 충고도 하지 못했다. 눈물 범벅, 도리어 달래주어야 할 얼굴이었으니 말이다. 그녀가 누군지 안다면, 지난 1년 동안 민우와 함께 병원을 지켜온 그녀의 가슴이 얼마나 많은 상처로 얼룩져 있는지 안다면 어설픈 위로 따위로 그녀를 당황케 하는 것보다 차라리 내버려두는 게 낫다고 생각했을 거다.

"성재 씨!"

"…?"

멀리서 달려오는 그녀를 발견하고 자리에서 일어나던 성재, 다짜고짜 중환자실로 들어가려는 그녀를 붙들었다.

"소영 씨! 멈춰요! 지금은 중환자실에 들어갈 수 없어요!"

"민우한테 가야 해요! 민우가 지금 저기에 있다면서요!"

"소영 씨! 정신 차려요! 아직은 들어갈 수 없다고요!"

"놔요! 놓으란 말이에요! 놓으라고…!"

"소영 씨!"

까무룩 정신을 잃은 듯 그녀가 자리에 주저앉고 만다. 성재는 그녀를 겨우 일으켜 간이 의자에 앉혔다. 손에 들고 있던 물병을 열어 입술에 적셨을 때, 소영은 그제야 제정신으로 돌아온 모양이었다.

"미안해요, 성재 씨. 전화를 꺼놓으면 안 되는 거였는데…."

"지금이라도 왔으니 됐어요."

"제가 미쳤었던가 봐요. 민우 상태가 어떤지 알면서 내 멋대로 굴었어요. 나 어떡해요?"

기어이 울음을 터뜨리고 마는 그녀, 더 이상 무어라 위로할 말이 없어 성재는 그녀를 끌어안았다. 그 품에 안긴 채 소영은 그저 울기만 한다. 그리고 성재는 제가 지은 죄를 감히 고백할 엄두가 나지 않았다. 누구보다 민우의 사정을 잘 아는 사람임에도, 누구보다 두 사람을 잘 이해하면서 정신없이 민우를 다그쳤다. 죽을죄를 지었음을 인정한다. 만일 민우에게 무슨 일이 생긴다면 모두 내 탓이다. 곁을 지키지 않았다며 자책하는 그녀처럼 성재도 누군가를 끌어안고 울고 싶었다.

"형님!"

중환자실 밖으로 나오는 명원을 발견하고 성재가 소리쳤다. 소영도 벌떡 일어섰다.

"아, 제수씨 오셨네? 안 보여서 걱정 많이 했어요."

"지금 무슨 일이 생긴 거예요? 민우가 어떻게 됐다는 거예요?"

"아, 그게…."

그녀를 안심시키기 위해서라도 명원은 어떻게든 웃어보려 했지만 그게 쉽지 않다. dll제 아무도 웃을 수 없는 심각한 상황에 직면했음을 알려야 하니 말이다.

"전에 미리 말씀 드린 대로예요. 호흡곤란이 왔고요. 자가 호흡이 불가능해서 인공호흡기를 달아놨어요."

"상태가 얼마나 더 나빠진 겁니까?"

"……."

명원은 입을 다물었다. 조금 전 보고 나온 민우의 꼴을 무어라 설명하면 좋을까? 그간 친하게 지내온 동생이니 융통성을 발휘해야 하거늘, 의사로서의 사명감이라는 족쇄 아닌 족쇄가 반드시 직설적으로 대구하게 만들었다. 명원은 표현력 부족한 자신이 원망스러웠다.

"호흡 곤란으로 쓰러진 이후 심정지가 두 번 왔었어. 그후로 계속 혼수상태여서 걱정이야."

소영이 순간 쓰러질 듯 휘청거렸다. 곁에서 성재가 그녀를 부축하고, 다시 눈물은 하염없이 쏟아진다. 예상했지만 생각하고 싶지 않았던 순간, 그게 바로 오늘인 모양이다.

"마침 면회시간이야. 30분 정도 볼 수 있는데, 혹시라도 보고 놀라지 마. 좀 지저분할 거야."

"…?"

그의 말뜻을 두 사람은 중환자실로 들어서고 난 후에야 이해할 수 있었다. 민우의 얼굴에 커다란 인공호흡기가, 가슴과 손가락에도 각종 기계들이 주렁주렁 매달린 채였으니 말이다.

"민우야!"

소영은 가녀린 민우의 손을 움켜쥐고 그렇게 울었다. 어쩜 이리도 낯설게 보이는 걸까? 고작 하루였을 뿐인데, 하루 잠깐 못 봤을 뿐인데, 왜 이렇게 다른 사람처럼 보이는 걸까? 그 잘난 서민우가 어쩜 저리도 말라비틀어진 고목나무처럼 누워있단 말일까!

"민우야, 미안해! 그날 너한테 한 말은 진심이 아니었어!"

민우의 손을 붙들고 오열하는 그녀, 떨어져 지낸 지난밤을 후회하고 또 후회했다.

"난 절대 네가 밉지 않아! 내가 널 놔두고 가긴 어딜 가겠니? 나 언니한테 갔다 왔어! 너도 알지? 병실에 대나무 그림 걸어준 우리 소희언니!"

"민우야, 무슨 잠을 그렇게 오래 자니? 이제 그만 일어나라. 내가 쓸데없이 잔소리해서 미안하구나."

그러나 민우는 답이 없다. 옆에서 조용히 움직이는 기계 속 그래프만 아니라면 죽은 사람처럼 보일 지경이다. 그래도 소영은 민우에게 끊임없이 말을 건다. 이렇게 하면 민우가 다시 일어날까봐, 이렇게 쉬지 않고 잔소리를 퍼부으면 예전처럼 벌떡 일어나서 시끄럽다고 소리칠까봐 소영은 연신 말을 걸었다.

"민우야, 너 일어나면 우리 언니가 들려준 감동적인 이야기 해줄게. 언니가 왜 대나무 그림을 병실에 걸어줬는지 모르지? 응? 민우야!"

여전히 울기만 하는 그녀, 지켜보는 의료진은 모두 숨을 죽인 채였다. 지난 1년간 속상하고 힘들어도 그저 밝게 웃던 그녀가 더 이상 웃을 수 없을 거라는 사실에 안타까워했다. 아무런 대꾸도 없이 저렇게 누워있는 민우를 보고 우는 그녀를 충분히 이해한다. 하지만 이젠 놓아주어야 한다는 걸 그들은 잘 안다. 서민우, 그는 곧 죽어 사라질 운명이기에.

"민우야…?!"

바로 그때였다. 소영이 놀란 표정으로 소리쳤다. 잠자코 지켜보던 성재가 한 걸음 더 다가선다. 무슨 일인지는 모르겠지만 그녀가 지금 놀라 당황한 얼굴로 녀석을 바라보고 있다.

"민우가 깨어났어요!"

"뭐라고요?!"

소영이 다시 소리치자 명원 역시 놀란 얼굴이 되었다. 중환자실로 옮긴 이후 지금까지 죽은 사람인 양 아무런 움직임도 보여주지 않았던 민우가 소영의 손길에 반응한 것이다. 혹시나 간절한 마음에 착각한 건 아닌지 의심했지만 사실이다. 정말 민우가 미세하게 소영의 손을 붙잡으려 꿈틀거리고 있다.

"민우야!"

소영이 또 소리쳤다. 이번엔 아까보다 더 강한 움직임이다. 그녀의 손을 움켜쥐려는 듯 민우의 다섯 손가락이 차례로 꿈틀거린다.

"제수씨! 비키세요!"

지켜보던 의료진이 바빠졌다. 면회시간 30분은 이미 훌쩍 지난 뒤였고, 그래서 소영과 성재는 간호사들에게 떠밀리듯 쫓겨나고 만다. 중환자실 바깥에서 다시 이어지는 소영의 울음소리, 그녀는 민우가 다시 살아날 것만 같았다.

**성재의 세 번째 기사.

　졸업 후 1년이 지난 어느 날이었다. 그때에 필자는 모 신문사의 인턴 기자로 활동하고 있었는데, 수습 기간을 거쳐 정규직으로 전환된 뒤에도 신입사원 딱지가 쉽게 떨어지지 않아 부서의 애물단지 취급을 받았다. 아무리 기자라는 타이틀을 달았다지만 그들 사이에서의 신입사원은 그저 잡무에만 시달릴 따름이었는데, 필자의 경우엔 인터넷에 잡다한 이야기들을 한 편 두 편 모아 편집되고 남은 신문의 공란에 박스 기사 형식으로 채워 넣는 일을 했다. 이를테면 오늘의 운세나 별자리 운세, 혈액형 별 운세 같은 것들 말이다. 처음에는 용하다고 소문 난 전문가와 함께 작업했지만 별 것 아닌 박스 기사에 경비가 너무 많이 소요된다는 데스크의 잔소리가 하루에도 열두 번씩 쏟아져 필자도 전문가도 두 손 두 발 다 들어버렸으니, 결국 전문가는 필자보다 오래 일한 신문사에서 해고당할 수밖에 없었다. 경영난이 어쩌고, 정리해고가 어쩌고, 하는 사내 분위기를 알 리 없는 독자들로선 그 후로도 신문에서 오늘의 운세 코너를 만날 수 있었는데, 그것은 대부분 인터넷 운세 사이트의 내용을 일부 발췌했거나 필자가 그럴 듯하게 지어낸 결과였다. 사정이 이러하니 하나도 맞지 않는 게 당연할 테고, 그래서 간혹 한 번씩 일말의 죄책감이 들기는 했지만 데스크의 충고대로 별 것 아닌 박스 기사 따위야 아무도 뭐라 하지 않을 것이기에 시간이 흐를수록 필자는 무덤덤해져만 갔다.

「야, 기사거리가 없으면 만들어서라도 독자들의 이목을 끌어당겨야지! 넌 그런 것도 할 줄 모르고 어떻게 기자 노릇 할래?」

이 바닥을 오래 굴러다녔다는 선배가 필자에게 새로운 일거리 하나를 제시했다. 세상 무서운 줄 모르고 꼴값 떠는 연예인들을 건드려 보라는 거였다. 기자들 사이에서 구전되어 내려오는 이야기, 그러나 함부로 발설하기엔 께름칙한 이야기들을 알파벳 이니셜을 사용하여 독자들을 자극하라는 것이었다. 설명이 어려울 뿐이지, 낯설지 않은 작업이었다. 예컨대 연예인 A군과 B양이 사귀네, 어쩌네, 방송인 C씨와 D씨가 불륜을 저지르네, 어쩌네, 그래서 각자의 가정이 파탄 나 이혼을 하네, 어쩌네, 방송국 피디 E라는 사람이 나타나 새로운 국면을 맞이했네, 어쩌네, 하는 등의 검증되지 않은 이야기들 말이다. 신문사 홈페이지 게시판이라든가 신문사와 제유하는 포털 사이트 게시판엔 그들의 정체를 알아내기 위해 혈안이 된 사람들이 있는 것 같았으나 어차피 지어낸 이야기여서 찾을 수 없을 것이었고, 비슷한 사건을 찾아내는 사람이 있다 해도 이들은 주로 한가하기 짝이 없는, 소위 말해 '잉여 인간'들일 뿐이어서 주목받지 못할 게 분명했다. 북적거리는 게시판 구경이 재미있어 좀 더 자극적으로도 써보았지만 그나마도 신문에 제대로 실리지 않는 날이 많아 필자를 향한 독자들의 관심도 어느 날 반짝 하고 사라졌다는 A군처럼 잠깐일 뿐이었다.

「에라이!」

어느 날부터인가 필자의 입에는 이런 비속어가 달라붙어 떨어지지 않았다. 우리 사회의 옳지 못한 단면을 끄집어내 참되고 바른 세상으로 바꾸겠다는 원대한 꿈을 안고 기자가 되었거늘, 정작 기자가 되고 보니 신입이랍시고 사무실 구석에 처박혀 이따위 되도 않는 말장난이나 하고 있으니 속이 부글부글 끓어오를 수밖에.

「에라이! 더럽고 치사해서…!」

이것은 어쩌면 '중2병'에 걸린 사춘기 남학생처럼 누군가 가슴 속 불만을 해소해주길 바라는 마음으로 던진 외침이었을지 모르겠다. 이상과 현실 사이의 괴리감, 이대로 있다간 화병으로 쓰러질 것만 같았다. 그래서 생각해낸 것이 운동이었다. 근무시간 틈틈이 몸 관리를 한다는 선배들을 따라간 어느 헬스클럽에서 필자는 비로소 옛 친구들을 다시 만나게 되었으니, 그들이야 말로 필자를 수렁에서 구해준 은인이었다. 바로 대학시절 온 캠퍼스를 뒤집어 놓았던 서민우, 최중호, 배소영 말이다.

「야! 너희 뭐야?!」

「뭐긴요? 직원이죠!」

「…?」

눈이 마주치자마자 황당한 표정을 지어내는 필자가 뭐 그리 재미있다는 건지, 키득키득 웃는 꼬락서니들이 예전과 하나도 다를 게 없었다.

「직원이라니? 무슨 직원?」

「여기 체육관 직원 말이에요. 제가 관장이고요. 민우는 트레이너 일을 해요. 소영이도 없어선 안 될 여직원이죠.」

서울에서도 손에 꼽을 만큼 크다는 대형 체육관의 주인이 된 최중호, 경기 중에 입은 부상의 후유증을 극복하고자 시작한 헬스가 입맛에 딱 맞아 떨어졌던가보다. 수중의 돈을 모아 차린 헬스장에서 세 친구는 나름의 역할에 충실했는데, 직장인을 대상으로 운영하다 보니 상당히 잘 굴러가게 되었더란다.

「전 이 헬스라는 운동이 마음에 들어요. 근육을 좀 더 보강해서 대회에도 나갈 생각이에요.」

「보디빌더라는 게 쉽지 않을 텐데…?」

「근육 찢는 맛이 제법 쏠쏠하더라고요. 가끔 변태 같을 때가 있긴 하지만 재미있어서 도저히 그만 두지 못하겠어요.」

「한 마디로 운동 중독이군.」

「그렇죠. 이대로라면 지금까지와는 전혀 다른 모습을 보게 될 거예요.」

방글방글 귀여운 표정으로 웃는 최중호, 가뜩이나 덩치가 커서 '곰탱이'라고 불리던 녀석이 어마어마하게 팽창한 근육으로 이젠 아예 괴물처럼 보일 지경이었다. 도대체 얼마나 많은 시간을 운동에 투자했는지, 녀석은 마치 드래곤볼이란 만화 속 주인공 같았다. 이러다 '에너지 파'라도 쏘는 거 아니냐는 녀석들의 농담이 진담처럼 느껴질 정도였으니까.

「혹시 여기, 여성 전용 체육관이야?」

「예? 그게 무슨 말씀이세요?」

황당무계한 표정으로 되묻는 세 사람, 아닌 게 아니라 체육관 가득 온통 여성 회원만 모였기 때문이다. 남성 회원은 억지로 찾아 해매야 겨우 서너 명 마주치니 그렇게 물을 수밖에 없다.

「여성 전용은 아니지만 다른 체육관들과 비교하면 그렇게 볼 수밖에 없겠더라고요.」

「무슨 특별한 이유라도 있는 거야?」

「있어요. 여기….」

「…?」

키들거리고 웃는 서민우를 가리키며 최중호, 필자가 어떻게 반응하는지 궁금한 표정이었다.

「민우는 우리 체육관 얼굴 마담이에요.」

「그게 무슨 소리야?」

「민우 보려고 오는 손님들이 많거든요. 한 마디로 학창 시절이 반복되고 있다고나 할까?」

키 크고 잘 생긴, 게다가 몸매까지 빼어난 서민우를 조금이라도 더 보려고 여성 회원들이 넘쳐난다는 것이었다. 필자와 대화하는 와중에도 서민우에게 적극적으로 다가오는 여자들이 많았으니, 대부분 자신의 어설픈 운동법을 바로 잡아달라는 부탁으로 말을 걸었다. 트레이너로서 그들의 사정을 모르는 척 할 수 없어 서민우는 그때마다 웃는 얼굴로 고개를 끄덕였고, 여자들은 하나같이 얼굴이 붉게 달아올라 어쩔 줄을 몰라 했다.

「제가 곰곰이 수지타산을 따져 봤거든요. 민우 없으면 도저히 안 되겠더라고요. 마음이 변해서 체육관을 때려치울 때까지 민우를 종신계약으로 묶어놓을 생각이에요.」

「야, 이놈아! 너 같은 놈을 친구로 둔 민우가 불쌍하다!」

「하하! 형님, 농담인 거 아시죠? 그렇지만 민우 덕에 체육관이 잘 되는 건 사실이거든요.」

「그래? 그럼 소영 씨가 고달프겠어요. 민우 주변에 여자들이 더 많아졌으니….」

「말도 마세요!」

혹시나 했더니 역시나였다. 최중호의 표현대로 '진드기'처럼 달라붙는 여자들을 떼어 내느라 고생하던 학창시절이 그대로 반복되는 요즘이란다. 여복 터진 서민우는 예나 지금이나 착하고 예쁜 얼굴로 여자들의 인사를 받아주고 있었으며, 배소영은 그 꼴을 지켜보자니 답답해 죽겠다고 하소연했다.

「그나저나 소영 씨는 여기에서 무슨 일을 해요? 소영 씨도 트레이너예요?」

「저는 머리 쓰는 일을 하죠.」

「머리 쓰는 일?」

「체육관의 금전적인 경영 문제와 회원 관리가 주 업무인데요. 요즘은 민우에게 들이대는 여자들의 손길을 떼어내는 일을 더 많이 하고 있어요. 대강 감이 오죠?」

「그럼 또 매니저로군요!」

「그렇다니까요! 내가 못 살아!」

아무래도 평생 매니저만 하다 죽을 팔자인 모양이라며

한숨을 쏟아내는 그녀, 옆에서 서민우는 진심인지 뭔지 모를 사과를 하고, 그래도 우리가 잘 먹고 잘 살려면 민우가 있어야 한다며 최중호는 큰 소리를 쳤다. 그리고 이어지는 배소영의 잔소리에 두 남자, 아니, 필자까지 세 남자가 귀를 틀어막아야 했다. 하여간 예나 지금이나 재미있는 친구들이다.

「아무래도 안 되겠다. 인터뷰를 해야겠어.」

「…?」

기사거리가 없으면 만들어서라도 하라는 선배의 충고가 떠올라 필자는 즉석에서 '한때 이름을 날렸으나 세월의 흐름에 따라 사람들의 기억에서 사라져버린 유명인들을 찾아보는 기획 코너'를 해봐야겠다고 생각했다. 무언가 좋은 생각이 떠오르면 그 자리에서 해결을 봐야 직성이 풀리는 성격이라 필자는 잠시 세 친구에게 양해를 구하고 밖으로 나왔다.

「야! 누굴 그렇게 따라하고 싶다는 거야?!」

손에 들고 있던 스마트폰이 진저리를 칠 정도로 데스크의 잔소리가 쩌렁쩌렁 쏟아졌지만 이미 예상했던 반응이어서 필자는 여유롭게 대처했다.

「포인트만 살짝 비켜 가면 되는 거 아닙니까?」

이 글을 보는 독자 여러분도 이미 눈치를 챘겠지만 필자의 아이디어는 이미 모 방송에서 가수들을 상대로 먼저 시도하여 대박을 터뜨렸다. 돌아온 90년대, 이미 20년이나 지난 노래들이 느닷없이 최신곡인 양 쏟아지는 요즘이니, 가끔은 황당하게 느껴질 때가 있다. 하지만 필자는 연예인을 제외한 각 분야의 전문가들을 모셔 인터뷰할 생각이라는 거다. 당연히 남이 차려준 밥상을 맛있게 받아먹고 한 그릇 더 얹어먹을 심산이라는 독자들의 비난이 즉각 쏟아지겠지만 그건 그때 가서 생각해 보자는 데스크의 누그러진 목소리에 필자의 즉석 기획안은 그대로 통과되었다. 물론 라이벌 신문사가 이 아이디어를 한 발 먼저 써먹은 탓에 오래 진행할 수 없었지만 그때는 당장의 내 형편이 급했고, 전화 통화를 끝내자마자 필자는 현재 처한 꼬락서니를 솔직하게 고백하여 세 친구에게 도움을 청했다. 은퇴한 왕년의 유소년 축구스타 최중호와 서민우의 근황부터 전 국민의 관심사라는 '다이어트'까지 자연스럽게 끌어당기면 독자들의 이목은 당연히 집중될 것이고, 이들의 체육관을 간접적으로 홍보하는 효과도 얻게 될 거라고 말했다. 세 친구는 필자의 제의를 흔쾌히 받아들였다.

「퍼스널 트레이닝(Personal Training)이라는 게 있어요. 줄여서 PT라고 하는데, 트레이너와 함께 개인의 몸 상태에 맞춰 체계적으로 관리하는 거예요.」

필자가 배석한 가운데 서민우는 여성 회원의 컨디션을 체크하며 신중하게 운동을 가르쳤다. 그 모습이 어찌나 진지한지 아까의 장난스런 모습은 전혀 찾아볼 수 없었다.

「이게 1킬로그램짜리 덤벨인데요. 주로 여자들이 많이 써요. 귀엽죠?」

장난감이 따로 없다며 키득거리던 그때였다. 쿠당탕! 어쩐 일인지 서민우가 그 작은 덤벨을 떨어뜨리더니 황당한 얼굴로 제 손을 살피는 거였다. 간혹 한 번씩 이렇게 손에 힘을 줄 수 없을 때가 있다며 서민우, 얼른 덤벨을 주워 다시 운동을 시작했다. 그때 서민우는 알지 못했다. 팔다리의 근육이 제 역할을 못하여 물건을 떨어뜨리거나 자주 넘어지는 근육병의 초기 증상을 말이다. 서민우는 예전에 그랬던 열정적으로 운동할 뿐이었고, 그래서 세 친구의 평범한 하루가 그저 평범하게 지나가는 것만 같았다.

「우당탕 쿵쾅!」

「으악!」

그날 밤, 서민우의 비명소리에 체육관 직원들이 우르르 달려왔다. 서민우는 정리하지 않아 아무렇게나 굴러다니던 운동 기구에 걸려 넘어진 모양이었다.

「야, 또 넘어졌어? 하여간 너는 조심성이 없어서 큰일이야!」

매일 한 번씩 기구에 걸려 넘어진다는 서민우, 늘 그랬듯 놀라게 해서 미안하다며 웃었고, 직원들은 혀를 찼다. 회원들이 모두 귀가한 시간이었기에 체육관에는 직원들만 남아있었다. 이 시간이야말로 마음껏 운동할 수 있어 행복하다며 최중호가 바벨을 잔뜩 가져다 제 근육을 찢어대기 시작했고, 그런 친구를 물끄러미 바라보며 서민우는 한숨을 내쉬었다.

　「요즘 이상하게 팔다리에 힘이 없어요. 감기가 오려나?」

　평소 같았으면 친구의 운동을 돕느라 함께 땀을 흘리고 있었을 텐데, 서민우는 며칠 째 그러질 못하고 있다며 답답해했다. 가벼운 기구는 그나마 들 만한데, 무거운 건 도저히 안 되겠고, 그 가벼운 기구조차도 점점 들기가 어려워지는 것 같다고 하소연했다.

　「왜 그러는 거야? 병원에는 가 봤어?」

　「아뇨. 아직. 마침 내일이 쉬는 날이라 가보려고요.」

　그리고 찾아간 병원에서 서민우는 난생 처음 듣는 병명에 기가 막혔다고 한다. 지대형 근이영양증 (地帶形 筋異營養症), 그날이 바로 서민우에게 닥친 불행의 시작이었다.

　그녀는 멍하니 불 꺼진 병실을 바라보았다. 한 차례 폭풍

이 휩쓸고 지나간 자리처럼 잔뜩 어질러진 병실, 다급하게 뛰쳐나가 언제쯤이나 돌아올지 모를 주인을 기다리는 어두운 병실이 난장판인 채로 소영을 맞이하고 있었다. 민우가 중환자실로 옮겨졌으니 병실은 당연히 빌 수밖에 없다. 그런데 혹시…. 이 병실을 도로 채우는 날이 올까? 소영은 문득 궁금해졌다. 민우가 무사히 중환자실을 벗어나 이곳으로 돌아올 것인지, 지나가는 사람 누구든지 붙잡고 묻고 싶었다. 기실 소영은 민우에게 남은 시간이 얼마 되지 않음을 잘 안다. 오래 전부터 염두에 두었고, 그래서 각오한 이별이었다. 하지만 여전히 가슴에 와 닿지 않는 이유는 대체 무엇일까. 10여 년의 세월이 흐르는 동안 가장 가까운 거리에서 지켜봐온, 누구보다 활력 넘치는 삶을 살았던 민우였으니 그렇게 쉬이 죽어 사라지리라는 사실을 도저히 인정할 수 없었던 걸 테다. 지금도 중환자실에 누워 억지로 숨을 들이켜는 그가 당장 일어나 운동장으로 달려갈 것만 같다. 이래라 저래라 잔소리를 퍼부으면 시끄럽다며 되받아칠 것만 같다. 혹여 녀석에게 단 1퍼센트의 희망이라도 남아있다면 거기에 매달리고 싶었고, 그래서 오늘 아침엔 병실을 비우지 않도록 병원에 부탁까지 했다. 미련하고 한심하다며 손가락질해도 어쩔 수 없다. 사랑하니까. 만일 누군가 그를 살려줄 테니 대신 죽겠느냐고 묻는다면 그러겠노라며 소리칠 자신이 있을 만큼 민우를 사랑하기에 그녀는 실현되지 않을 소망을 버릴 수 없다.

"…?"

문득 냉기가 느껴져 소영은 창가로 고개를 돌렸다. 바깥에선 눈이 흩날리고 있었지만 창문을 빈틈없이 걸어 잠가 외부의 공기가 파고들 리 만무하다. 그런데 어쩜 이리도 병실이 춥게만 느껴지는지 모르겠다. 윗니와 아랫니가 따닥따닥 부딪힐 것처럼 춥고 싸늘하다.

"후우…!"

다시 한 번 창문의 걸개를 확인하고 소영은 깊은 한숨을 내쉬었다. 그간 민우는 이름조차 생소한 병에 걸려 수시로 아팠고, 언제까지 병원에 갇혀 살아야 하느냐며 답답한 표정이었지만 찾아주는 사람이 많아 한편으론 즐거워했다. 수다스런 친구들 덕에 병실은 늘 시끄러웠고, 간혹 웃음소리가 들렸으며, 옛 시절을 기억하는 팬들이 찾아와 북새통을 이룰 때도 있었다. 많은 이들의 뜨거운 응원, 그래서 이 병이 단숨에 나아버릴지도 모른다고 생각할 만큼 병실은 훈훈했다. 그런데 어떻게 하룻밤 사이에 이 모양으로 달라질 수 있을까? 그렇게 창문 단속을 꼼꼼히 했는데도 병실은 감기라도 걸릴 듯 춥기만 하다. 한 며칠 불을 떼지 않은 한 겨울의 온돌방처럼 냉골이었으며, 그래서 당장 뭐라도 걸쳐 입지 않으면 얼어 죽을 것만 같다.

"후우…!"

소영은 침상으로 다가가 구겨진 담요를 개켰다. 자리를 비운 사이에 빛나가 왔었나보다. 짙은 화장품 냄새가 폴폴 풍겼고, 귤을 까먹었는지 껍질 부스러기도 바닥에 보였다. 너저분한 병실을 대강 치운 뒤 세탁 바구니로 가는 그녀, 며칠 전에 새 환자복으로 갈아입히느라 던져 넣은 빨랫감을 보자마자 인상을 찌푸렸다. 빛나 이 계집애, 청소가 싫으면 빨래라도 해줄 것이지, 찌든 때는 당연히 제대로 지워지지 않겠지만 하는 척이라도 보여주었다면 잘했다고 칭찬해줄 텐데…. 민우가 어떻게 되든 말든 여기에서 놀고 먹을 생각이었나 보다.

"바보…."

철없는 빛나에게 하는 말인지, 마냥 미우면서도 마냥 사랑하고픈 민우에게 하는 말인지, 아니면 지금껏 제멋대로 굴어온 자신에게 하는 말인지 소영은 구분하지 못했다. 그리고 여전히 넋이 나간 듯 멍청한 표정으로 그녀, 세탁 바구니를 옆구리에 끼고 병실 바깥으로 나왔다. 세탁실에 갈 생각이다. 지금 빨아놓지 않으면 민우가 돌아왔을 때 갈아입을 옷이 없다.

"…!"

자리에 앉아 수다를 떨던 간호사 두 사람이 소영을 보자마자 얼른 고개를 돌렸다. 한 사람은 마침 울리는 전화벨 소리에 놀라 수화기를 들었고, 다른 한 사람은 업무일지를 뒤적였다. 그간 언니 동생하며 친하게 지내온 사이였지만 이젠 도저히 아는 척을 할 수가 없다. 눈만 마주쳐도 울음을 터뜨릴 것 같은 얼굴이니 말이다. 생기 없고 공허한 표정으로 소영은 간호사들의 데스크를 지나 엘리베이터에 오른다. 세탁실까지 가는 동안 무수히 많은 얼굴들을 지나쳤지만 소영은 누구에게도 말을 걸지 않았고, 누구도 그녀에게 말을 걸지 않았다. 아무래도 민우의 심각한 병세가 병원의 분위기까지 바꾸어 놓은 모양이다.

　"소영이 처녀 왔는가?"

　세탁실에 모여 앉아 두런두런 수다 떨던 직원들이 소리쳤다. 소영은 대답 대신 고개만 꾸벅 숙이고 멀어져 간다. 마치 입력된 대로 움직이는 로봇처럼 소영은 말없이 앉은뱅이 의자에 앉아 바구니 안의 빨랫감을 꺼내 물을 뿌렸다. 이제 보니 바구니 속에 빨래할 거리가 많다. 끝내려면 시간이 꽤 걸릴 것 같다.

　"앗!"

　저도 모르게 소리친 그녀, 차가운 물이 얼굴에 튀어 흐르는 것이다. 그런데 어째서 눈가는 불에 덴 듯 뜨거울까? 이제야 소영은 제가 울고 있음을 깨달았다. 손에 들고 있던 빨랫감이 눈물 때문에 흐릿하게 보인다. 눈물은 쉴 새 없이 쏟아지고, 터지려는 울음을 막으려고 그녀는 손으로 제 입을 꾸역꾸역 틀어막는다.

"여그서 뭣하고 있는 것이여?"

"...?"

느닷없이 들려오는 목소리에 놀라 소영이 화들짝 고개를 돌렸다. 앉은뱅이 의자를 가져다 곁에 앉는 그녀, 나주여인이었다.

"워찌 고로코롬 울고 있당가?"

"아, 아무것도 아니에요."

"아무것도 아니긴 뭣이 아무것도 아니여? 고로코롬 울고만 있는다고 민우 총각이 일어나는가?"

"……."

눈물만 닦아낼 뿐 대꾸하지 않는 그녀에게 나주 여인이 손을 내밀었다.

"이리 내. 나가 빨아줄랑게."

"괜찮아요. 제가 할게요."

"거 참 말 많네잉! 고로코롬 울다가 이 많은 것을 언제 다 빨 것이여!?"

소영에게서 빨랫감을 낚아채는 나주 여인, 빨래 비누를

덥석 집더니 익숙하게 손빨래를 시작한다. 욕창 상처의 진물이 스며든 환자복은 역시 쉽지가 않았다.

"찌들었네잉. 오래 걸리겄어."

물기를 말리려고 엎어놓았던 고무 대야에 뜨거운 물을 받는 그녀, 찌든 빨래 위에 세제를 왕창 뿌린다. 손으로 주물주물 초벌 빨래를 마치고 나면 빨래판에 덜걱덜걱 긁어 댈 것이었다.

"나가 말이제. 세탁기 놔두고 손빨래를 고집허는 자네 심정을 헤아려 봤는디, 나가 고로코롬 잔소리만 헐 것이 아니더라고."

"네? 그게 무슨 말씀이세요?"

주렁주렁 매달린 눈물을 다시 훔치며 소영이 물었다. 나주여인은 잠시 생각하는 얼굴이더니 한숨을 푹 길게 쏟아 냈다.

"혹시 아는가 모르겄는디, 여그 병원이 원체 크고 사람도 많다 보니께 여그저그서 이 말 저 말이 돌아다닌단 말이제."

"……."

"그 와중에 자네들 야그도 수시로 오간다는 말이여. 지금꺼정 들은 야그들을 종합혀 불문 그럴 만도 하겄구나, 허는 생각이 들더라고."

"…?"

"물론 당사자 있는 데서 감히 말 헐 것은 못 되지만 자네 혼자 이라고 있는 꼬라지를 도저히 봐줄 수가 없어서 말이여."

나주 여인의 말을 그녀는 이해하지 못했다. 지난 1년간 담양에서 지내며 전라도 사투리는 현지인처럼 곧잘 쓰곤 했음에도 불구하고 알아듣지 못하는 건 사투리가 어려워서가 아니라 그녀의 의중을 간파하지 못했기 때문이다. 무슨 긴한 이야기를 해줄 모양인데, 그건 둘째 치고, 시시때때로 병원 식구들이 휴게실에 모여 제 3자의 흉을 보는 등 시시덕거린 사실에 대해서는 따지고 싶지 않다. 소영 역시 한때 그들 무리 사이에서 이러쿵저러쿵 말을 옮기다 된통 혼난 적이 있어 양해를 바라는 나주 여인의 마음을 충분히 이해한다.

"자네, 남자가 혀선 안 될 것 세 가지가 뭣인 줄 아는가?"

"아뇨. 모르겠어요."

"고것이 바로 술, 도박, 여자여. 아, 스물세 살 어린 나이에 결혼한 남편 놈이 그 세 가지를 다 허고 댕겼당께!"

그간 무슨 험한 일을 겪었는지 나주 여인은 손에 들고 있던 빨랫감을 신경질적으로 쥐어짠다. 가만히 지켜보던 소영의 입가에 슬그머니 미소가 번졌다.

"여자가 많다는 것은 결혼 전에 이미 알고 있었지만 결혼허고 나서꺼정 그랄 줄은 참말로 몰랐제! 허구헌날 계집질을 해대니 내 속이 워쩌겄어!"

"……."

"아, 고것 뿐이당가? 허구헌날 고스톱에, 카드에, 경마에, 투견까지…! 아이고, 시상에! 도박이란 도박은 다 허고 댕겼어! 그 돈이 다 워디서 났겄는가? 다 시부모 유산이여! 가업 대물리라고 준 돈을 고 미친놈이 몽창 탕진허고 댕겼단 말이제!"

"저런, 어떻게 그럴 수가 있어요?"

"내 남편이니 요런 말은 혀선 안 되겄지만, 한 마디로 말허자문 썩어 문드러진 놈이었어야! 워디 그 뿐인가? 고로코롬 잃은 돈이 아깝다고 밤새 술을 쳐 묵고 집에 들어오는 것이여. 그라고 조용히 자빠져 자문 나가 말을 안 혀. 제 분이 풀릴 때꺼정 나를 때리는디, 아이고! 이것이 과연 사람인가 싶더라니께!"

다시 한숨을 쏟아내는 그녀, 그간 가슴에 맺힌 한이 상당했을 거라고 소영은 짐작했다. 그나저나 어째서 그녀가 자신의 아픈 옛 시절을 꺼내는 걸까? 두 번 다시 떠올리고 싶지 않을 상처를 굳이 열어 보이는 건 어쩌면 수십 년을 더 살아온 인생 선배로서 전하고픈 이야기가 있었기 때문일지 몰랐다.

"나가 말이제. 그 남편이란 작자가 죽이고 싶을 만큼 싫었어. 이 모냥으로 사느니 차라리 도망가는 것이 낫겠다고 생각혔제. 한두 번이 아니었당께!"

"저 같아도 그렇게 생각했을 거예요. 그동안 많이 고생하신 것 같아요."

"말도 못허게 고생혔제. 허지만 아들 딸 둘을 낳아 키우다 보니 이 어린 것들을 두고 나가 가긴 워딜 가겠느냐고 퍼뜩 생각이 드는 것이여. 그래서 하루는 하소연을 했제. 제발 고만 허라고. 그라문 뭣 허는가? 아, 말 한 마디로 사람이 바뀌문 고것이 애초에 시작도 않았을 것이여."

무릎까지 꿇어가며 사정했으나 남편은 아무 것도 변하지 않았더란다. 처음 하루 이틀은 공사판에 나가 노가다 일을 하는 것 같았으나 일당으로 번 몇 푼도 돈이라고 그길로 술집에 찾아가 아낌없이 퍼마셨더란다. 다시 부부싸움이 시작되었다. 마누라가 재수 없게 질질 짠다며 남편은 주먹질을 했고, 집안의 모든 살림살이를 때려 부쉈다. 일방적으로 얻어맞은 그녀가 보기에 광분한 남편은 이미 사람이 아니었단다. 어떻게 인간으로서 그럴 수가 있는지 도대체 모르겠더란다.

"나가 입버릇처럼 허던 말이 있었제. 귀신은 뭣 하는가 몰라. 저 양아치 안 잡아가고!"

"그래서 어떻게 됐어요?"

"아이고, 어떤 귀신인지는 몰라도 고마워 혀야 쓰겄어!"

"네?"

"아, 풍을 맞은 것이여! 어느 날 갑자기 팩! 허고 쓰러지더라니께!"

스물아홉 젊은 나이에 느닷없이 반신불수가 되어버린 남편을 수발하느라 나주여인은 또 1년을 고생했다. 남편 하나 잘못 만나 팔자가 더럽다며 다시 한숨을 쉬는 그녀에게서 눈물은 말라버린 지 오래인 것 같았다.

"그 모질란 남편이 말이제. 반병신이 된지 1년 만에 뒤져부렸어."

"돌아가셨다고요? 1년 만에?"

"그렇다니께! 아, 밥 쳐 묵다 말고 느닷없이 '억!' 허더니 옆으로 고꾸라지는 것이여. 119가 왔는디, 구급차 안에서 뒤졌어. 병원에서 허는 말이 워찌나 웃긴지 몰러. 잦은 방사가 사인이라나? 하여간 계집질이 문제엿더구먼!"

다시 한숨을 쏟아내는 그녀, 아내를 죽기 살기로 고생시키더니 잘 죽었다고 주변으로부터 칭찬을 들었더란다. 기분이 좋아야 했다. 그렇게 사람을 못 살게 굴다 죽었으니 속이 시원해야 옳았다. 그런데 어째서 그리도 슬픈지 모르겠다고 했다. 영원히 곁에 남아 귀찮게 할 줄 알았던 사람이 죽고 없으니 그렇게 허전할 수가 없더란다. 어째서 가슴 한 구석이 텅 비는 듯 아픈지 알 수 없어 곰곰이 생각해 보았더니 아무래도 그게 사랑이었던 모양이란다.

"나가 자네헌티 혀주고 싶은 말이 뭔 줄 아는가? 그것은 바로 사람을 의심허지 말라는 것이여. 이미 내 손에 있는디, 고것이 과연 내 것이 맞는가 아닌가 따지지 말라는 말이여. 어찌 고로코롬 손에 물집 잽혀 가문서꺼정 손빨래를 허겄다는 것이여? 손빨래가 의심허는 마음을 달래줄지도 모른다는 생각, 그런 시도는 참말로 기특혀. 그란디 '나가 요렇게 허문 알아주겄제.' 허지만 고것은 말짱 헛거라는 것을 알아야 혀. 자네 손만 닳아부러!"

"……."

"나가 워째서 고 양아치 같은 놈을 팽개치지 못혔느냐 허문, 믿었기 때문이여. 나가 좀 더 노력허문 고것이 인간이 되리라고 믿었기 때문이란 말이제. 그랬기 땜시 나가 복날 개처럼 맞아도 도망가지 않고 그 놈팡이 옆에 붙어 있었제. 비록 아무 것도 깨닫지 못 허고 뒈져부렀지만⋯. 하여튼 뭔 소린지 알아들었는가?"

소영은 그녀가 제 가슴 속에 들어갔다 나온 모양이라고 생각했다. 어쩜 그렇게 답답한 구석을 찾아 시원하게 뚫어주는지…! 그녀의 말이 맞았다. 그간 소영은 민우를 믿지 않았던 게 분명하다. 슈퍼스타라는 사고방식에 젖어 병원에 입원한 뒤로도 배소영 따위는 관심조차 갖지 않을 거라는 생각, 당연히 부정해야 마땅하겠지만 한편으로는 마음 한 구석에 그런 생각이 자리하고 있을 것이었다. 서민우의 과거를 아는 몇몇 간호사들에게 친근한 표현으로 말을 거는 녀석을 꼴 보기 싫다고도 생각한 적이 많았던 걸 보면 그게 분명하다. 사랑하면서도 미워했던 그. 믿음이 없었기에 멋대로 생각했고, 믿지 않았기에 병원을 나가 낯모르는 도시 한복판을 방황했다. 믿음, 사랑이 아니면 실현 불가능한 그 마음. 소영은 다시 울컥 눈물이 쏟아지려는 걸 억지로 참아냈다.

"나가 워찌 자네들에 대해 요로코롬 잘 아는지 아는가?"

"…?"

"우리 딸이 오래 전에 민우 총각 팬이었어. 자네 얼굴도 알더만."

"그랬어요?"

"아이고! 질투를 월매나 해대는지…!"

소영의 얼굴에 미소가 번졌다. 죽을 둥 살 둥 민우를 쫓아다니던 계집아이들 중에 전라도 사투리를 쓰는 아이가 몇 있었다. 매니저로서 잔소리를 퍼붓는 소영을 질투하고,

제지하는 정도가 심하다며 툭하면 마찰을 일으킨 아이들 중에 분명 나주 여인의 딸도 있었을 거라 생각하니 새삼 그녀가 반가웠다.

"아, 이노무 가스나가 툭 허문 서울에 가겠다고 지랄을 해쌌는 것이여! 나가 다리몽댕이를 분질러 놓는다고 얼매나 소리쳤는가 몰러!"

"그랬구나. 재미있네요."

"근디 나중에는 자네 야그를 워디서 주워들었는지, 대단허다고 감격허더구먼! 자네처럼 헐 수 있는 여자가 없다나? '아, 우리 어메처럼 한심헌 여편네가 또 있네!' 허는디, 아이고! 워찌나 웃기던지…!"

키득키득 웃음을 터뜨리는 나주 여인, 마지막 빨랫감을 쥐어짜더니 바구니 안에 던져 넣는다. 민우의 환자복도 어느새 깨끗해졌다.

"민우 총각은 괜찮을 것이여. 고로코롬 울기만 허문 될 일도 안 돼. 알겠는가?"

"네…."

대답은 그렇게 했지만 소영의 눈엔 아직 눈물이 그렁그렁 맺힌 채다. 그런 소영의 어깨를 조용히 끌어안는 나주 여인, 그녀의 따뜻한 가슴에 소영은 한참이나 안겨 있었다.

「형님, 만일 제가 죽는다면 소영이가 보지 않는 곳에서 죽고 싶어요. 그럴 수 있을까요?」

「말도 안 된다. 그게 유언이라면 받아주지 않을 거야.」

「네. 그게 예의가 아니라는 걸 알아요. 하지만 사랑을 모르는 저로선 이렇게라도 하지 않으면 소영이에게 진 빚을 갚을 방법이 없어요.」

「그게 네가 사랑하는 방법이니?」

아직 휴대폰에 남아있는 두 사람의 흔적, 날짜만 고스란히 남아있을 뿐 어쩌다 그런 대화를 나누게 되었는지 잊어버린 그날에 성재는 녀석을 도무지 이해할 수 없었다.

「너, 이참에 사랑 법을 바꿔보는 건 어떻겠니? 그런 식으로는 절대 안 된다.」

「왜요?」

「남자로부터 마냥 사랑받으면서도 여자는 그 사실을 전혀 모르는 채라면 그 모습이 남의 눈엔 멋져 보이겠지만 따지고 보면 절대 그렇지가 않거든. 현실은 드라마가 아니야. 남자는 어떨지 몰라도 여자 입장에선 속 터질 일이란 말이다. 빚을 탕감하기는커녕 빚을 갚으려고 더 많은 빚을 지는 꼴이다. 너 왜 그렇게 멍청하니?」

욱하는 마음에 장문의 잔소리를 퍼부었다. 재미있다며 키득거리는 녀석의 이모티콘이 마치 약을 올리는 것 같아서 성재는 욕설을 한 마디 해주려다 꾹 참았다.

「전 남들과 똑같은 방식으로 사는 게 싫어요.」

「그래. 천하의 서민우가 어련하겠니?」

「그래서 소영이를 위한 나만의 맞춤 서비스를 생각하고 있어요. 아마 죽기 전 마지막 선물이 되겠죠.」

「죽기 싫다고 발버둥을 쳐도 모자란데, 엉뚱한 소리만 골라 한다니…. 하여간 넌 재미있는 녀석이다.」

영화와 현실을 구분하지 못한다고, 대중가요 노랫말에서나 들을 법한 허무맹랑한 꿈이라고, 이야기 속 터프가이 사내의 허세가 멋져 보이는 건 어떻게든 등장인물의 성격을 부각시키려는 작가의 수작일 뿐이지, 현실은 절대 다르다고. 인간이란 사랑이든 뭐든 제 마음을 시원하게 털어놓고 살아야 편안한 삶을 살 수 있으며, 삶이든 죽음이든 언제까지나 함께하는 것이야말로 진짜 사랑이 아니겠느냐고 열심히 떠들었으나 메시지 쓰는 손가락만 아플 뿐, 고집 센 그 녀석에겐 아무 소용이 없었다.

「형님도 아시잖아요.」

「뭘?」

「그동안 저에게 여자는 많았지만 정작 진짜 사랑을 해본 적은 없다는 걸 말이에요.」

「그렇지. 넌 바람둥이였다. 이 세상에 너보다 더 한 놈은 없을 거야. 너 때문에 눈물 쏟은 여자가 한두 명이어야 말이지.」

「저는 지금껏 사랑이란 몸으로만 하는 건줄 알았어요. 그게 아니라는 걸 알게 된 지는 얼마 안 됐죠.」

「역시 소영 씨가 널 바꿨구나.」

「네. 소영이를 보고 느낀 바가 있었거든요. 아무래도 죽을 때가 되니 철들었나 봐요.」

「난 네 속을 도무지 모르겠다.」

「모르셔도 돼요. 형님은 제가 아니니까요.」

더 이상 그녀가 한숨짓는 모습을 보고 싶지 않기에 하는 말이란다. 성재로선 좀 더 생각해봐야 할 문제인 것 같다. 아니, 생각해봤자 아무 것도 얻지 못할 게 분명하다. 녀석의 말대로 서민우 본인이 아닌 이상 아무도 이해할 수 없는 녀석만의 사랑법일 테니까. 심지어 그녀조차 눈치 채지 못할 그 답답한 사랑 말이다.

"후우…!"

성재는 저도 모르게 절레절레 고개를 흔들었다. 궁금하지만 알아서는 안 될 미지의 세계라는 걸 성재는 녀석을 안지 수년 만에 깨달았다. 그래. 세상에는 완벽한 정답이란 존재하지 않는다. 남과 다르지 않은 인생을 사는 사람보다 자신만의 세상을 개척하는 사람이야말로 진정 위대하다.

서민우, 녀석은 바로 그런 인간이었다. 젠장! 아무 것도 모르는 주제에 그렇게 닦달을 했으니 가뜩이나 의사소통도 어려운 녀석이 얼마나 답답했을까? 녀석에게 멍청하다고 잔소리를 퍼부었지만 정작 멍청한 건 바로 나였다.

"달깍…!"

"…?"

중환자실 문이 열리더니 중호가 모습을 보였다. 면회 시간 30분이 벌써 지나가버린 모양이다.

"의식은 있지만 호흡이 자꾸 나빠지고 있어요. 이제 곧 기계도 도와줄 수 없는 날이 곧 올 거래요."

"……."

어두운 중호의 얼굴에 희망이라고는 조금도 찾아볼 수 없다. 정말 녀석은 이대로 죽어버리는 걸까? 명원의 충고대로 이미 오래 전부터 각오하고는 있었지만 막상 현실로 닥치니 무엇부터 해야 할지 모르겠다. 머릿속이 복잡하다.

"형님…."

"…?"

중호가 곁에 앉아 무언가를 내밀었다.

"이게 뭐야?"

"민우가 주더라고요. 제수씨한테 전해달래요."

"…?"

"진작 주려고 했는데, 잊었다나 봐요. 형님이 전해주세요. 전 도저히 못하겠어요."

작게 접은 종이 쪽지였다. 남들 같으면 혹여 누가 볼 새라 꼬깃꼬깃 정성껏 접었을 텐데…. 그럴 힘이 없는 민우로선 종이를 반으로 접는 행위조차 고통이었을 것이다. 무슨 내용이 담겨있을지 궁금하다. 겨우 두 번 접었을 뿐이니 펴보는 건 어렵지 않을 것이다. 서민우만이 보여줄 수 있는 사랑의 세레나데가 가득하겠지. 하지만 성재는 그것을 조용히 주머니에 구겨 넣는다. 예의가 아닐 것이고, 어차피 두 사람만이 아는 사랑이라면 읽어봐도 이해하지 못할 게 분명하다.

"후우…!"

마치 약속이라도 한 듯 성재와 중호가 동시에 한숨을 쏟아낸다. 중호는 방금 보고 나온 제 친구의 꼬락서니가 머릿속에 떠오른 모양이다. 두 손으로 머리를 벅벅 긁어대지만 답답한 가슴은 풀리지 않는다. 친구 따라 강남 간다던 속담처럼 살아온 그들, 친구를 따라가는 것으로 고달픈 진학 문제를 뛰어넘었고, 또 그 친구를 따라 꿈을 포기했다. 중호에겐 참 고마운 녀석이다. 죽어서도 변치 않을 우정, 하지만 죽지 않고 살아서 그 잘난 우정을 계속 이어갔으면 좋겠다. 혼자 남겨질 세상이 중호는 벌써부터 두렵다.

"후우…! 답답하네…."

누구에게 하는 말인지도 모른 채 성재는 멍하니 중얼거렸다. 그러다 문득 궁금하지도 않은 스마트폰 속 세상에 억지로 뛰어들었다. 하릴없이 뒤져보는 통화 목록에 빛나의 이름이 수십 개 보인다. 모두 성재가 일방적으로 연락을 시도한 것이다.

「너 그렇게 간 이후 민우는 지금까지 중환자실에서 하루하루를 위태롭게 보내고 있어. 혹시 아는지 모르겠다만 이제 민우는 다시 일어날 수 없을 것 같다. 바쁘더라도 와서 얼굴 좀 비추고 가라. 옛 정을 생각해서 메시지 보낸다.」

그러나 빛나는 성재의 손길에 반응하지 않았다. 메시지를 읽은 흔적은 있지만 그뿐이었다. 빛나는 민우의 심각한 증세에 놀라 도망친 게 분명하다. 허겁지겁 달아나다 간호사들과 부딪혔고, 바닥에 쏟아진 제 소지품을 주섬주섬 챙겨 그대로 사라졌다. 이후 빛나는 한 번도 병원에 나타나지 않았고, 소식조차 듣지 못했다.

「전화기가 꺼져있어 소리샘으로….」

습관처럼 통화 버튼을 눌렀지만 빛나는 휴대폰의 전원을 아예 꺼버렸다. 성재는 두 번 다시 빛나에게 전화하지 않을 생각이다. 녀석의 마음이 아닌 몸뚱이만을 사랑한 그녀, 혹시라도 나중에 기자와 스타로서 다시 만난다면 그때엔

철이 들었으면 좋겠다.

9장

눈 오는
그 날

사랑하고 사랑받는 것은
양쪽에서 태양을 느끼는 것이다.

−데이비드 비스코트

**소영의 마지막 기억.

　중호가 헬스클럽을 개장한지 정확히 1년 반이 지났다. 그동안 우리 세 친구는 단 한 차례도 일을 쉬지 않았는데, 개장 첫날부터 찾아와 운동을 시작한 어느 회원의 말처럼 우린 정말 강철 체력을 가진 것만 같았다. 달력의 빨간 날에도 나와서 일하는데 피곤하지 않느냐고, 혹시 일중독에 걸린 게 아니냐며 걱정 가득한 눈빛으로 물어오는 사람이 많았지만 특별히 쉬어야 할 이유를 찾지 못했을 뿐이지, 일에 미쳐 산다거나 회원들 사이에서 심심찮게 나돈 말처럼 중호가 악덕 업주여서 그런 건 절대 아니다. 굳이 따로 해명을 하자면 어릴 때부터 운동만 해온 사람들이라 오히려 집에서 노는 게 더 고역이기 때문이랄까? 물론 각자에게 정기적인 휴일이 정해지고, 개인의 사정으로 불가피하게 근무를 쉬어야 하는 경우도 당연히 있지만 특별히 쉬어야 할 필요성을 느끼지 못하는 날엔 자신의 휴일을 반납하거나 다른 직원에게 넘길 때도 있다 보니 쉬지 못하고 일만 한다는 오해를 사기에 충분했다. 게다가 하필 체육관에 가입된 대부분의 회원들이 그 지역 유동인구의 반 이상을 채운다는, 사회생활에 제법 도가 튼 직장인들이라 눈초리가 더욱 사납게 느껴질 거였다. 사실 우리도 사람이라 쉬지 않고 일하면 몸이 고장 날 때가 있기는 하다. 그렇다고 운동인의 특성상 병을 핑계로 집에 틀어박혀 뒹굴 거리는 건 영 내키지 않고, 차라리 두어 시간 늦잠을 더 자고 일어나 피로가 풀릴 즈음 출근하는 등의 탄력적 근무를 선택했는데, 처음엔 한두 명이 그렇게 움직이더니 나중에는 모든 직원들이 마치 당연한 듯 받아들였다. 쉽게 얘기해서 우리는 반드시 정해진 시간에 따라 움직이는 직장인과 달라 힘들게 일할 필요가 없으니 따로 휴식할 필요도 없었던 거라고 볼 수 있다. 나야 대학 시절부터 민우를 좋아하게 되어버린 탓에 녀석과 함께 하는 순간순간이 너무나 즐거워서 그가 쉬지 않은 이상 휴가가 필요하지 않더라는 다소 낯간지러운 이유를 들 수도 있겠지만 하여튼 우리의 체력이 남들보다 월등하다는 사실만큼은 확실했다. 체육관 근무를 시작하고 얼마 후 나는 희한한 사실 한 가지를 깨달았는데, 그것은 바로 민우와 중호의 근면 성실한 성격이었다. 아무리 일찍 출근해도 녀석들은 항상 나보다 일찍 나와 있으니 혹시 체육관에서 숙식을 하는 건 아닌지 의심할 정도였다. 어쨌거나 두 친구 덕분에 나는 매일 아침마다 한 시간 동안 그들의 운동을 도와주는 벌을 받았다. 나 역시 스포츠를 전공한 사람이라 회원들의 운동을 돕는데 큰 어려움이 없었지만 녀석들처럼 무식하게 하지는 않아서 간혹

3~40킬로그램짜리 바벨을 들어주어야 하는 날엔 온종일 근육통으로 고생하기도 했다.

「야, 그렇게 아파야 운동 좀 한 것 같지 않니? 이 기회에 너도 해봐! 재미있어!」

「됐거든! 근육질 몸매 만들어서 누구한테 시집가라고? 민우 네가 데려가지 않을 거면 그런 소리 하지 마!」

「무슨 소리야? 너 아직도 나 좋아해?」

「그래, 이 바보야! 여자 회원들이 너한테 자꾸 추파를 던져서 신경 쓰인다! 어쩔래?!」

사회인이 되었지만 민우의 인기는 여전했다. 운동을 하러 온 건지 남자를 사귀러 온 건지 구분할 수 없을 만큼 수많은 여성 회원들이 민우에게 작업을 걸었는데, 그때마다 내 속이 얼마나 까맣게 타 들어가는지 녀석은 모를 거다. 내 마음을 뻔히 알면서도 민우는 가끔 한 번씩 체육관에서 만난 여자와 저녁 데이트를 즐겼고, 나는 다시 잔소리를 퍼붓는 것으로 스트레스를 풀었다. 이제 와서 하는 얘기지만 지금껏 정나미가 뚝 떨어질 만큼 잔소리를 늘어놓은 건 시시때때로 차오르는 내 사랑을 즐기지 못한 반증이었다. 그 왜 있지 않은가. 여자 친구의 머리카락을 쥐어뜯거나 치마를 들추는 등 짓궂은 장난질로 좋아하는 마음을 표현하는 사내아이들의 수줍은 사랑 고백처럼 말이다.

「민우야, 도대체 너한테 나는 뭐니?」

체육관을 정리하느라 둘만 남은 어느 날 밤, 녀석에게 진심을 담아 한 마디 던져보았다. 단순하고 유치하면서도 가볍지 않은 물음이었다.

「너? 너는 그냥 내 편한 친구야.」

「내 마음은 여전한데, 넌 아직도 날 받아줄 생각이 전혀 없는 거야?」

「글쎄, 즐길 수 있을 때까지 충분히 즐긴 뒤에 생각해 보려고. 진짜 사랑은 그 다음이야.」

「진짜 사랑이라니? 그럼 지금 만나는 여자들은 그게 아니라는 거야?」

「나에게 여자들은 다 똑같아. 언제는 안 그랬니? 너도 알면서 새삼스럽게 왜 이래?」

먼저 다가와, 먼저 사랑하고, 먼저 떠나간 여자들…. 지금껏 민우의 사랑은 항상 그런 식이었다. 하지만 민우는 단 한 번도 그들에게 집착하려 들지도 않았다. 여자들은 하나같이 나쁜 남자라며 녀석을 비난했지만 민우의 편에서 생각해 보면 여자들과는 전혀 다른 입장이었을 것이다. 다시 얘기해서 제 속마음을 표현하지 못해 벌어진 오해일 수도 있다는 것이다. 표현력 부족한 녀석의 사랑을 가장 가까운 친구인 나조차 내 개인적인 감정에만 집착하느라 이해하려 들지 않았으니 그는 얼마나 답답했을까. 말로는 사랑한다면서 한편으로는 나밖에 모르고 살았으니 내가 생각해도 나는 정말 한심하기 짝이 없는 중생이다.

「자, 자! 게으름 피우지 말고 운동합시다!」

생각해 보니 사랑하지 못해 애태울 만큼 우린 마냥 한가하지 않았다. 사실 우리 세 사람은 체육관을 개장하고 1년 반 동안 틈틈이 최고의 보디빌더를 뽑는 대회에 여러 차례 출전했고, 일반인을 대상으로 진행되는 철인 3종 경기나 마라톤 경기에도 참가하는 등 바쁘게 살았다. 하지만 나는 대회에 참가하기보다 두 친구를 멀리서 지켜보는 경우가 더 많았다. 아무리 체육관의 자질구레한 일들을 담당하는 여직원이더라도 나의 본업은 민우와 중호를 지키는 것이기 때문이다. 대회 때마다 따라다니며 둘의 기록을 체크하고, 컨디션 조절을 돕는 등 매니저로서의 선수 보호가 나에겐 가장 중요했다. 덕분에 두 사람의 기록은 아마추어 중에서도 상위권에 들어 관계자들의 박수와 환호를 받았다. 축구선수로서 많은 이들에게 일방적으로 사랑받던 시절처럼 말이다. 그렇게 우리는 체육인으로서 다시 한 번 입지를 다져갔다. 특별한 일이 벌어지지 않는 이상 두 사람은 곧 새로운 종목의 정식 선수가 될 터였다.

「웃겨, 정말! 서울에도 대형 병원이 많은데, 어째서 전라도까지 가야 한다는 거야?」

　나는 지금껏 잔소리를 퍼부으면 퍼부었지, 한 번도 이유 없이 짜증을 부리지는 않았다. 헌데 이렇게 날카로운 목소리로 쏘아붙인 건 계획대로 되지 않는 우리네 세상살이가 새삼 끔찍하게 느껴졌고, 조만간 더욱 끔찍한 일이 벌어질지 모른다는 생각에 두려웠기 때문일 거다. 그날, 그러니까 몸이 안 좋다는 핑계로 민우가 하루 일을 쉬고 병원에 다녀온 지 열흘 쯤 지난날이었다. 검사 결과 통지서가 체육관으로 날아왔는데, 거기엔 좀 더 전문적인 검사가 필요하다고 쓰여 있었다.

　「미안하지만 민우의 병을 잘 아는 사람이 마침 서울에 없어. 하지만 그 친구가 너와 가까운 인물이니 그나마 다행이구나. 공기 좋은 곳에서 쉬다 온다고 생각하고 내려가라.」

　담당의의 소개로 만난 사람이 바로 성재 씨 친구의 형인 명원이 오빠였다. 그는 당장 내려와서 정밀 검사를 받아보자고 말했다. 오래 전 의료봉사 차 갔다가 멋진 풍경과 맑은 공기에 반하여 눌러 앉았다는 담양, 하지만 분노로 이글거리는 내 눈에 그곳의 풍경 따위는 들어오지 않았다. 도대체 민우가 어떤 병에 걸렸기에 운동까지 쉬어가며 깡촌에 불과한 시골로 내려가야 하는지, 보이는 거라곤 논과

밭뿐인 허허벌판에 무슨 병원이 있겠으며, 서울에서 해결되지 않는 병이 시골 공기를 들이 마신다고 과연 나을 것인지 따지고 따져도 나는 속이 시원하질 않았다.

「그냥 기구에 몇 번 걸려 넘어졌을 뿐이잖아! 피곤하거나 감기 증상일 수도 있는데, 왜 이렇게 요란을 떨어? 오진이면 가만 두지 않을 거야!」

특별대우랍시고 얻은 1인용 병실에서 짐을 푸는 동안 나는 얼마나 화를 냈는지 모른다. 그도 그럴 것이 지금껏 민우는 운동 중에 입은 크고 작은 부상으로 병원에 많이 다녔지만 대부분 부주의로 인한 근육통이거나 찰과상 정도여서 입원이라는 걸 해본 적이 없었다. 게다가 활동적인 남자들의 특성상 설령 뼈가 부러지는 한이 있더라도 나을 때까지 잠자코 기다릴 만큼 차분하질 않아서 조금만 괜찮다고 생각되면 당장에 상처를 감싼 붕대를 풀어버린단 말이다. 특히 민우는 축구라는 거친 운동을 한 탓에 성격이 불같았다. 그런 녀석이 장기간의 입원 치료를 받아야 할 거라는 사실에 도리어 내가 분통을 터뜨리고 말았다. 그런데 녀석의 반응은 의외였다.

「명원이 형이 시키는 대로 할 거야. 운동으로 모든 병이 낫지는 않아.」

「그게 무슨 소리야? 건강하게 살려면 무조건 운동해야

한다던 사람이 누군데?」

「지금은 그런 뜻으로 하는 얘기가 아니라…!」

말을 채 끝맺지 못하고 민우는 입을 다물었다. 난 민우가 좀 더 하고 싶은 말이 있을 거라고 생각했다. 우리의 머리로는 도저히 이해할 수 없는 병이었고, 이 때문에 운동을 그만 두어야 한다는 사실이 영 마뜩치 않았을 테니 말이다. 그러나 녀석은 더 이상 아무 말도 하지 않았고, 줄곧 생각에 남긴 얼굴이었다. 지금에 이르러 다시 생각해 보면 민우는 그때 이미 자신의 운명을 깨달았던 걸지도 몰랐다. 잔소리를 하면 반항하기보다 그저 듣기만 했고, 너털웃음을 늘어놓는 건 예사였으며, 심지어 어떻게 알았는지 병실로 들이닥친 옛 팬들을 보고도 내 눈치를 먼저 살피는 등 평소에 안 하던 짓만 골라 하여 날 불안하게 만들었다.

「야, 너 갑자기 왜 그래?」

「뭐가?」

「내가 잔소리를 하면 시끄럽다고 따져야 하는 거 아냐? 왜 바보처럼 웃고만 있어?」

「글쎄, 두 번 다시 운동을 못할지도 모른다는 말이 무서워서 그런가?」

명원이 오빠의 진단이 녀석에겐 충격이었던가 보다. 줄곧 튼튼하게 자라온 근육들이 더 이상 제 역할을 못하게 되는 시기를 늦추려면 꾸준한 운동이 필요하다는 충고대로 민우는 매일 직원용 체육관에 찾아가 미친 듯이 기구에 매달렸다. 아예 직원들의 트레이너 역할까지 자처하여 한동안 이 녀석이 정말 환자가 맞는지 의심할 정도였다.

「콰당탕! 쿠당!」

「민우야!」

민우의 몸은 어느 순간 급격하게 변화하였다. 명원이 오빠가 예측한 바로 그 시기에 일이 벌어진 것이다. 처음에 바벨의 무게를 이기지 못하고 넘어진 줄로만 알았다. 간혹 욕심이 과한 날엔 그런 일을 겪기도 하니 이번에도 마찬가지일 거라 생각했다. 민우는 그대로 정신을 잃었고, 이동식 침상이 와서 급하게 실어갔다. 너무나 갑작스런 상황에 나는 제 정신이 아닌 얼굴로 비명을 질렀으며, 우리가 자리를 비운 사이 서울에서 체육관 운영을 아예 다른 사람에게 넘기는 등 잔일을 처리하느라 뒤늦게 달려온 중호 덕분에 겨우 진정할 수 있었다. 민우가 일반 병실로 옮겨진 건 그로부터 일주일 뒤였다.

「배소영, 너 웃긴다.」

「왜?」

「너 왜 집에 안 가고 여기에 있어?」

「무슨 소리야? 네가 병원에 누워있는데, 내가 어떻게 집에 가? 죽었다 깨어나더니 헛소리를 하네? 너 정신은 멀쩡한 거지?」

황당하기 짝이 없는 표정으로 받아치자 녀석이 까르르 웃음을 터뜨렸다. 죽는 줄 알았다며 다시 잔소리를 퍼부었는데, 민우는 그저 내 얼굴을 빤히 쳐다보기만 할 뿐 이번에도 반항하지 않아서 나는 그만 녀석이 환자라는 사실도 잊고 어깨를 툭 때려주었다.

「소영아, 진심으로 묻는 말이야. 너 왜 아직까지 내 옆에 있는 거야? 도저히 이해할 수가 없어.」

「…?」

민우의 얼굴에서 장난기가 사라졌다. 다시 어깨를 때려주려던 나는 뒤늦게 녀석의 진지한 표정을 발견하고 입을 다물었다.

「그동안 부상으로 병원에 갈 때마다 여자들이 실망이라고 떠나갔거든. 내가 튼튼하지 않아서 이상하다나?」

「그랬어? 싸가지 없는 것들이네?」

「그런데 너는 왜 다른 여자들처럼 내가 좋다면서 아플 때 도망가지 않아?」

「야! 너 왜 날 다른 여자들이랑 비교하니? 죽을래?!」

「……」

병실이 떠나갈 듯 고함을 질렀지만 민우는 놀라지 않았

다. 녀석은 그때 무슨 생각을 했던 걸까? 난생 처음 보는 생명체를 발견한 학자의 얼굴이 바로 그러했을지 몰랐다. 낯설지만 기대에 찬 얼굴, 녀석은 분명 그런 표정을 짓고 있었다.

「그 여자들은 네가 슈퍼맨인 줄 알았나 보지.」

「슈퍼맨?」

「슈퍼맨 몰라? 지구 밖에서 날아온 정의의 용사 말이야.」

「그건 아는데, 왜 그런 소리를 하는 거야?」

「분명히 말해두는데. 난 그 여자들하고 달라. 나는 지금 껏 널 나와 똑같은 인간으로 생각했단 말이야. 슈퍼맨은 우주에서 날아왔기 때문에 내가 아무리 잔소리를 해도 못 알아듣겠지만 너는 인간이라 다 알아듣잖아!」

「그래서?」

「그래서는 뭐가 그래서야? 계속 떠들다 보면 언젠가는 내 마음 알아줄 거라고 생각했지, 뭐! 그게 다야!」

생각해 보니 그때가 잔소리로 포장되지 않은 내 진실 된 속마음을 제대로 보여준 순간이었던 것 같다. 내 사랑을 알아달라며 그렇게 애걸복걸하다가 마침내 녀석의 마음을 뒤흔들어버린 것이다. 그런데,

「야! 지금 무슨 짓을…!」

기운 없이 누워있던 녀석이 슈퍼맨처럼 벌떡 일어나 내 입술에 키스했다. 갑작스러웠고, 너무나 놀라 나는 얼어붙은 듯 꼼짝하지 못했다. 민우의 입술은 따뜻하고 부드러워 아무 것도 하고 싶지 않았다.

「고마워. 날 사람으로 봐줘서….」

「…!」

뒤이어 민우가 무어라 떠드는 것 같았지만 나는 못 들었다. 내 인생의 첫 키스라고 깨달았더니 울컥 눈물이 쏟아진 것이다.

「소영아, 고마워. 이건 진심이야. 이 말밖에 생각나는 말이 없어. 정말 고마워!」

그리고 나는 민우의 품에서 하염없이 울었다. 마침내 내 마음을 알아준 녀석의 품에서 미친 듯 통곡했다. 아마도 그 날이 민우와 사랑하게 된 바로 첫날일 것이다.

오전 내내 쏟아지던 진눈깨비는 점심시간이 되어서야 겨우 그쳤다. 제법 날씨가 쌀쌀하다. 질척한 도로를 정리하는 환경 미화원의 외투가 오늘의 날씨를 대변하듯 아주 두껍다. 겨울은 이미 오래 전에 들어서 있었다. 오늘 아침 TV에서도 서울의 한강이 꽁꽁 얼어붙었다며 아나운서가 요

란하게 떠들었는데, 조만간 한파가 찾아올 테니 수도관이
얼어터지는 동파사고라든가 눈길에 미끄러져 다치는 낙상
하고가 일어나지 않도록 대비해야 한다는 말로 뉴스를 마
무리 지었다. 일기예보대로라면 이제 곧 사람들은 어깨에
대강 걸쳤던 머플러를 단단히 동여매야 할 것이고, 외투는
목 끝까지 지퍼를 끌어올려 마치 동면하는 개구리처럼 웅
크린 채 얼른 겨울이 지나가기 만을 기다려야 할 것이다.

　"자기, 오랜만에 만났는데, 반갑지 않아?"

　병원 뒤편에 조성된 산책로를 거닐며 하나가 중호에게
물었다. 이 추운 날씨에 미니스커트 차림으로 나타난 그녀,
예전 같으면 여자들은 도대체 왜 그러느냐며 한 마디 했을
테지만 중호는 한참이 지나도록 아무런 대꾸가 없다. 두
손을 주머니에 찌른 채 앞만 보고 걸어갈 따름이다.

　"춥다. 눈이 올 것 같아."

　누렇게 변색된 하늘을 힐끔 올려다보며 하나가 중얼거
렸다. 만나지 못했던 며칠 동안 많은 일이 있었고, 그 바람
에 어색해져버린 둘 사이의 분위기를 바꿔보고 싶어 계속
말을 걸었으나 중호는 마치 꿰맨 듯 입을 다물고만 있다.
차라리 화라도 내면 좋으련만…. 그가 무슨 생각을 하는지
몰라 하나는 더욱 조심스럽다.

　"우리, 저쪽에 앉을까? 나, 자기한테 할 말이 많아."

그녀가 분수대 주변으로 널린 벤치들을 가리켰다. 날씨가 추우니 안으로 들어가자는 한 마디라도 불쑥 꺼낼 만한데, 중호는 묵묵히 하나가 하자는 대로 따를 뿐이다. 그의 얼굴에서 생각에 잠긴 듯 어두운 표정을 발견했지만 하나는 왜 그러고 있느냐며 따지지 않았다. 하긴, 둘도 없이 소중한 친구가 곧 세상을 떠날지 모르는데, 한가롭게 데이트를 즐기고 싶지는 않겠지. 그런데도 이 추운 날씨에 진눈깨비로 엉망이 된 산책로를 걷는 건 '마지막으로 한 번만 만나자.'라는 의미 모를 카카오톡 메시지 때문이다.

"여기 앉을까? 색깔이 참 예쁘네. 그렇지?"

거기에 노란 페인트를 뒤집어 쓴 벤치가 있다. 애니메이션 속 귀여운 캐릭터를 좋아하는 하나에게 꼭 어울릴 디자인이다. 그러고 보니 산책로에 널린 거의 모든 벤치가 이렇게 알록달록 색깔 옷차림이다. 거리를 활보하는, 눈알 스티커가 붙은 시내버스처럼 어린 아이들이 좋아할 것 같다. 이제 뽀로로는 정말 찬밥 신세가 되어버린 모양이다.

"…?"

노오란 꽃봉오리를 닮은 벤치에 앉으려던 그녀, 문득 한발 앞서 다가가 물기가 채 마르지 않은 자리를 쓱 닦아내고 사라지는 중호의 손길에 슬쩍 미소 짓는다. 그간 벌어졌던 사건들로 중호가 자신을 불편해할까 봐 걱정했던 그녀였다. 하지만 이제 보니 중호의 마음은 아직 여전한 것 같다. 사랑보다 중요한 문제가 산적해 있어서 제대로 신경 쓰지 못했을 뿐.

"마실래? 아직 따뜻해."

생강차를 가져왔다며 하나가 가방에서 까만 보온병을 꺼내들었다. 여전히 중호는 묵묵부답이지만 보온병 뚜껑에 생강차를 따라 내미는 하나의 손길엔 곧장 반응한다. 뜨겁다며 후후 불어 마시기까지 하니 그제야 그녀는 안도감에 한숨을 푹 내쉬었다.

"장갑이라도 끼어. 손 시리겠다."

하나의 벙어리장갑에 귀여운 캐릭터가 가득하다. 때가 타서 토끼인지 고양이인지 알아보기 어려운 그것을 손에 쥐고 이리저리 흔드는 중호, 입을 열지만 않았을 뿐 그는 하나의 목소리를 남김없이 듣고 있었다.

"저녁은 먹었어?"

"……."

"추운데, 그만 들어갈까?"

"할 얘기가 뭐야?"

"…?"

느닷없이 터져 나온 중호의 목소리, 실로 오랜만에 중호가 입을 열었다. 그녀의 이야기를 마냥 기다리고 있기가 힘들었던가보다. 그만큼 여유롭지 않다는 뜻이겠지. 하지만 그건 둘째 치고 하나는 지금 난생 처음으로 소리를 듣는 농아처럼 눈이 휘둥그레졌다.

"자기 목소리 오랜만에 듣는 것 같아. 말하는 법을 잊은 줄 알았어."

"일 그만 둔다는 얘기를 들었어. 혹시 그것 때문이야?"

용건만 간단히 물어오는 중호, 서운할 법도 하지만 하나는 개의치 않는다. 지금 중호로서는 그럴 수밖에 없다.

"응. 그것 때문이야. 나 내일부터 출근 안 해."

"왜?"

"창피하잖아!"

밑도 끝도 없이 소리치는 그녀가 재미있었던 모양이다. 중호의 입술 한쪽이 슬쩍 비틀어진다.

"빛나 그 계집애가 무슨 짓을 했는지 온 병원에 소문이 다 났어!"

"그래?"

"동생한테 응급조치하는 법도 안 가르쳤느냐고, 숨넘어가는 환자를 내버려 두고 어쩜 그럴 수 있느냐고…. 내가 얼마나 망신을 당했는지 자기는 모를 거야!"

"……."

속상한 마음을 감추지 못하고 하나가 다시 푹, 한숨을 쏟았다. 도로 입을 다무는 중호, 이건 도저히 위로해줄만한 성질의 것이 아니다. 다른 이도 아닌 유빛나가, 제법 인지도가 쌓였다는 연예인이 전 남자친구의 병세에 놀라 허둥지둥 도망쳤으니 입방아에 찧이는 게 당연하다. 듣기로는 CCTV에 그 모습이 찍혔다는데, 어찌나 급하게 도망가는지, 치마가 밀려 올라가 속옷이 다 보일 지경이라는데, 확인된 사실이 아님에도 불구하고 온통 여자들뿐인 간호사 휴게실에서 며칠 동안 동생의 이야기가 오르내려 하나는 도저히 견딜 수 없었더란다.

"비번이라 서울 집에 갔더니, 한가하게 게임을 하고 있더라고."

"게임?"

"그래. 게임…. 군인들이 총 들고 싸우는 게임인가본데, 거기에 빠져서 내가 말을 걸어도 쳐다보지도 않는 거야. 오랜만에 집에 와서 쉬는 사람을 왜 귀찮게 하느냐고 오히려 고함을 치더라니까!"

기가 막혔는지 중호에게서 웃음소리가 터져 나왔다. 제 가슴 위로 팔짱을 끼우며 벤치에 등을 기대는 중호를 하나는 감히 돌아볼 수 없다. 못난 동생을 둔 죄인, 그 사실 하나만으로도 그녀는 중호에게 미안하다.

"어찌나 화가 나는지 내가 다짜고짜 소리부터 질렀어.

도대체 병원에서 뭘 하다 왔느냐고 따졌지."

"그래서?"

"대답은 안 하고 엉뚱한 소리만 하는 거야. 다시는 민우를 볼 생각이 없대. 더 이상 자기하고 관계없는 사람인 걸 확인했다나?"

"그게 무슨 소리야? 뭘 확인해?"

"그러니까 그게…!"

답답한지 하나가 주먹으로 제 가슴을 쿵쿵 때렸다. 한 마디로 동생은 기회주의자라고 했다. 그 왜 있지 않은가. 필요할 땐 뱃속 내장까지 꺼내줄 것처럼 온갖 아양을 떨다가 더 이상 필요가 없어지면 두 번 다시 마주치려 들지 않는 사람 말이다. 아무리 한 배에서 나온 친동생이라지만 정말 못 되어먹은 아이라고, 어릴 때부터 그 나쁜 버릇을 고쳐주려 부단히 노력했으나 도무지 고칠 생각을 안 하더라며 하나는 다시 한 번 중호에게 사과했다.

"그렇게 따지면 민우는 환자라 더 이상 별 볼 일이 없었을 텐데, 왜 병원에 나타난 거야?"

"옛날 생각만 했겠지. 만능 스포츠맨 서민우가 필요했을 거야."

"연예인 이미지를 만드는 데에 남자 친구를 이용하겠다는 거야?"

"그래. 맞았어."

하늘에서 눈송이가 떨어지기 시작했다. 일기예보대로라면 오늘부터 전남 지역에 꽤 많은 눈이 쏟아질 것이다.

"애초부터 민우 씨에게 접근하려고 우리 학교에 입학한 거야. 소영이가 방해하는 바람에 계획에 차질이 생겼던 거고…."

"병원에 입원한 건 알았을 것 아냐?"

"병에 걸려봤자 독감 정도로만 받아들였대. 병원 식사가 볼품없어서 마른 거라고 단순하게 생각했다는 거지."

"정말 너무 하는군."

처음으로 중호의 표정이 일그러졌다. 다시 한숨을 몰아쉬는 그녀, 점점 어두워지는 하늘빛이 중호의 얼굴을 닮아보였다.

"사실 난 오늘 자기를 보고 싶지 않았어. 자매가 서로 짜고 치는 거라고 생각했기 때문이야. 자기가 워낙 동생 자랑을 많이 해서 자매간에 우애가 남달라 보였거든."

"그래서 여태 아무 말도 안 한 거야?"

"응. 무슨 낯으로 보러 오는 거냐고 따지고 싶었어. 그런데 그게 오해라니, 괜히 미안해지네?"

픽 웃음을 터뜨리는 그녀, 누명을 벗어 홀가분한 표정이었다.

"난 그동안 자기가 왜 날 의심했는지 몰랐어. 생각해보니 나까지 빛나한테 이용당했더라고. 그것조차 전혀 몰랐다는 사실에 더 화가 났어."

"그러니까 빛나는…. 이익을 위해서라면 가족도 팔아치운다, 이거야?"

"그래. 맞아. 그래서 내가 빛나랑 얼마나 싸웠는지 몰라."

중호에게서 끄응, 하는 신음성이 들려온다. 혹시 내 친구는 빛나의 성정을 알고 있었을까? 사랑이라는 이름으로 한때 빛나에게 몸도 마음도 다 줘버렸던 친구와 그런 친구를 온 몸으로 지켜온 여자 친구가 중호는 새삼 안타까웠다.

"자기, 그동안 빛나 때문에 벌어진 많은 일들…. 학교 다닐 때 있었던 일들까지 내가 대신 사과할게. 미안해."

"아니야. 됐어. 자기한테 그런 얘기 듣고 싶지 않아. 그보다 한 가지 궁금한 게 있는데…."

"뭔데?"

하나가 되물었지만 중호는 오히려 입을 다물고 만다. 다시 어두운 하늘로 시선을 주는 중호, 굵어진 눈발을 마냥 얻어맞을 따름이다.

"자기는 간호사라서 아는 게 많겠지?"

"응? 왜?"

"내 친구 말이야…."

"……."

"민우는 이제 어떻게 될까? 죽을 거라는 건 알지만 믿고 싶지가 않아."

하나의 얼굴도 중호처럼 어두워졌다. 무슨 말을 해야 할지 모르겠다는 표정으로 그녀, 할 수 있는 거라곤 좀처럼 개일 것 같지 않은 하늘을 향해 마냥 한숨만 쏟아내는 것뿐이다.

"소영이는…. 크리스마스를 혼자 보내게 될지 몰라."

"크리스마스?"

난생 처음 듣는 단어인 양 중호는 당황한 얼굴이었다. 이제 보니 벌써 크리스마스가 가까워졌다. 그렇다는 건 달력의 날짜가 몇 개 남지 않았다는 뜻이고, 민우는 올해를 넘길 수 없다는 말이기도 했다. 녀석이 좀 더 살 수 있도록 도와달라고 그렇게 애원을 했건만 인간 세계의 모든 신들에겐 이 작은 소망을 들어줄만한 능력이 없는 모양이다.

"자기, 내가 오늘 자기를 만나자고 한 건 다른 게 아니라…."

"……."

도로 기어 들어가는 하나의 목소리, 중호는 그녀가 무슨 말을 할지도 모르면서 다시 하늘에게로 시선을 돌렸다. 눈발이 더 두꺼워졌다. 아무래도 쉽게 멈출 것 같지 않다.

"자기야, 우리…. 헤어지자."

"……."

"날 계속 만나면 빛나가 생각날 거야. 그러니까…!"

시커먼 그림자가 느닷없이 그녀를 덮쳐온다. 곰 같은 덩치에 파묻혀 하나는 놀란 얼굴이다. 중호가 이렇게 와락 끌어안을 줄은 미처 몰랐던 거다.

"나 말이지. 아직 자길 사랑해."

"하지만 자기야…."

"그런데 나는…. 자기보다 내 친구가 더 좋아."

품속에서 하나가 픽 웃음을 터뜨렸다. 역시 최중호답다. 그라면 충분히 사랑을 버리고 우정을 택할 것이었다.

"자기 말대로 내가 자기를 버리지 못하고 계속 사랑한다면 내 친구에게 죄 짓는 꼴이 될 거야."

"……."

"우리, 웃으면서 헤어지자. 자기도 그걸 원한 거지?"

"그래. 맞아."

품속에서 하나가 고개를 주억거렸다. 그녀의 머리를 쓰다듬으며 중호는 웃었다. 곧 사랑을 잃을 거면서 왜 이렇게 기분이 좋은지 모르겠다.

"서울에 올라가면…. 빛나가 집에서 또 게임하고 있을까?"

"응?"

"앞에 불러 앉혀 놓고 교육 좀 시켜. 언니가 돼가지고 말썽 부리는 동생을 왜 그냥 내버려 두는 거야?"

하나에게서 키득거리는 웃음소리가 들려온다. 그녀처럼 환하게 웃으며 중호, 다시금 하늘을 올려다보았다. 이젠 찬 바람까지 불고 있다. 굵어진 눈발이 바람에 실려 이리저리 흩날린다. 아무래도 일어나야 할 것 같다. 이대로 있다가는 감기에 걸릴지도 모른다.

"답답해. 이제 난…. 누구랑 운동해야 하지?"

멍하니 허공을 바라보며 중호가 중얼거렸다. 속상한 그의 손을 하나가 꼭 잡아 쥔다. 이제 곧 닥칠 슬픔을 어떻게 감당해야 할지 모르겠다. 아까부터 건너편 빨간 벤치와 분수대 주변을 서성거리는 저 까만 후드 티셔츠 차림의 남자도 중호처럼 하늘을 바라보는 채다. 후드를 뒤집어쓰고 있어서 표정을 알아볼 순 없지만 중환자실에 환자를 맡겨 놓은 보호자라면 아마 중호처럼 속상하고 아플 거였다. 너무나 가깝게 다가온 죽음, 하지만 저 예쁜 분수대는 눈 속에 파묻혀 침묵할 뿐이었다.

「으악! 뭐야?!」

문득 머릿속에 떠오른 민우의 외마디 비명 소리, 이윽고 함께 길을 걸어가던 축구부 동료들이 키득키득 웃음을 터뜨렸다.

「야! 배소영! 너 왜 또 시비야?!」

　외투에 엉겨 붙은 눈을 털며 민우가 고함을 질렀다. 배꼽을 부여잡고 웃던 그녀, 다시 아까처럼 눈덩이를 민우에게 던졌다.

「야! 하지 말라니까! 왜 이래?!」

「재밌잖아! 너도 해봐!」

　눈덩이가 다시금 민우의 가슴을 강타한다. 막을 생각도 없이 날아오는 눈덩이를 그거 맞고만 있는 민우, 소영의 장난이 영 마음에 들지 않는 표정이다.

「야! 애도 아니고 눈싸움이 말이 돼?」

「우리 계속 말싸움만 했잖아! 이번엔 눈싸움 하자! 내가 져줄게!」

　기가 막혔는지 민우가 코웃음을 웃는다. 그제야 이 눈덩이가 그동안의 지겨웠던 잔소리를 사과하고 싶은 소영의 속마음이란 사실을 알아차린 것이다.

「하고 싶은 말이 있으면 말로 해. 어린 애처럼 유치하게 굴지 말고.」

「유치하긴 뭐가 유치해? 민우야, 눈싸움이 싫어?」

「그래. 싫어. 그러니까 그만해.」

「그럼 넌 뭘 좋아하니?」

「…?」

이리저리 눈을 굴리는 민우를 보고 소영이 또 웃어댄다. 그렇게 골똘히 생각해봤자 답이 나오지는 않을 것이다. 그에겐 오로지 운동, 운동뿐이니까!

「난 너와 눈싸움하는 게 좋아! 다른 애들 다 필요 없어! 너하고만 하고 싶어!」

「야! 그게 무슨…!」

퍼억, 축구공만한 눈덩이가 얼굴에 정면으로 날아와 깨졌다. 그 바람에 민우는 더 소리칠 수 없었고, 지켜보던 축구부 동료들도 까르르 웃음을 터뜨렸다. 중호는 아예 눈밭을 데굴데굴 굴러다니는 지경이다.

「민우야! 나 있지! 널 많이많이 좋아해! 눈싸움보다 더!」

눈밭이 되어버린 학교 운동장을 뛰어가는 소영과 가만 두지 않겠다며 눈 뭉치를 들고 쫓아가는 민우. 친구들의 눈에 그 모습은 마치 사랑싸움에 빠진 연인 같았다. 다시 말해 두 사람은 그때 이미 떼려야 뗄 수 없는 사이가 되어버린 것이다. 우리의 화려했던 대학 시절, 빛나와의 트러블로 전교생이 모든 사실을 알아버린 바로 그 해 겨울이었다. 춥지만 따뜻했던 그 시절이 소영은 그립고 그리웠다.

"후우…!"

깊은 한숨과 함께 눈앞을 가득 채우던 추억도 사라졌다. 느닷없이 옛 생각이 떠오른 건 아마 창밖에 쏟아지는 함박눈 때문일 거다. 어찌나 눈발이 굵은지, 벌써 온 세상이 하얗게 변해버렸다. 곧 크리스마스가 다가올 텐데, 이대로라면 화이트 크리스마스를 맞이할 수 있을 거였다.

"성재 씨, 지금 몇 시예요?"

기운 없는 목소리로 그녀가 물었다. 멍하니 벽에 기대어 있던 성재가 손목시계를 들여다본다.

"아직 20분이 더 남았어요."

중환자실 면회 시간을 말하는 거다. 소영은 터덜터덜 간이 의자로 돌아와 엉덩이를 묻었다. 그녀의 손에 핫 팩이 들려있다 조금이라도 더 따뜻해야 한다. 손이 차가우면 민우에게 온기를 전해줄 수 없다. 차가운 손을 잡는 순간 녀석이 깜짝 놀랄지 모르니까. 민우는 겨울을 싫어한다. 제 탄탄한 몸을 여과 없이 드러낼 수 있는 여름, 그래서 소영도 민우처럼 뜨거운 그 계절이 좋다.

"후우…!"

휴대폰 액정에 박힌 시간을 확인하고 소영이 또 한숨을 몰아쉬었다. 아직도 10분이 더 남아있다. 10분 뒤에 중환자실 문이 열릴 거다. 어찌나 시간을 칼같이 지키는지 고작 1, 2분도 봐주질 않는다. 환자들의 목숨이 달려있으니 별 수 없는 일이다.

"…?"

복도 저 멀리에서 하얀 가운을 입은 무리가 달려오는 게 보였다. 중환자실의 연락을 받았는지 하나같이 다급한 표정이다. 그리고 그들 무리 사이에서 명원의 얼굴을 발견하는 순간, 소영은 벌떡 자리에서 일어났다.

"…?"

명원과 눈이 마주쳤다. 아는 척이라도 할 줄 알았던 명원은 마치 전혀 모르는 사람을 본 것처럼 시선을 피해버렸고, 이내 중환자실로 사라졌다. 그런데 이상하다. 왜 갑자기 눈가에 눈물이 고이는 걸까? 주르륵 쏟아지고 마는 뜨거운 눈물, 소영은 제가 왜 우는지 이해하지 못했다.

중환자실로 들어섰을 때, 명원은 전기 충격 기에 의해 솟구쳐 오르는 민우의 몸뚱이를 보았다.

"어떻게 됐어?!"

환자의 상태를 살피는 후배에게 소리치며 명원이 빠른 걸음으로 다가섰다. 후배는 다시 한 번 전기 충격 기를 환자의 가슴에 얹는 것으로 대꾸를 대신한다.

"아, 이거…!"

기계 속 그래프를 바라보던 후배가 신경질적으로 소리쳤다. 잠시 반응하는 것 같던 심장은 이젠 아예 정지할 듯 한두 차례 꿈틀거리는 것 외엔 거의 직선을 그리고 있었다.

"비켜!"

명원이 또 소리쳤다. 이대로 두면 환자는 정말 죽는다. 뭔가 대책이 필요하다.

"어어, 선배…!"

후배는 당황한 얼굴이었다. 명원이 아예 침상 위로 올라가 제 두 손으로 심장 마사지를 실시하는 것이다. 때로는 기계보다 사람의 손이 더 낫다고 생각하는 그였다. 오래전 근무하던 병원에서 정전 사태가 일어나 하마터면 죽을 뻔한 환자를 이런 식으로 살린 적이 있었으니까.

"민우야, 일어나라…! 민우야…!"

어느 새 땀범벅이 되어버린 명원, 그러나 가슴을 압박하는 손동작은 멈추지 않는다.

"…?"

정신없이 환자를 자극하던 그가 한참 만에 기계를 돌아본다. 지그재그로 움직이는 그래프가 모니터 가득 이어지고 있었다. 다행이다. 정상 범위는 아니지만 분명 민우의 심장은 다시 생명 반응을 보이기 시작했다.

"후우…!"

침상 아래로 내려오며 명원이 한숨을 쏟아낸다. 어찌나 힘을 썼는지 진이 다 빠진다. 주저앉을 듯 다리마저 부들부들 떨리는 것이 잠시 쉬었으면 좋겠다. 하지만 녀석의 심장은 아직 불안하다. 언제 다시 멈출지 모르니 내내 옆에 붙어있어야 한다.

"민우야, 너…. 좀 더 살아주면 안 될까? 바깥에서 제수씨가 울고 있다."

깨어날 줄 모르는, 더 이상 깨어나지 못할 민우를 내려다보며 명원이 중얼거렸다.

"너더러 다시 운동장을 뛰라는 소리 따위 하지 않는다. 다만 나는…… 제수씨가 우는 모습을 보고 싶지 않은 것뿐이야. 제발 좀 더 견뎌주지 않을래?"

언제 어디서든 씩씩하게 소리치고, 당차게 행동하는 여장부 배소영이 보고 싶다. 서민우가 아니면 배소영은 더 이상 웃을 수 없단 말이다. 하지만 아무리 애원하고, 발버둥 쳐도 죽어가는 환자가 살아 돌아올 수는 없다. 아픈 이를 살리고자 의사가 되었건만 지금 눈앞에서 죽어가는 환자를 마냥 지켜봐야 한다니…. 명원은 제 자신이 경멸스러웠다.

"…?"

간이 의자를 가지러 돌아서던 명원이 문득 낯선 손기를 느끼고 고개를 돌렸다.

"민우야…?"

명원의 입이 떡 벌어지고 만다. 마치 가지 말라는 듯 민우가 소매를 붙잡고 놔주질 않는 것이다. 게다가 눈까지 부릅뜨고 이쪽을 바라본다. 산 자의 눈이지만 이미 죽어버린 눈빛, 이제 민우에게 한계가 왔음을 명원은 직감했다.

"민우야, 뭐라고…?"

녀석이 그에게 무슨 말인가를 전하려는 것 같다. 산소 호흡기 속에서 꾸물꾸물 입술을 움직이지만 제대로 알아들을 수 없다. 명원은 좀 더 다가가 녀석의 입가에 귀를 붙였다.

"형님…. 소영이가…. 보고 싶어요…."

"…?"

산소 호흡기 밖으로 빠져 나가지 못해 울리는 목소리, 하지만 명원은 들었다. 녀석이 사랑하는 그녀, 지금 민우에겐 그녀가 필요하다.

"간호사! 밖에 나가서 보호자들을 불러와요!"

"네!"

지켜보던 무리 속에서 간호사 한 사람이 부리나케 중환자실을 빠져 나간다. 이윽고 소영과 성재, 중호와 하나가 모습을 보였다.

"민우야! 민우야!!"

한달음에 뛰어드는 그녀, 민우와 눈이 마주치자마자 울컥 울음을 쏟아낸다.

"민우야! 다시 깨어났구나! 내가 얼마나 걱정했는지 알아?"

오열하는 그녀의 눈물을 닦아주고 싶다. 손가락을 움직이려 하지만 쉽지 않았고, 그래서 민우는 화가 났다. 그녀에게, 뒤늦게 사랑해버린 그녀에게 잘 있으라는 말 한 마디 해줄 수 없어 화가 난단 말이다. 지금 저기에 벽시계를 돌아보는 까만 후드 티셔츠 차림의 남자가 있다. 이제 얼마 남지 않았나 보다. 그가 날 일으켜 세우기 전에 내가 먼저 말해야 한다. 오래토록 나만 보고 살아왔던, 화려한 삶을 좇느라 줄곧 방황한 내가 돌아오기만을 기다리던 그녀에게 아직 남은 한 마디를 전해주고 싶다. 소영아, 소영아…!

"민우야! 뭐하는 거야? 이러지 마!"

소영이 비명을 지르듯 소리쳤다. 어디서 그런 기운이 솟아났는지 느닷없이 민우가 제 얼굴을 덮고 있던 산소 호흡기를 떼어내려고 안달하는 것이었다. 말려야 했지만 불가능하다. 누구도 저항하지 못할 괴력, 민우는 끝내 호흡기를 벗어던졌다.

"소영아…!"

들릴 듯 말 듯 입 밖으로 쏟아져 나오는 민우의 목소리, 터져 나오는 울음을 억지로 틀어막으며 소영이 민우에게 가까이 다가섰다. 아예 무릎까지 꿇고 소영은 민우의 입가에 귀를 가져간다. 이렇게 하면 아무도 알아들을 수 없는 말을 혼자서 간직하게 될 거였다.

"소영아…!"

"그래. 민우야, 나 여기 있어!"

"미안해…. 나 때문에…. 고생 많았지…?"

"아니야. 전혀 그렇지 않아!"

후드 티셔츠를 걸친 남자가 고개를 돌렸다. 그리고 민우에게서 눈물 한 방울이 툭, 굴러 떨어졌다.

"널…. 영원히…. 기억할게…."

"나도. 민우야, 나도 그럴 거야!"

"소영아…. 사랑해…. 많이…!"

단 한 번도 표현해주지 않은 말이었다. 마음속에 가둬둔 내 사랑, 지금이라도 꺼낼 수 있어서 다행이다. 안녕, 소영아! 그동안 바보 같은 날 끝까지 기다려 줘서 고마워! 그리고 많이 미안해! 영원히 널 기억할게! 사랑해, 소영아!

"민우야!"

소영이 비명을 질렀다. 줄곧 들쭉날쭉하던 그래프가 가로로 직선을 그리고, 삐이, 하는 기계음이 들려온다. 빛을 잃은 민우의 눈동자, 소영은 그 자리에 쓰러지고 말았다.

에필로그

사랑을 두려워하는 것은
삶을 두려워하는 것과 같으며
삶을 두려워하는 사람은
이미 세 부분이 죽은 상태다.

—버트런드 러셀

6개월 후.

광주 시내로 들어선 성재의 승용차가 출근시간이 지나 한갓진 거리를 달리고 있다. 내비게이션에 입력된 목적지는 다름 아닌 충장로 골목이다.

「네. 요즘 연예인 기부 천사들이 참 많아졌어요. 그렇죠?」

어느 건물 지하 주차장으로 미끄러져 들어가며 성재는 라디오 방송에 귀 기울이고 있었다.

「자선 바자회로 불우 이웃 돕기 모금을 하는 사람, 연탄이나 도시락을 배달하는 사람; 유빛나씨처럼 가슴으로 사랑을 전하는 사람…. 특히 유빛나씨는 참 착한 아가씨예요. 어찌나 하는 짓이 예쁜지 사랑해주지 않고서는 견딜 수가 없다니까요!」

"무슨 소리야, 이게…?"

「우리 유빛나씨는 한 달에 한두 차례씩 서울 근교의 한 장애인 복지 단체에 찾아가 봉사 활동을 한다고 해요. 장애를 가졌다는 이유로 미혼모에게 버려진 아이를 끌어안고 우는 사진이 보는 이로 하여금 눈시울을….」

엔진이 정지하면서 라디오 속 진행자의 목소리도 사라졌다. 가증스럽기 짝이 없는 계집애의 위선 따위 더 듣고 싶지 않다.

"몇 층이라고 했지…?"

구석진 곳에 지상으로 올라가는 엘리베이터가 있다. 성재의 목적지는 6층이다. 안내 표지판에 적힌 글씨가 큼지막하다.

"…?"

6층에서 엘리베이터 문이 열리자마자 성재를 반긴 건 귀를 쩌렁쩌렁 울리는 음악소리였다. 충장로에 들어선지 몇 달 만에 입소문이 돌아 지역 주민들로 바글바글 하다는 이곳, 중호와 소영이 공동으로 운영한다는 헬스클럽에 오늘 처음으로 성재가 발을 디뎠다. 평일 오전인데도 사람이 꽤 많았다.

"어서 오세요!"

사무실에 들어서자 어느 여직원이 소리쳤다. 컴퓨터 앞에 앉아 바쁘게 일하느라 고개조차 돌릴 수 없는 그녀, 소영이었다.

"어? 형님!"

먼저 성재를 반겨온 사람은 중호였다. 6개월 사이 덩치가 더 커진 그가 상담 중이던 회원까지 팽개치고 성재에게 알은 척을 하는 것이다.

"자! 싸게 가서 운동허랑께요! 아, 워쩔 수 없다니께 자꾸

그라네, 참말로! 몸을 힘들게 혀야 살도 빠지는 거라고 말
혔잖소! 알겠지라?"

"예에…!"

뚱한 표정으로 여자 회원이 밖으로 나갔다. 여름을 앞두
고 살을 빼려는 사람이 많단다. 대부분 가을이 되면 더 이
상 나오지 않을 사람들이라고 했다.

"그나저나 형님! 워쩐 일이라요?"

"어쩐 일은? 나도 운동 좀 하려고 왔지! 요즘 살이 쪄서
죽겠어!"

"아따, 그려요? 그럼 나랑 뒤지기 직전꺼정 운동 한 번
혀보실라요?"

능글맞게 웃어 보이는 중호, 성재는 벌써부터 걱정이다.
중호 녀석의 운동량은 아무도 소화할 수 없다. 멋모르고
따라했다가 일주일 동안 몸살감기로 앓아누울 지경이니
말이다.

"소영 씨, 책이 나왔어요. 이리 와서 구경해요."

"아, 그래요?"

성재가 가방에서 서류 봉투를 꺼내들었다. 할 일이 많아
정신없던 그녀, 책을 핑계 삼아 이제야 자리에서 일어났
다.

"우리끼리만 보는 책이라 많이 안 만들었어요."

"몇 부예요?"

"열다섯 부요. 일단 두 권만 가져왔어요. 더 필요하면 얘기해요."

서민우와 배소영의 사랑 이야기, 성재는 이 책의 제목을 『대나무를 닮은 여자』라고 지었다.

"아, 이 사진이 여기에 있네요?"

책장을 넘기다 말고 소영이 큼지막하게 인쇄된 사진을 발견했다. 다정하게 붙어 앉아 웃는 두 사람, 소영의 눈가에 눈물이 그렁그렁 차올랐다.

"형님, 언능 운동허러 갈까요? 지금 아니면 곧 점심시간이라 회원들이 밀려 싸서 제대로 못 헐 거예요."

"그럴까?"

새로운 여자 친구가 생겼다는 중호, 연신 생글거리는 녀석이 귀엽다며 성재가 키들거리고는 함께 밖으로 나갔다. 이제 사무실에는 소영 혼자만 남았다. 그녀는 지금 책에 고스란히 인쇄된 민우의 편지를 읽고 있었다.

나는 어렸을 때 우리 엄마를 이해할 수 없었어.

원인 모를 병에 걸린 아버지를 엄마는 끝까지 지켜냈지.

아무리 한 남자의 아내, 한 아이의 엄마로 살아간다지만 엄마에게도 엄마의 인생이 있을 텐데 말이야.

만일 내가 우리 엄마였다면 벌써 도망가 버렸을 거야.

세상에 어떤 여자가 자기 인생을 포기하면서까지 그렇게 헌신하려 들겠니?

소영아!

내가 어째서 그동안 너를 소 닭 보듯 했는지 아니?

너에게서 우리 엄마를 발견했기 때문이야.

난 절대 널 우리 엄마처럼 만들고 싶지 않았어.

아버지가 돌아가시고 정확히 1년이 지난 어느 날 느닷없이 떠나버린 우리 엄마처럼 만들고 싶지 않았단 말이야.

그 못난 사랑도 사랑이라고, 아버지의 죽음이 엄마에겐 큰 슬픔이었던가 봐.

소영아, 넌 참 씩씩하고 강해.

어릴 때부터 지켜봐 온 너는 여느 여자들과 다른 면이 많았어.

개성 강한 널 우리 엄마처럼 더 이상 별 볼 일 없는 남자를 지키는 현모양처로 만들고 싶지 않다는 이유로 내가 널 더 야박하게 대한 건지 몰라.

그러다 보면 정이 떨어지고, 골골거리는 모습까지 보이면 어느 날 온 데 간 데 없이 사라지고 말겠지, 라는 생각을 참 많이 했어.

그런데 그게 아니라는 걸 깨달은 순간이 있었고, 그때부터 널 밀어내야겠다는 생각을 버렸지.

너의 사랑을 그제야 이해했던 거야.

하지만 그 사랑이라는 거…. 표현하기가 참 어렵더라고.

지금껏 한 번도 해보지 못한 진실한 사랑, 너를 보고 배웠어.

그래서 너에게 많이 고맙다.

소영아, 그동안 보아온 내 못난 모습들…. 잊으라고는 하지 않을게.

단지 너의 그 넓은 마음으로 용서해 주면 좋겠다.

소영아!

우리 엄마처럼 아무 것도 바라는 것 없이 오로지 헌신해 온 널 진심으로 사랑한다.

널 영원히 사랑해!

<끝>

작가 후기

예전에 어느 출판사 사장님이 이런 말씀을 하셨다.

"세상에서 가장 쓰기 쉬운 게 로맨스 소설 아닌가요?"

그때 나는 아무 말 없이 그저 듣고만 있었으나 생각 같아서는 비명이라도 지르고 싶었다. 지금껏 나는 소설이란 경험에서 우러나오는 것이라고 생각했기에 뭐든지 한 번씩 내 몸으로 부딪힌 뒤에야 글쓰기 작업을 시작했다.

그래서 처녀작 『파이터』를 쓸 때엔 격투기를 배웠고, 『천지의 눈물』을 쓸 때는 백두산에 찾아갔으며, 『야누스』를 쓰려고 베트남까지 날아갔단 말이다. 사랑이라는 감정을 경험해 본 적이 없어 로맨스 소설 따위 평생 쓰지 못할 거라고 생각하는 나에게 그런 섭섭한 말을 하다니…! 아,

생각해 보니 비슷한 건 써보았다. 『소심한 남자 바람둥이 만들기 프로젝트』라든가, 『진성』에서도 사랑 이야기를 썼지만 여기에선 로맨스가 잠깐 등장하다 마는 소재에 불과했을 뿐 이번 작품처럼 주된 내용은 아니었다. 그래서? 이번에 느닷없이 로맨스를 쓴 건 누군가와 사랑한 결과물이진 않느냐고? 아니다. 나는 여전히 싱글, 말 그대로 모태솔로로 살아가고 있다. 언제쯤이나 친구들처럼 남편과 아이 손 붙잡고 깨소금을 볶아댈 수 있을지 모르겠다. 흔히 말하는 '썸'도 없고, 그 비슷한 것도 없다. 아무래도 평생 이렇게 살아야 하는가 보다. 누구, 나에게 남자친구 소개해 주실 분?